以书房为家，其乐无穷。（摄影：陈平生）

珍惜时间，争分夺秒。（摄影：陈平生）

季羡林學術著作選集

本书出版得到了季羡林基金会的部分资助

糖史

葛维钧 编

新世界出版社
NEW WORLD PRESS

图书在版编目（CIP）数据

糖史／季羡林著；王树英编. -- 北京：新世界出版社，2017.9
（季羡林学术著作选集；8）
ISBN 978-7-5104-6260-3

Ⅰ.①糖… Ⅱ.①季… ②王… Ⅲ.①蔗糖－文化交流－文化史－世界 Ⅳ.①S566.1

中国版本图书馆CIP数据核字(2017)第083316号

糖　史

编　　者：葛维钧
责任编辑：张世林
审　　读：杨汝模
封面设计：贺玉婷
版式设计：张世林
责任印制：王宝根
出版发行：新世界出版社
社　　址：北京市西城区百万庄大街24号（100037）
总编室电话：+86 10 6899 5424　　6832 6679（传真）
发行部电话：+86 10 6899 5968　　6899 8705（传真）
本社中文网址：http://www.nwp.cn
本社英文网址：http://www.newworld-press.com
本社电子信箱：nwpcn@public.bta.net.cn
版权部电子信箱：frank@nwp.com.cn
版权部电话：+86 10 6899 6306
印　　刷：北京亚通印刷有限责任公司
经　　销：新华书店
开　　本：710×1000　1/16
字　　数：220千字　　印　　张：20.5
版　　次：2017年9月第1版　2017年9月北京第1次印刷
印　　数：1－1400册
书　　号：ISBN 978-7-5104-6260-3
定　　价：1200.00 元（全十二册精装）

《季羡林学术著作选集》编选说明

季羡林先生是北京大学资深教授、著名学者，长期以来，季先生的作品畅销于世，受到社会各界人士的热烈欢迎。但这些作品大多为季先生各时期创作的散文。季先生一生创作出版散文集二十余部，一百五十万字以上，其中有许多精品脍炙人口，他完全可以称得上是一位散文家。但是，季先生毕竟主要是一位学者，他终生笔耕不辍，孜孜以求的是他的学术研究，他对社会的主要贡献也是他的学术成就，散文只是他的一种“余兴”。

季羡林先生是一位百科全书式的学者，他毕生从事的学术研究的对象涉及语言、文学、美学、艺术、宗教、中外文化交流等众多领域。其学术著作大致包括以下内容：印度古代语言、印度历史与文化、中印文化关系、中国文化与东方文化、佛教、比较文学与民间文学、东西方文化比较、糖史、吐火罗文研究等。这些著作都具有很高的学术价值，得到国内外学术界的高度评价。而且，季先生的学术著作，深入浅出，联系实际，独辟蹊径，发人深省，为广大读者所喜爱。

为了便于读者阅读，我们编辑了这套选集。本选集从季羡林先生的学术著作中，精选出论著二百余篇，辑为十二卷，依次为《印度古代语言及吐火罗文研究》（葛维钧编）、《印度历史与文化》（王树英编）、《印度作家作品评论集》（刘建编）、《佛教》（李南编）、《糖史》（葛维钧编）、《中印文化交流》（王树英编）、《中国文化与东方文化》（刘建编）、《东西文化比较》（张光璘编）、《比较文学与民间文学》（薛克翘编）、《学海泛槎——学术回忆录》（薛克翘编）、《回忆中国学人及文化问题新思考》（张光璘编）、《序跋集》（王树英编）。选集所选内容基本涵盖了季先生学术研究的各个领域，所选论文皆为季先生在各学术领域中的代表作。

我们怀着敬仰和缅怀的心情编选这套选集，尽管我们殚精竭虑、费尽心力地收集、编选季羡林先生的文章，但仍难免有遗漏或不当之处，殷切希望得到读者的指教和帮助。

季羡林学术著作选集编辑委员会

2013 年 1 月

目　　录

《糖史》自序

经过了几年的拼搏，《糖史》第一编国内编终于写完了。至于第二编国际编，也已经陆续写成了一些篇论文，刊登在不同时期的不同杂志上。再补写几篇，这一部长达七十多万字的《糖史》就算是大功告成了。

书既已写完，最好是让书本身来说话，著者本来用不着再画蛇添足、刺刺不休了。然而，我总感觉到，似乎还有一些话要说，而且是必须说。为了让读者对本书更好地了解，对本书的一些写作原则，对本书的写作过程有更清楚的了解，我就不避啰嗦之嫌，写了一篇序。

我不是科技专家，对科技是有兴趣而无能力。为什么竟“胆大包天”写起看来似乎是科技史的《糖史》来了呢？关于这一点，我必须先解释几句，先集中解释几句，因为在本书内还有别的地方，我都已做过解释。但只不过是轻描淡写，给读者的印象恐怕不够深刻。在这里再集中谈一谈，会有益处的。不过，虽然集中，我也不想过分烦琐。一言以蔽之，我写《糖史》，与其说是写科学技术史，毋宁说是写文化交流史。既然写《糖史》，完全不讲科技方面的问题，那是根本不可能的。但是，我的重点始终是放在文化交流上。在这一点上，我同李约瑟的《中国科学技术史》是有所不同的。

我之所以下定决心，不辞劳瘁，写这样一部书，其中颇有一些偶然的成分。我学习了梵文以后，开始注意到一个有趣的现象：欧美许多语言中（即所谓印欧语系的语言）表示“糖”这个食品的字，英文是suger，德文是Zucker，法文是sucre，俄文是caxap，其他语言大同小异，不再列举。表示“冰糖”或“水果糖”的字是：英文candy，德文Kandis，法文是candi，其他语言也有类似的字。这些字都是外来语，根源就是梵文的śarkarā和khaṇḍaka。根据语言流变的规律，一个国家没有某一件东西，这件东西从外国传入，连名字也带了进来，在这个国家成为音译字。在中国，眼前的例子就多得很，比如咖啡、可可等，还有啤酒、苹果排等等，举不胜举。“糖”等借用外来语，就说明欧洲原来没有糖，而印度则有。实物同名字一同传进来，这就是文化交流。我在这里只讲到印度和欧洲。实际上还牵涉到波斯和阿拉伯等地。详情在本书中都可以见到，我在这里就不再细谈了。

中国怎样呢？在先秦时期，中国已经有了甘蔗，当时写作“柘”。中国可能还有原生蔗。但只饮蔗浆，或者生吃。到了比较晚的时期，才用来造糖。技术一定还比较粗糙。到了七世纪唐太宗时代，据《新唐书》卷二二一上的《西域列传·摩揭陀》的记载，太宗派人到印度去学习熬糖法。真是无巧不成书。到了八十年代初，有人拿给我一个敦煌残卷，上面记载着印度熬糖的技术。太宗派人到印度学习的可能就是这一套技术。我在解读之余，对糖这种东西的传播就产生了兴趣。后来眼界又逐渐扩大。扩大到波斯和阿拉伯国家。这些国家都对糖这种东西和代表这种东西的字的传播起过重要的不可或缺的作用。我的兴致更高了。我大概是天生一个杂家胚子，于是我怦然心动，在本来已经够杂的研究范围中又加上了一项接近科学技术的糖史这一个选题。

关于《糖史》，国外学者早已经有了一些专著和论文，比如德文有 von Lippmann 的《糖史》和 von Hinüber 的论文；英文有 Deerr 的《糖史》等，印度当然也有，但命名为《糖史》的著作却没有。尽管著作这样多，但真正从文化交流的角度上来写的，我是“始作俑者”。也正是由于这个原因，我的《糖史》纯粹限于蔗糖，用粮食做成的麦芽糖之类的，因为同文化交流无关，所以我都略而不谈。严格讲起来，我这一部书应该称之为《蔗糖史》。

同 von Lippmann 和 Deerr 的两部《糖史》比较起来，我这部书还有另外一个特点。我的书虽然分为“国内编”和“国际编”，但是我的重点是放在国内的。在国际上，我的重点是放在广义的东方和拉美上的。原因也很简单：上述两书对我国讲得惊人地简单，Deerr 书中还有不少的错误。对东方讲得也不够详细。人弃我取，人详我略，于是我对欧洲稍有涉及，而详于中、印、波（伊朗）、阿（阿拉伯国家，包括埃及和伊拉克等地）。我注意的是这些国家和地区间的互相影响的关系。南洋群岛在制糖方面起过重要的作用，因此对这里也有专章叙述，对日本也是如此。

写历史，必须有资料，论从史出，这几乎已成为史学工作者的 ABC。但是中国过去的“以论代史”的做法至今流风未息。前几天，会见一位韩国高丽大学的教授，谈到一部在中国颇被推重的书，他只淡淡地说了一句话：“理论多而材料少。”这真是一语破的，我颇讶此君之卓识。我虽无能，但绝不蹈这个覆辙。

可是关于糖史的资料，是非常难找的。上述的两部专著和论文，再加上中国学者李治寰先生的《中国食糖史稿》，都有些可用的资料；但都远远不够，我几乎是另起炉灶，其难可知。一无现成的索引，二少可用的线索，在茫茫的书海中，我就像大海捞针。蔗和糖，同盐和茶比较起来，其资料之多寡繁简，直如天壤之别。但是，既然要干，就只好“下定决心，不怕牺牲”了。我眼前只有一条路，就是采用最简单最原始最愚笨然而又非此不可的办法，在一本本的书中，有时候是厚而且重的巨册中，一行行，一页页地看下去，找自己要找的东西。我主要利用的是《四库全书》，还有台湾出版的几大套像《丛书集成》、《中华文史论丛》等等一系列的大型的丛书。《四库全书》虽有人称之为“四库残书”，其实“残”的仅占极小一部分，不能以偏概全。它把古代许多重要的典籍集中在一起，又加以排比分类，还给每一部书都写了“提要”，这大大地便利了像我这样的读者。否则，要我把需用的书一本一本去借，光是时间就不知要花费多少。我现在之所以热心帮助编纂《四库全书存目丛书》，原因也就在这里。我相信它会很有用，而且能大大地节约读者的时间。此外，当然还有保存古籍的作用。这不在话下。

然而利用这些大书，也并不容易。在将近两年的时间内，我几乎天天跑一趟北大图书馆，来回五六里，酷暑寒冬，暴雨大雪，都不能阻止我来往。习惯既已养成，一走进善本部或教员阅览室，不需什么转轨，立即进入角色。从书架上取下像石头一般重的大书，睁开昏花的老眼，一行行地看下去。古人说“目下十行”，形容看书之快。我则是皇天不负苦心人，养成了目下二十行，目下半页的“特异功能”，“蔗”字和“糖”一类的字，仿佛我的眼神能把它们吸住，会自动跳入我的眼中。我仿佛能在密密麻麻的字丛中，取“蔗”、“糖”等字，如探囊取物。一旦找到有用的资料，则心中狂喜，虽“洞房花烛夜，金榜题名时”也不能与之相比于万一。此中情趣，实不足为外人道也。但是，天底下的事情总不会尽如人意的。有时候，枯坐几小时，眼花心颤，却一条资料也找不到。此时茫然，嗒然，拖着沉重的老腿，走回家来。

就这样，我拼搏了将近两年。我没有做过详细的统计，不知道自己究竟翻了多少书，但估计恐怕要有几十万页。我绝不敢说没有遗漏，那是根本不可能的。但是，我自信，太大太多的遗漏是不会有的。我也绝不敢说，所有与蔗和糖有关的典籍我都查到了，那更是根本不可能的。我只能说，我的力量尽到了，我的学术良心得到了安慰，如此而已。

对版本目录之学，我没有下过真功夫，至多只不过是一个半吊子。每遇到这样的问题，或者借阅北大馆藏的善本书，甚至到北京图书馆去借阅善本书，我多得北大善本部张玉范先生、王丽娟先生和刘大军先生，以及教员借阅室岳仁堂先生和丁世良先生之助。在北京图书馆帮助过我的则有李际宁先生等。我想在这里借这个机会向他们表示我衷心诚挚的感谢。没有他们的帮助，我会碰到极大的困难。

资料勉强够用了。但是，如何使用这些来之不易的资料，又是一个必须解决的问题。写过文章的人都知道，解决这个问题的办法不外两个。一个是拟好写作提纲就动手写起来。遇到需要什么资料的地方，就从已经收集到了的资料中选用其中一部分，把问题说清楚。但是，这种做法显然有其缺点。资料往往都是完整的，从中挖出一段，“前不见古人，后不见来者”，资料的完整性看不出来了，还容易发生断章取义的现象。另外一种做法就是，先把资料比较完整地条列出来，然后再根据资料对想要探讨的问题展开分析和论述，最后得出实事求是的结论。记得在清华读书时，我的老师陈寅恪先生，每次上课，往往先把资料密密麻麻地写在黑板上，黑板往往写得满满的，然后才开始讲授，随时使用黑板上写的材料。他写文章的时候也用这个办法。经过一番考虑，我决定采用这个方法。先把材料尽可能完整地抄下来，然后再根据材料写文章。虽然有时候似乎抄得过多了一点，然而，有的材料确实得之不易，虽然有时会超出我使用的范围，可对读者会非常有用的。

此外，还有一点我必须在这里加以说明。我抄资料是按中国历史上朝代顺序的。一个朝代写成的书难免袭用前代的材料，这是完全顺理成章的。前代的材料在后代书中出现，这至少能证明，这些材料在后代还有用，还有其存在的意义。这当然是好的，但也有不足之处，就是容易重复。这种情况，我在本书尽量加以避免。实在无法避免的，就只好让它存在了。

在上面，我在本文开头的部分中已经说过，我写本书的目的主要在弘扬文化交流的重要意义，传播文化交流的知识。当然，本书所搜集的其量颇大的中外资料，对研究科技史、农业史、医药史等等，也不无用处。但主要是讲文化交流。我为什么对文化交流情有独钟呢？我有一个别人会认为是颇为渺茫的信念。不管当前世界，甚至人类过去的历史显得多么混乱，战火纷飞得多么厉害，古今圣贤们怎样高呼“黄钟毁弃，瓦釜雷鸣”，我对人类的前途仍然是充满了信心。我一直相信，人类总会是越来越变得聪明，不会越来越蠢。人类历史发展总会是向前的，绝不会倒退。人类在将来的某一天，不管要走过多么长的道路，不管要用多么长的时间，也不管用什么方式，通过什么途径，总会共同进入大同之域的。我们这些舞笔弄墨的所谓“文人”，决不应煽动人民与人民，国家与国家，民族与民族之间的仇恨，而应宣扬友谊与理解，让全世界的人们都认识到，人类是相互依存，相辅相成的。大事如此，小事也不例外。像蔗糖这样一种天天同我们见面的微不足道的东西的后面，实际上隐藏着一部错综复杂的长达千百年的文化交流的历史。我之所以不厌其烦地拼搏多少年来写这一部《糖史》，其动机就在这里。如果说一部书必有一个主题思想的话，这就是我的主题思想。是为序。

第一章　饴餳餹馆

现在要写《糖史》，无法像写其他一些事物的历史那样，能够追溯到渺茫的远古去。因为糖或其他糖的变种是很容易消失的东西，不能在地下保留很长的时间。考古工作对我们的这项研究不能提供任何帮助。因此我现在唯一依靠的就是古代文献记载。

按时代顺序，这一章应该放在第二章的位置上，因为它涉及先秦，又深入汉代。但是，我觉得，如果我选出的饴、餳、餹、馆四个字其确切含义得不到界定，研究先秦和汉代的糖的问题，都会有极大的困难。所以我就决心先解决这四个字的问题，然后再按时代顺序继续写下去。

在这四个字中，正式见于先秦古籍的只有一个饴字，比如《诗·大雅·緜》："周原膴膴，堇荼如饴。"《礼记·内则》："子事父母，枣栗饴蜜以甘之。"《山海经·南山经》有"其味如饴"的话。tang 这个音也已出现，比如《楚辞·招魂》："粔籹、蜜饵，有餦餭些。"据学者们的意见，"餦"字取其双声，"餭"字取其叠韵，合起来就成为"tang"，至于用哪个字来表示，则我们现在还无法确知。这个问题下面还要讨论。

到了汉代，陆续出现了餳、餹、馆等字。这些字决不仅仅是单个的字，它们背后隐藏着一部制糖史，对我们很有启发。我现在就对这几个字进行一些分析。

研究古文字离不开《说文》，而要研究《说文》，又离不开清代几个朴学大师的有关著作。其中最著名、创获最多、影响最大的当推段玉裁（1735—1815年）的《说文解字注》。王念孙异常推崇这一部书，说“盖千七百年来无此作矣”。我的分析主要依靠这一部书，旁及桂馥（1736—1805年）、朱骏声（1788—1858年）等人的有关著作。

我首先把段书中的有关资料抄在下面。段书中引证多，提出的问题多，解决的问题也多，所以我抄得比较详尽。这样一来，实际上是避免了我再加以引证，节约了篇幅。

饴（《说文解字注》五篇下）

正文：米蘖煎者也。

注：者字今补。米部曰：蘖，芽米也。火部曰：煎，熬也。以芽米熬之为饴。今俗用大麦。《释名》曰：餳，洋也。煮米消烂，洋洋然也。饴，小弱于餳，形怡怡也。《内则》曰：饴蜜以甘之。

正文：从食，台声。

注：与之切，一部。

下面是一个籀文飴字，正文：从異省。

餳

正文：饴和馓者也。

注：不和馓谓之饴，和馓谓之餳。故成国云：饴弱于餳也。《方言》曰：凡饴谓之餳，自关而东，陈楚宋卫之间通语也。”杨子浑言之，许析言之。《周礼·小

师》注：管，如今卖饴餳所吹者。《周颂》笺亦云。

正文：从食，昜声。

注：各本篆作餲，云易声，今正。按餳从昜声，故音阳，亦音唐，在十部。《释名》曰：餳，洋也。李轨：《周礼》音唐是也。其陆氏音义，《周礼》辞盈反，《毛诗》夕清反。因之《唐韵》徐盈切。此十部音转入于十一部，如行庚觥等字之入庚韵。郭璞《三仓解诂》曰：杨，音盈协韵。晋灼《汉书音义》反杨恽为由婴，其理正同耳。浅人乃易其谐声之偏旁。《玉篇》、《广韵》皆误从易。然《玉篇》曰：餳，徒当切。《广韵》十一唐曰：糖，饴也。十四清曰：餲，饴也。皆可使学者知餳糖一字，不当从易。至于《集韵》始以餳入唐韵、餲入清韵，画分二字，使人真雁（赝）不分，其误更甚。犹赖《类篇》正之。餳，古音如洋，语之转如唐，故《方言》曰：餳谓之餹。郭云：江东皆言餹，音唐。

段注关于餲和餳，就抄这样多。

段玉裁在这里提出了一些重要的问题。最主要的是改餲为餳。桂馥《说文解字义证》和朱骏声《说文通训定声》，均未改。《四部丛刊》景宋本《说文》和《方言》，均作餲，而不作餳。这个问题下面还要谈。其次，段注把饴和餳的区别说得非常清楚。《说文解字》本已交待清楚：餳，饴和馓者也。但是段玉裁在注中又着重加以区分。他对馓字也作了详细注解，里面有几个地方很重要，我也抄在下面。

馓

正文：熬稻粻餭也。

注：餭，依《韵会》从食。各本作程。盖因许书无餭改之耳。《楚辞》、《方言》皆作餦餭。古字盖当作张皇。《招魂》：有餦餭些。王曰：餦餭，餳也。《方言》曰：餳谓之餦餭。郭云：即干饴也。诸家浑言之，许析言之。熬，干煎也。稻，稌也。稌者，今之稬米，米之黏者。煮稬米为张皇。张皇者，肥美之意也。既又干煎之，若今煎粢饭然，是曰馓。飴者，熬米成液为之。米谓禾黍之米也。馓者，谓干熬稻米之张皇为之。两者一濡一小干，相盉合则曰餳。此许意也。杨、王、郭以餳饴释餦餭，浑言之也。豆饴谓之䬪，见豆部。

正文：从食，散声。

注：苏旱切，十四部。

在这里，段玉裁对饴和餳与馓的关系说得更清楚了。原注具在，不再重复。

桂馥《说文解字义证》卷一四，保留了饴和餳，餳没有改作錫。对饴字的注，有的与段玉裁相同，有的不同。相同的我不再重抄。不同之处在于，桂馥引用了一些古籍，比如《楚策》、《吕氏春秋·异用篇》、《淮南·说林训》。他还引用《急就篇》颜注，区别饴和餳。又引《齐民要术》作蘖法，以小麦和大麦为蘖。又引《本草》，说明饴即软糖，北人谓之餳。对于餳字，桂馥注引用了《方言》、《楚辞·招魂》、卢谌《祭法》、《齐民要术》、《宋书·颜竣传》、《幽明录》、《白帖》、《十道志》、《南齐书·周颙传》、《隋书·梁彦先传》、《傅芳略记》等书。

桂馥又在注中引赵宧光曰："南方之胶餳，一曰牛皮糖，香稻粉熬成者。"他接着说：

> 馥案：今以蔗作者，沙餳也。《江表传》："孙亮使黄门就中藏吏，取交州所献甘蔗餳。"《广志》：甘蔗，其餳为石蜜。《一切经音义》十一：蔗餹，以甘蔗为餳餹也。今沙糖是也。《北堂书钞》有沙餳，引张衡《七辩》：沙餳石蜜，远国贡储。盛翁子《与刘颂书》：沙餳，西垂之产。馥谓：此皆非饴和馓之餳也。

羡林按：桂馥的意见是正确的。上面列举的这一些都是甘蔗制成的，而饴和馓之餳则是米或麦制成，当时还不知道用甘蔗制糖。

下面一段是讨论发音问题的，很重要。我照抄在下面：

> 昜声者，当为易声。《六书故》：餳，徒郎切。《方言》：餳谓之糖。昜与唐同音。孙氏徐盈切。昜非徐盈之音。《六经正误》，诗有瞽笺，卖餳作餲，误。《荆楚岁时记》，元日进胶牙餳。《御览》引《风俗通》，作胶牙糖，卢君文弨曰：《说文》餲，从食，易声，徐盈切。案：易声殊不相近，自当从昜。刘熙《释名》云：餳，洋也。谐声取义。《周礼·小师》注：管，如今卖饴餳所吹者。《释文》音辞盈反。又云：李音唐。徐盈，

辞盈，其音近精，与唐实一声之转。又曰：餳，从昜，古音唐，亦或读为辞精、辞盈、夕清等切者，以阳、唐、庚、耕、清本相通也。李善注《文选·王僧达祭颜光禄文》引郭璞《三仓解诂》曰：杨（楊），音盈，与上声下英协韵。《玉篇》：瑒，雉杏切，又音畅。可知凡字从昜者，皆有两音。《说文》从易，偶脱中间一画耳。不可执是过生分别。馥案：哀十二年《左传》：郑人为之城嵒、戈、錫。《释文》：錫，音羊，一音星历反。《容斋三笔》：天台士人左君，颇有才，最善谑。杨和王之子除权工部侍郎，张循王之子带集英修撰。左用歇后语作绝句云：木易已为工部侍（郎），弓长肯作集英修（撰）。此皆昜易混淆。《广雅》：粻餭饴饺餹餳也。曹宪音辞精反。宪岂不知餳从昜者，盖转音也，音转而字体因之以讹。

桂馥已经讲得非常清楚。他的话“凡字从昜者，皆有两音”，值得重视。但是，我认为，问题可能比这还要更复杂。这同我要讨论的问题关系不大，我不再细究了。

朱骏声《说文通训定声》，由于“定声”，所以打乱了原有的顺序，把饴字归入颐部第五。对于这个字他的注较以上二者为少。他说：

古以芽米熬之成液，今或用大麦为之，再和之以馓，则曰餳。

简短扼要，说明了原料的转变。他把餳字归入壮部第十八，注也极为简单。他说："张餭合音为餳。"也简短准确。他说餳字亦作䬼，作糖。他没有分清餳、䬼与糖的极其重要的区别，这个问题下面还要谈到。

此处还有一个餔字。《说文解字》：申时食也。与飴餳无关。但是《释名》却有："哺，餔也。如餳而浊可餔也。"我抄在这里，以供参考。

上面我引证了段玉裁、桂馥和朱骏声三本关于《说文解字》的书，抄了他们引用的一些资料。问题看起来比较复杂，甚至有点混乱。经过深思熟虑，我现在提出我自己对这个问题的看法，不一定很成熟，但是我觉得是能够成立的。我认为，在先秦时代，人民喜欢吃甜的东西，除了天然产生的蜜以外，人工制造的主要有两种：一种叫 yi，一种叫 tang。人民群众的方言最初是只有音的。两者都是开头用米，特别是糯米来制作的，后来（其中也可能包括一些地域的原因），也用小麦和大麦。这样制作出来的东西，清者也就是软一点、湿一点、稀一点的叫 yi。yi 这个音写法有分歧，有的写作饴，有的写作餳。稠者也就是硬一点、干一点的叫 tang。tang 这个音写法也有分歧，有的写作餳，有的写作䬼，有的干脆用拼音（反切）的方法来表示，这就是张餭、张皇、粻餭、粻艎[1]，前者取其双声，后者取其叠韵，拼起来就是 tang。至于餳和餳之间的关系，用桂馥的"凡字从易者皆有两音，《说文》从易，偶脱中间一画耳"的说法，解释不通这个问题。餳和餳二字不是一个意思。《方言》有一段话：

> 餳谓之饿餭（即干饴也），饴谓之饻（音该），䬷谓之𩜁（以豆屑杂餳也，音髓），餳谓之餹（江东皆言餹，音唐），凡饴谓之餳，自关而东，陈楚宋卫之通语也。

这里的“餳”都应写作餳。这一段值得思考。但是方言以音为主，不以字为转移。

我对饴、餳、餳、餹四个字的意见大体上就是这个样子。

我在《引言》中谈到的李治寰《中国食糖史稿》也谈到了类似的问题。他在这本书的论述中发表了很多很精彩的意见。有的问题我不想也没有能力来谈论，比如“糖和人类的关系”等等，我从中学习了很多有用的东西。我们的书，正如我在《引言》中提到的那样，目的是不相同的，重点也因之不能相同；但是，正因为如此，两本书是可以互相补充的。这一点读者自会明了，用不着我再来啰嗦。可是李著中仍然有一些地方是有商榷的余地的。我在这里首先谈一下与我讨论的四个字有关的问题。

李治寰先生在他的书中在几个地方，比如第35页、第40页，都引用了《说文解字》：

> 糖，饴也，从米，唐声。

这似乎就有问题。《四部丛刊》景宋本《说文解字》，确实有李治寰的上列引文。但是，李先生却似乎忽略了其中的几个字：“文六，新附。”所谓“新附”，意思就是新附加上的，原来并非如此。事实上，我检查了段玉裁的《说文解字注》、朱骏声的《说文通训定声》、桂馥的《说文解字义证》等书，都没有“糖”字。足证“糖”字的晚出。徐锴《说文解字通释（系传）》卷一三，米部也没有“糖”字，更证明了此字的晚出。在中国古代韵书中，确有此字的，比如《广韵》就有“糖”字。但是这一部书的出现也不太早，最早只能追溯到隋代的陆法言。原为梁顾野王撰的《玉篇》中，也有“糖”字。此书虽较《广韵》为早，也还连汉代都够不上，无论如何也证明不了“糖”的早出。因此，李治寰先生引用《说文解字》中“新附”的东西，把“糖”字与“饴”、“餳”、“餳”等字并列，给人造成了一个印象，好像先秦时代“糖”字已经出现了，似乎不妥。也许有人要问：为了一个字出现的早晚，你竟费了这么多的笔墨来讨论，岂非小题大做？答曰：否，否！这决不是小题大做，而是大题大做。究竟底细如何？以后还要谈到。这里先就此打住了。

其次，我想谈一谈“餔”字的问题。李著第40页引《释名》：“如餳而浊者曰餔。”原文是“哺，餔也，如餳而浊可餔也”。但是，在《说文解字》中，“餔”字只有“申时食也”一义。因此，在先秦时代，“餔”字是否有“餳而浊者”的含义，是值得考虑的。

最后，我还再谈一下“餹”字。这个字我在上文中已经谈到过，我把它同“饴”、“餳”、“餳”并列。从发音上来看，道理是有的。但是“餹”字并不见于《说文解字》。《方言》里有这个字，足证这个字是比较晚出的[2]。

注释：

1 参阅姜亮夫：《楚辞通故》，齐鲁书社，1985年，第三辑，第

195—197 页，“怅惶”条。

2 我在这里再补充一点资料。李治寰：《中国食糖史稿》，第 39 至 40 页说：“西汉启蒙识字课本《急就章》‘枣、杏、瓜、棣、馓、饴、餳’，高二适引前人注谓颜师古本作昜。其字从昜不从易。‘居𣪘’金文餳，高明同志释为餳字(《古文字研究》、《古文字类编》)。秦篆餳作餳。两字都从昜不从易。”羡林按：高二适原著：《新定〈急就章〉及考证》，上海古籍出版社，1982 年，卷上，第 136—137 页，高手书作餳，不作餳。高二适说：“又餳作餳，云颜本作枣作餳是也……如餳，章草昜旁与易旁无别。”我在上面讲到段玉裁关于这个问题的意见。高的意见可以参考。

第二章 周秦至汉魏两晋南北朝时期的饴餳餳餹以及甘蔗和蔗浆

上面第一章的重点是界定饴、餳、餳、餹四个字的确切含义。因为，如果这四个字的确切含义不能界定，以后按时代顺序进行叙述时就容易造成概念混乱。界定时，我基本上没有考虑时代问题，笼统地讲就是古代，这样也就够了，它并不影响本书基本上按时代顺序叙述的结构框架。

本章的重点是叙述从秦汉以至南北朝时期这四个字在文献中出现的情况，以及这四个字所代表的实物演变的情况。还有一个重点是讨论甘蔗和蔗浆的问题。在叙述这两个重点以前，我想说得再远一点，讲一讲最古时代的甜东西以及甜这个味觉的原始含义。因此，本章就可以分成三个部分：

一、古代的甜东西。

二、秦汉至南北朝时期的饴餳餳餹。

三、这一时期的甘蔗和蔗浆。

下面分别依次加以叙述。

一 古代的甜东西

几乎所有的人（甚至一些动物）都喜欢吃甜东西。这是一个生理问题，与我们研究糖的历史关系不大，我在这里不讨论。我只讲最古的人吃的甜东西。

这个问题，李治寰在他的《中国食糖史稿》[1]中，已经做了很细致周到的阐述，我没有必要再重复论述，请读者自行参考。我只想做一点补充。第一点补充是讲一讲中国古代文献中对“甜”这一味觉的理解或者解释。第二点补充是再讲一讲蜜。李治寰在该书第二章中谈到自然糖的食用史，第三讲的是蜜，第一是乳糖，第二是果实。

古代对甜这一味觉的理解或者解释，我只能通过语言文字来探讨。最古的文字甲骨文和金文，蒙昧渺茫，邈乎远矣。我不想去谈它。我想从《说文》谈起。《说文解字》的注本很多，我使用的是最有权威的清段玉裁的《说文解字注》[2]。在《说文解字》中，表示“甜”的含义的字有几个，最重要的是甘、甛、旨、美四个字。

甘　五篇上，甘部，第202页上。“甘，美也。”《注》：“羊部曰：美，甘也。甘为五味之一，而五味之可口者，皆曰甘。”“从口含一，一，道也。”《注》：“食物不一，而道则一。所谓味道之腴也。”“凡甘之属，皆从甘。”

甛　同上篇、部、页。“甛，美也。”《注》：“周礼注恬酒，恬即甛字。”

旨　五篇上，旨部，第202页下。“旨，美也。”《注》：“叠韵，今字以为意恉字。”“从甘，匕声。”《注》：“职雉切，十五部。”“凡旨之属，皆从旨。”

美　四篇上，羊部，第146页下。“美，甘也。”《注》：“甘部曰：美也。甘者，五味之一，而五味之美皆曰甘。引申之，凡好皆谓之美。”“从羊大。”《注》：“羊大则肥美。”“羊在六畜主给膳也。”《注》：“周礼，膳用六牲，始养之曰六畜。

将用之曰六牲。马、牛、羊、豕、犬、鸡也。膳之言善也。羊者，祥也。故美从羊。此说从羊之意。”“美与善同意。”《注》：“美譱義羑皆同意。”

《说文解字》就引这样多。引文本身已经把事情说得非常清楚，我再加解释反而会成为多余的了。《说文解字》一说：“甘，美也。”又说：“美，甘也。”这几个字的相互关系，实际上成了一而二，二而一的关系，用不着再细说。

值得注意的是中国“美”字的来源和最基本的含义以及美与善的关系。这虽然似乎像是题外的话；但是，我认为，讲上一讲，会对研究中国美学、伦理学等等的学者有很大的启发。

人类，不管是东方人，还是西方人，爱美都可以说是天性。自古以来，中西各国都形成了一门专门研究“美”的学科：美学。研究美学的书籍，汗牛充栋；对美的本质的争论也是剑拔弩张。我对这些书籍颇多涉猎。公说公有理，婆说婆有理，议论纷纭，莫衷一是。最近读到了周来祥、陈炎合著的《中西比较美学大纲》[3]。我觉得这是一部十分精彩的书，立论有据，逻辑清晰，把这一个异常抽象的美的概念讲得生动具体。他们讲的“美”，同我上面引用《说文解字》讲的“美”有密切联系。所以我就抑制不住自己，来谈上一谈。先引一段原书：

> 动物性的快感是与其个体和族类的生存欲望密切相关的，前者表现为“食”，后者表现为“性”。在原始人那里，最初的食、性活动还只是为了满足肉体的生物本能，然而随着劳动生产和社会实践的出现，这些生

物性本能渐渐演化为精神享受：食不仅仅是为了果腹，而且是一种美味，性也不单单是为了交配，而且是一种爱情。这就是动物性快感向人类美感进化的历史过程。在这一历史过程中，不同的民族有着不尽相同的侧重点和倾向性。从现在的资料看，中国古代的审美活动最初显然与“食”有着密切的联系，而西方古代的审美活动最初或许与“性”更加相关。这大概也就是人们将中国文化称为“食文化”，将西方文化称为“性文化”的原因之一吧。[4]

我在上面的引文中的“美，甘也”，“美”这个字来源于肥美的羊，充分证明周、陈的书中论断的准确性。谈糖而谈到甘，谈甘而谈到美，谈美而谈到美的起源，谈美的起源而谈到中西美的起源之不同，虽然似乎扯得远了一点，却还没有到“下笔千言，离题万里”的程度。

从《说文解字》中“美与善同意”这一句话中，从“善”这个字也来源于羊这个事实中，我还想再扯远一点，讲一讲东西哲学家和其他一些什么家都常谈到的“真善美”这三个概念的相互关系。至少是在中国，美与善是“同意”的。关于这一点，我不想进一步去阐述。我只在这里点出这个问题，供有关学者思考。

话还是扯得远了一点。闲言少叙，书归正传。现在我来对李治寰讲的自然糖的第三种：蜂蜜作一点补充。

蜂蜜大概是人类食用的自然糖中最甜的、最普通的一种。世界上各民族几乎都有吃蜜的习惯。这从语言上就可以得到佐证，比如印欧语系各语言表示“蜜”的字是：

梵文	madhu
古希腊文	μέθυ，μέθη
斯拉夫系	medŭ
立陶宛文	midùs，medùs
日耳曼系	meth
英文	mead

这只是例子，是有代表性的，其余的用不着多举了。这些字显然源于一个共同的原始印欧语。先有事物，然后才能有表示这个事物的字。“蜜”这一种东西大概在原始印欧人中是普遍食用的。

在中国，“蜜”字出现得很早。我仍然从《说文解字》谈起。《说文》，蜜，十三篇下，虫部，第675页上：䗋“蜂甘饴也。”《注》：“饴者，米蘖煎也。蜂作食，甘如之。凡蜂皆有䗋。《方言》：蜂，大而蜜者，谓之壶蜂。郭云：今黑蜂穿竹木作孔，亦有有蜜者。是则蜂饴名䗋，不主谓今之蜜蜂也。”

“蜜”字还见于其他一些先秦古籍中，不具引。我只想讲一讲楚辞的情况。《楚辞·招魂》：“粔籹蜜饵，有怅惶些。”“怅惶”就是 tang（餹、餳），我在第一章中已经谈过，请参阅。对《招魂》中的这一句话，王逸注：“言以蜜和米面，熬煎作粔籹，捣黍作饵。”[5]

我顺便讲一讲楚辞里面的”甘”字。在楚辞中，“甘”字凡四见，其中为木名“甘棠”，与我所要谈的问题无关，不具引。其他三处皆“味美”一义之引申。《招魂》：“此皆甘人，归来恐有遗灾些。”王注：“甘，美也。”《招魂》又曰：“辛甘行些。”王注：“辛，谓椒姜也。甘，谓饴蜜也。”《大招》：“有鲜蠵甘鸡和楚酪些。”王注：“言取鲜洁大龟，烹之作羹，调以饴蜜；用肥鸡之肉，和以酢酪，其味清烈也。”[6]

对李治寰《中国食糖史稿》第二章的补充就到这里为止[7]。

二 秦汉到南北朝时期的饴、餳、餳、餹

饴、餳、餳、餹四个字的确切含义，第一章已经作了界定，目的是给人一个全方面的概念。在现在这一段里，我想按照历史顺序，讲一讲这几个名词出现的情况，目的是给人一个历史概念。从时间顺序上来讲，先秦时代出现的只有一个“饴”字，“餹”字最晚出。根据我在第一章中的意见，这四个名词实际上只代表两种东西：饴和餳同读为 yi，指软一点、湿一点、稀一点的用糯米或小麦、大麦制成的甜东西。餳和餹同读为 tang，指稠一点、硬一点的[8]。除了这四个字以外，我在第一章里还谈到“馓”、“餔”等字，含义已阐述过，今后就不再谈了。

下面按照顺序谈这四个字。

（一）饴餳

我想先条列引文，然后再加以分析，从中得出可能得到的一些结论。引文不求完备无遗，那是很难做到的，重要的决不

会遗漏。上面已经引过的，除了极其重要的非引不行的以外，不再重复[9]。

《诗·大雅》参阅上面页1。

春秋时代（公元前770－前476年）　青铜器“居段”上有𨥫字[10]。

《礼记·内则》参阅上面页1。

《山海经·南山经》：

又东三百七里曰仑者之山。其上多金玉，其下多青䨼。有木焉。其状如谷而赤理。其汁如漆，其味如饴，食者不饥，可以释劳。其名曰白䓘，可以血玉。

《吕氏春秋·审时》：

得时之黍，芒茎而徼下，穗芒以长，抟米而薄糠。舂之易，而食之不噮而香，如此者不饴。

史游《急就篇》：

馓（生侃反）、饴、餳。

《方言》：

餳，谓之张惶。饴，谓之饺。𩜾，谓之㿃。餳，谓之餹。凡饴谓之餳[11]”，自关而东，陈楚宋卫之通语也。

注：张餭，即干饴也。餚，以豆屑杂餳也。餹，江东皆言餹。

《释名》卷四《释饮食》第十三：

餳，洋也。煮米消烂，洋洋然也。

饴，小弱于餳，形怡怡然也。

哺，餔也。如餳而浊可餔也。

《说文》上面第一章已讲过，请参阅。

《淮南子·说林训》第十七：

柳下惠见饴曰：“可以养老。”盗跖见饴曰：“可以黏牡。”见物同而用之异。

注：牡，门户籥牡也。

张衡《七辩》：

沙餳石蜜，远国贡储。

崔寔《四民月令》：

十月洗水冻作煮（京）餳，煮暴饴。

《太平御览》、《古今图书集成》引。“水”《集成》作“冰”。

卢谌《祭法》：

冬祠用荆餳。

《太平御览》、《古今图书集成》引。“餳”《集成》作“餳”。

《后汉书·后纪》：

明德马皇后报章帝曰：“吾但当含饴弄孙，不能复关政矣。”

《太平御览》、《古今图书集成》引。

《晋书·石崇传》：

（崇）与贵戚王恺、羊琇之徒以奢靡相尚。恺以粭澳釜，崇以蜡代薪。

《世说新语·汰侈》第三十：

王君夫以粭糒澳釜。石季伦用蜡烛作炊。君夫作紫丝巾步障碧绫裹四十里。石崇作锦步障五十里以敌之。石以椒为泥。王以赤石脂泥壁。

羡林按：“粭”即“饴”字。《说文》无“粭”字。

《幽明录》：

王允祖安国张显等，以太元中乘船，见仙人赐糖餄三饼，大如比轮钱厚二分。

《太平御览》、《古今图书集成》引。

关于“餄”字的引文就引这样多。有一个小问题想在这里说明一下。李治寰上引书第40页说：“糖：《说文解字》谓：‘糖，饴也。’”我在上面已经谈过这个问题，在这里再交代一句。“糖”字并不见于《说文》，只见于“新附”。

把上面的引文归纳一下，我们可以看到，只有“饴”字见于先秦典籍，后来“饴”“餳”混用，见于多种汉至南北朝典籍中。制造“饴”的原料是大米和麦，尚无用甘蔗者。至于“饴”的价值，大概是非常高的，否则南北朝时期的石崇和王恺斗富炫侈，决不会用粭（饴）的。

（二）餳馆

我仍然先条列引文：

《方言》上面已引过。

《释名》上面已引过。

《说文》上面已讨论过。

崔寔《四民月令》上面已引过。值得注意的是：《太平御览》作“餳”，《古今图书集成》作“餳”。

《盐铁论》：

洗爵以盛水，升降而进餳，礼虽备，然非其实也。

卢谌《祭法》：

冬祠用荆餳。

《太平御览》、《古今图书集成》引。

值得注意的是：前者引作“餳”，后者引作“餳”。

《三国志·吴志·孙亮传》注《江表传》：

亮使黄门以银碗并盖，就中藏吏取交州所献甘蔗餳。黄门先恨藏吏，以鼠矢投餳中，启言：藏吏不谨。亮呼吏持餳器入。问曰：“此器既盖之，且有掩覆，无缘有此。黄门将有恨于汝邪？”吏叩头曰：“尝从某求官中莞席。官席有数，不敢与。”亮曰：“必是此也。”复问黄门，具首伏。即于目前加髡鞭，斥付外署。

《古今图书集成》引。

贾思勰《齐民要术》卷九，“餳餔”第八十九。

这里主要讲的是“餳”的制作方法。有“煮白餳法”、“黑餳法”、“琥珀餳法”、“煮餔法”、“食经作饴法”、“食次曰白茧糖法”、“黄茧糖”等。值得注意的是：《齐民要术》

似乎把“饴”与“餳”混为一谈，不加区分。第二，餳是用大麦、小麦制成的。“煮白餳法”中说：“用白牙散糱佳，其成饼者则不中用。”“黑餳法”中说：“用青牙成饼蘗。”详细制作过程，请参阅李治寰书第42—43页

《宋书·颜竣传》：

> 竣为丹阳尹，加散骑常侍。时岁旱，民饥。竣上言，禁餳一月，息米近万斛。

《古今图书集成》引。这里明确说明，餳是米做的。

《王大令集》：

> 餳大佳。柳下惠言餳可常饵，亦觉有益耳。

《古今图书集成》引。

把上面引文归纳一下，我觉得，有几点值得注意。第一，“餳”、“餲”二字经常混淆，上面举的只是两个例子，类似的情形还多得很。第二，“馆”字只见于《方言》。实际上，“馆”、“餳”二字，实即一字，都代表的tang音。朱骏声《说文通训定声》“壮部第十八”说：“餳，从食，昜声。字亦作‘馆’，作‘糖’。”说“作糖”，是不知道“糖”字晚出。第三，把“餳”与“餲”、“饴”混淆起来，是没有分清二者的区别。我在上面几次谈到，yi音代表的是软的东西，tang音代表的是较硬一点、较干一点的饴。第四，《江表传》中使用了“甘蔗餳”三字。这非常值

得重视。自周秦起，制作“饴”或“餳”用的原料都是米或麦。这里第一次见到用甘蔗作的餳，时间是三国时代（220—280年）。这个问题下面还要谈到。《江表传》用的是“餳”字，按照我上面的说法，是比较硬的，比较干的。但是，从《江表传》的上下文来看，“餳”要用银碗来盛，而且里面还能搀上老鼠矢，足见它还没有凝结成块，仍然是比较稀的。

三 这一时期的甘蔗和蔗浆

甘蔗，原生地大概不在中国。这个问题后面还要谈到，请参阅本书第二编第二章：“甘蔗的原生地问题”。

在中国先秦时代，只有“柘”字，没有“蔗”字。到了汉代“蔗”字才出现。这是两个同音字。因此，我猜想，这两个字同是zhe音的音译，至于zhe究竟是什么语言，目前还说不清楚。它很可能是印度支那半岛某一个古国的某一种文字[12]。

在汉文中，“甘蔗”的写法很多。《古今图书集成·草木典》第一一三卷，归纳出来了一些写法：

竿蔗	《神异经》亦作竿赭
甘蔗	《草木状》
藷	《说文》
竹蔗	陶弘景
荻蔗	陶弘景
昆仑蔗	孟诜

杜蔗　　《糖霜谱》

西蔗　　《糖霜谱》

艻蔗　　《糖霜谱》

蜡蔗　　《糖霜谱》

红蔗　　《糖霜谱》

紫蔗　　《糖霜谱》

这个归纳很混乱，又很不全，聊备一格而已。

对于“甘蔗”的名称，我也有一个归纳，请参阅本书附录《一张有关印度制糖法传入中国的敦煌残卷》。这里不重复。

同一个或两个音竟然有这样多的写法，可见这些都只能是音译，连“甘”字也只能是一个注音符号，与“甘甜”的“甘”无关。

现在来谈秦汉至南北朝时的甘蔗与蔗浆问题。因为先秦已经出现了“柘”字，所以要把时间上限往上挪一点，挪到周代。

我仍然按照上面的办法，先条列引文，然后再加以论述：

《楚辞·招魂》：

> 胹鳖炮羔，有柘浆些。
>
> 王逸注：“柘，藷蔗也。言复以饴蜜，胹鳖炮羔，令之烂熟，取藷蔗之汁，为浆饮也。”“柘，一作蔗。一注云：胹鳖炮羔，和牛五藏臛为羹者也。”洪补：“相如赋云：‘诸柘巴苴。’注云：‘柘，甘柘也。’”朱熹注：“柘，一作蔗。柘，藷蔗也。言取藷蔗之汁为浆

饮也。”[13]

这是先秦时期“柘”（蔗）字唯一的一次出现。

汉刘向《杖铭》：

都蔗虽甘，殆不可杖。佞人悦己，亦不可相。

《古今图书集成》引。

《说文》：

三个注本不尽相同。我现依次抄在下面：

段玉裁《说文解字注》：“柘，柘桑也。三字句。各本无柘字，今补……从木，石声……”没有谈到假借为“蔗”。

桂馥《说文解字义证》，在注中也只讲到“柘”即是桑。

朱骏声《说文通训定声》说到，“假借为蔗，《楚辞·招魂》‘有柘浆些’，《汉书·礼乐志》‘泰尊柘浆析朝酲’”。

至于“蔗”字，段书是：“藷，藷蔗也。”注是：“三字句。或作诸蔗，或都蔗。藷蔗二字，叠韵也。或作竿蔗，或干蔗，象其形也。或作甘蔗，谓其味也。或作邯𧭑。服虔《通俗文》曰：荆州竿蔗。”羡林按：段注“谓其味也”，恐有问题。把全部蔗名归纳起来，“甘”只能是译音。

桂书的注比较长，他引用了很多书，比如《广雅》、《子虚赋》、《古文苑·蜀都赋》、《南齐书·扶南国传》、《西京杂记》、《本草》陶弘景注、《蜀本图经》、《通俗文》、《荆州图》、《永嘉郡记》、《寰宇记》、《南州异物志》、《异物志》、《吴录·地理志》、《南方草木状》、司马相如《乐歌》、《容斋四笔》、张协《藷蔗赋》、李伯仁《七欵》、《唐书·摩揭陀传》、卢谌《祭法》、范汪《祠制》、曹植《矫志诗》、冯衍《竹杖铭》，等等。提供的资料很有用，我现在抄一部分在下面：

> "藷，蔗也。从草，诸声"。《南都赋》"藷蔗姜䲺"。注："甘蔗也。"按藷蔗叠韵连语，与《尔雅·释草》"萰茎著之草五味"。《释木》"味茎著之木五昧"。《广雅·释草》"藷芎，署预也"。《北山经·景山》"其中多草藷芎"即今山药同音。单言曰蔗，累言曰藷蔗耳。《南都赋》四物并言，疑藷当为藷芎本字。《汉书音义》训甘蔗，则四字为三物，恐非。《山海经》郭注，草藷芎，今江南单呼为藷，语有轻重耳。又按苏颂《本草图经》闽中出一种薯蓣，根如姜芋而皮紫，极有大者。土人单呼为藷。此疑即苏俗所云山芋，形短而椭圆，与山药不同。

羡林按：藷蔗之"藷"，与山药之"藷"恐系两码事，不能混为一谈。

曹丕《典论》：

> （邓展）求与余对。酒酣耳热，方食干蔗，便以为杖，下殿数交，三中其臂。

《艺文类聚》引。《太平御览》引。

魏文帝《感物赋》并序：

南征荆州，还过乡里，舍焉，乃种诸蔗于中庭，涉夏历秋，先盛后衰。悟兴废之无常，慨然永叹，乃作斯赋，云：伊阳春之散节，悟乾坤之交灵。瞻玄云之蓊翳，仰沉阴之杳冥。降甘雨之丰霈，垂长溜之泠泠。掘中堂而为圃，植诸蔗于前庭。涉炎夏而既盛，迄凛秋而将衰。岂在斯之独然，信人物其有之。（《四库全书》，846，761上）

曹植《矫志诗》：

都蔗虽甘，杖之必折。

桂馥《说文解字义证》引。《艺文类聚》引。《三国志·吴志·孙亮传》注《江表传》，上面已抄。

司马相如《子虚赋》：

诸柘巴苴。

张衡《南都赋》：

其园则有蓼、蕺、蘘荷、藷蔗、姜、䔾、菥蓂、芋、瓜。

《汉书·礼乐志》：

上引朱骏声《说文通训定声》中已抄录。

《吴录·地理志》：

> 交阯句屚音漏县，干蔗大数寸，其味醇美，异于他处。笮以为餳，曝之。凝如冰，破如博棋，入口消释。

《太平御览》引。参阅上引《江表传》中的“甘蔗餳”。

《南中八郡志》：

> 交阯有甘蔗，围数寸，长丈余，颇似竹。断而食之，甚甘。笮取汁，曝数时，成饴，入口消释。彼人谓之石蜜。

《艺文类聚》引。请与上引《地理志》文参照。这里使用的字是“饴”，而不是“餳”。

虞翻《与弟书》：

> 去日南远．恐如甘蔗，近抄即薄。

《太平御览》引。

应璩《与尚书诸郎书》：

> 檀氏园，葵菜繁茂，诸蔗瓜芋亦离尚萌。未知三生复何种植。

《太平御览》引。

冯衍《杖铭》：

杖必取材，不必用味。相必取贤，不必所爱。都蔗虽甘，犹不可杖。佞人悦己，亦不可相。

《太平御览》引。

左思《蜀都赋》：

其园则有蒟蒻茱萸，瓜畴芋区。甘蔗辛姜，阳茂阴敷。

张协《都蔗赋》：

若乃九秋良朝，元酎初出。黄华浮觞，酣饮累日。挫斯柘而疗渴，若漱醴而含蜜。清滋津于枣梨，流液丰于朱橘。

《太平御览》引。

李伯仁《七欵》：

副以甘柘，丰弘诞节。纤液玉津，旨于饴蜜。

《太平御览》引。

范汪《祠制》：

孟春祠用甘蔗。

《太平御览》引。

张载诗：

江南都蔗，酿液沣沛。三巴黄甘，瓜州素榛。凡此数品，殊美绝快。渴者所思，铭之裳带。

《太平御览》引。

《晋书·顾恺之传》：

（顾恺之）每食甘蔗，恒自尾至本。人或怪之，云："渐入佳境。"

《太平御览》引文稍异。《艺文类聚》卷八七引文稍异，注明引《世说》。又引《世说》："扶南蔗一丈三节，见日即消，风吹即折。"

《宋书》：

庾仲文好货。刘雍自谓得其助力，事之如父，夏中送甘蔗。

又：

元嘉末，魏太武征彭城，遣使至小市门，致意求甘蔗及酒。孝武遣人送酒二器、甘蔗百挺。

以上二则《太平御览》引。

《齐书》：

宜都王铿善射。常以堋的太阔，曰："终日射侯.何难之有！"乃取甘蔗插地，百步射之，十发十中。

《太平御览》引。

又：

范云永明十年使魏。魏人李彪宣命至云所，甚见称美。彪为设甘蔗黄粽。随尽复益。彪笑谓曰："范散骑小验之！一尽不能复得。"

《太平御览》引。

《梁书》：

庾沙弥性至孝。母刘亡，好啖甘蔗。沙弥遂不食焉。

《太平御览》引。

《三国典略》：

陆纳反湘州，分其众二千人，夜袭巴陵。晨至城下。宜丰侯修出垒门，座胡床以望之。纳众乘水来攻，矢下如雨。修方食甘蔗，曾无惧色。

又：

侯景至朱雀街。南建康令庾信守朱雀门。信众撤桁，始除一舶，见景军皆着铁面，退隐于门，自言口燥，屡求甘蔗。俄而飞箭中其门柱。信手中甘蔗应弦而落。

《太平御览》引。

《隋书》：

赤土国物产，多同于交趾，以甘蔗作酒，杂以紫瓜根。酒色黄赤，味亦香美。

《永嘉郡记》：

乐城县三州府，江有三洲，因以为名。对岸有浦，名为菰子，出好甘蔗。

《太平御览》引。

《扶南传》：

安息国出好甘蔗。

《太平御览》引。

《广志》：

甘蔗，其餳为石蜜。

《太平御览》引。

《云南记》：

唐韦齐休聘云南。会川都督刘宽使使致甘蔗。蔗节希似竹许。削去后，亦有甜味。

《太平御览》引。

《神异经》：

南方荒内旰睹林，其高百丈，围三丈，促节多汁，甜如蜜（旰音干，睹音柘）。

请注意“旰睹”这个写法。

《异物志》：

甘蔗，远近皆有。交阯所产特醇好。本末无薄厚，其味甘。围数寸，长丈余，颇似竹。断而食之，既甘。

生取汁为饴餳，益珍。煎而曝之，凝如冰。

《甄异传》：

隆安中，吴县张牧字君林。忽有鬼来，无他。须臾，唯欲啖甘蔗。自称高褐。主人因呼“阿褐”。牧母见之，是小女，面青黑色，通身青衣。

《太平御览》引。

《袁子正书》：

岁比不登。凡不给之物，若干蔗之属，皆可权禁。

《太平御览》引。

《齐民要术》[14]这一部非常重要的书，在前面几章讲种植五谷（卷一、卷二）、菜蔬（卷三）、果（卷四）、树木（卷五）等的时候，没有提到甘蔗。本书最后一章，第十章，标题是“五縠果蓏菜茹非中国物产者”。后面还加了一个小注：“聊以存其名目，记其怪异耳。爰及山泽草木任食非人力所种者，悉附于此。”在这一章里出现了“甘蔗”。我现在把原文引在下面，以供参考：

《说文》曰：“藷蔗也。”案书传曰：或为芋（羡林按：或当作“芋”）蔗，或干蔗，或邯賭，或甘蔗，或都蔗，所在不同。

雩都县，土壤肥沃，偏宜甘蔗，味及采色，余县所无，一节数寸长。郡以献御。

（《异物志》，上面已引，不重引。）

《家政法》曰："三月可种甘蔗。"

羡林按：甘蔗在这里所处的地位很奇特，下面再谈。

引文就到此为止。引文多了一点，目的是为了论证方便，而且也便于读者。我在上面已经说过，引文不求全；有的引文只根据类书引用，没有核对原文，其原因我在本章注 9 中已经详尽阐述，这里不再重复。我只想再补充说明一点，就是我引书基本上没有按照时代顺序，只是大体上按照而已。因为有一些书出现的时间很难确定，特别是所谓"伪书"，学者间意见极为分歧。在这方面费很多精力，问题不见得能得到解决，仍然得不偿失。

统观上述引文，我想着重指出以下几点：

第一，从先秦一直到六朝的典籍中讲到甘蔗的地方，颇为不少，"柘"字只不过是"蔗"字另一个拼法。甘蔗种植的地方也不算少。但是，从许多例子都可以看出来，甘蔗还是相当名贵，还没有能走入寻常百姓家。

第二，关于甘蔗产地的问题。在国内，基本上都在南方，引文中提到或暗示的地方有楚国、安徽亳县、南都（今河南南阳）、檀氏园、吴国、蜀都（四川成都）、江南、南方、巴陵、永嘉、云南等地。在国外，则有安息（波斯，伊朗）、赤土（泰国或苏门答腊）、扶南（柬埔寨一带）、交阯（越南一带）等地。

比较详细的情况，请参阅李治寰上引书有关章节。

第三，种植问题。左思《蜀都赋》有“其园”这样的字样，可见当时甘蔗是种植在“园”中的，与一些瓜果并列，并不像后代在郊外大面积地像种粮食谷物那样种植的。

第四，引文中讲到甘蔗，不是生吃，就是饮蔗浆，没有讲到用甘蔗制糖的。罗颀《物原·食原》卷一〇说：“孙权始效交趾作蔗糖。”我觉得其中似有问题。因此，在上面引文中我没有引用。请参阅本书第一编，第四章，“蔗糖的制造在中国始于何时”。

第五，吴、蜀问题。在上面引文中讲到甘蔗产地的时候，有两个地方引起了我的注意和联想：一个是长江上游的蜀，一个是长江下游的吴。如果不去联想，决不会发现什么问题：两地都有生产甘蔗的权力，何必硬往一处扯呢？但是，在中国与佛教有关的典籍上，吴、蜀总是连在一起出现，比如唐礼言的《梵语杂名》，中国地名只有三个：京师　矩畝娜曩，kumudana；吴　播啰缚娜 paravada；蜀　阿弭里努 Amṛdu[15]。《大宝积经》卷一〇，《密迹金刚力士会》第三之三：“其十六大国……释种、安息、月支、大秦、剑浮、扰动、丘慈、于阗、沙勒、禅善、乌(焉)耆前后诸国、匈奴、鲜卑、吴、蜀、秦地……”[16]以上两例可以证明，吴、蜀两地是常常连在一起的。这个现象怎样解释呢？吴、蜀都濒临长江，交通方便，二者关系密切，可以理解。但是，愚见所及，可能还有一个同国外交通的问题，具体地讲，就是从蜀起经过滇、缅甸，一直到印度和波斯。这个问题比较复杂，参阅本书下面第二编，第六章，“邹和尚与波斯”。

第六，疏勒种植甘蔗的问题。甘蔗是热带或半热带的产物。上面的引文可以充分证明这一点。引文中提到的产地，在国外是印度支那半岛和南洋群岛，在国内是多在南方。这是完全合理的。但是有个别的书上竟把甘蔗的产地放在新疆一带，比如《太平寰宇记》，卷一八一说：

（疏勒）土多稻、粟、甘蔗、麦、铜、铁、绵、雌黄……

疏勒在中国新疆，毗邻沙漠地带，怎么能种植热带或半热带植物甘蔗呢？然而白纸黑字，不容怀疑。这个问题同在敦煌卷子中发现有关制糖的记载，同样难解。参阅本书附录《一张有关印度制糖法传入中国的敦煌残卷》[17]。

第七，《齐民要术》第十章那个小注的问题。原文上面已引过，请参看。我认为，这里暗示着一个重要的问题。到了南北朝贾思勰的时代，甘蔗在中国早已成为习见之物。为什么贾思勰竟在书中给它安排了这样一个位置？这是否意味着贾思勰认为甘蔗非中国所产呢？这个问题我还不敢回答。

第二章就写这样多[18]。

注释：

1　农业出版社，1990年，第一、二、三章。参阅本书第一编第一章注2。

2　上海古籍出版社，1988年。

3　安徽文艺出版社，1992年。

4 上引书，第 27 页。

5 参阅姜亮夫：《楚辞通故》，齐鲁书社，1985 年，第三辑，第 197—198 页。 关于“怅惶”，参阅同书、辑，第 195—197 页。

6 同上书，第四辑，第 70—71 页。

7 本段写完，我忽然想到一个问题。上面列举的印欧语系众语言表示“蜜”这个概念的字，都以 m 音起首而以齿音 t，th，d，dh 为尾音。汉文的 “蜜”字以 m 音起首，这是很清楚的；但是整个字今天北方话读作 mi。古音不是这样子的。根据高本汉（Karigren）的 *Analytic Dictionary of Chinese*，“蜜”字古音是 mi̯êt。这还可以从汉字音译梵字中得到证明。比如梵文 Prajñāpāramitã 汉字音译为“般若波罗蜜多”，mi（蜜）后面有 tã（多），才是齿音。又如常见的梵文人名中有 mitra，音译为“蜜多罗”，mi（蜜）后面也有 t。也许有人认为，ta 自成一个音节，与上文 mi 无涉。实际上这只是皮相之谈。后面的字，即使自成音节，也影响前面的字。最著名的例子是“南无”，梵文、巴利文是 namo（aḥ）和 namo。“南”字的古音是 nam，不是今天的 nan。上面的例子都说明“蜜”字的古音是 m 起首 t 结尾，与印欧语系众语言中表示“蜜”字概念的字完全相当。我这样说，并不想证明汉印欧同源。印度学者师觉月（P. C. Bagchi）曾有过这种想法，德国有一位华裔的汉学家也有这种主张。但我认为，下这种结论还为时过早。不过，无论如何，中国的“蜜”字与印欧语系既然如此相近，其中不可能没有原因的。

8 参阅上面第 33—34 页。饴餳为一物，餹餹为一物。

9 关于引文，有一个重要问题，必须交代一下。作文章难免引用古书原文，而引文又难免间接引用，比如利用唐《艺文类聚》、宋《太平御览》等古代所谓类书。这些类书引文，大概是为了尽量压缩，往往改写原文。我曾想把这些类书引用的文字，原原本本地、一字不易地查出来。这当然很好，我也努力做过；但是，古代类书引用古书，往往只写书名，比如《诗经》、《汉书》等等，这样的古书有的几十万字，有的上百万字，没有章节，查找起来，宛如大海捞针，艰苦异常。就以《太平御览》为例，我在本章中引用了其中的一些材料，也按照我的想法，同原书进行核对。然而只有书名，没有章节，我尝尽了苦头，有的仍然查不到。我于是就下决心，改弦更张，只引其引文，不再进行核对。如果是搞校勘学的话，这样做是绝对不行的。但我只是利用资料，只要出现的时间与地点基本清楚，就决无损于我的探讨工作，我的目的就算达到了。因此，今后我不再核对原文。偶尔遇到原文，我就写在注中，供读者对比。

还有一点，我也想在这里说明一下。我的探讨目标是“饴”等字所代表的东西出现的时间和地点。至于制造工序和使用材料，李治寰的书中有详尽的叙述，我不再重复，请读者自行参阅。

10 李治寰上引书，第 39、41 页。

11 疑当作“餳”。这两个字在古书中经常相混。

12 参阅 B. Laufer：*Sino-lranica*，Chicago1919，p.376。Laufer 认为甘蔗可能原生于印度或东南亚国家。

13 参阅姜亮夫《楚辞通故》，齐鲁书社，1985 年，第三辑，第 187—188 页。

14 我用的是《四部丛刊》上海涵芬楼借江宁邓氏群碧楼藏明钞本影印。

15 《大正新修大藏经》54，1236 上。

16 同上书，11，59 上。参阅岑仲勉《中外史地考证》上册，第 108—

114 页《蜀吴之梵名》。岑先生学问广博，甚多建树。但是对中外地名人名的对音问题，却确是一个门外汉，梵文字母看来他都不懂。然而却乐此不疲，说了许多极其离奇荒诞的话，请读者千万要注意。

17 B. Laufer：*Sino-lranica*，p.376，注 2。

18 《文选》里面还有一些地方提到甘蔗，没有必要再加以征引了。

第三章 甘蔗的原生地问题

上面写完了“国内编”,现在开始写“国际编”。在这两编之间,必须首先解决一个重要问题,它与两编都有关联,这就是:甘蔗原生地问题。

我没有专门研究过物种起源,我不知道,物种起源是一元论,还是多元论。但就浅见所及,同一种物,不管是动物,还是植物,而能在世界上许多地方完全同时起源,这似乎是很难以想象的。换句话说,我是主张物种起源一元论的。对于甘蔗的原生地,我也是这样去看的。

问题是:这个一元的产生地究竟在什么地方呢?对于这个问题,世界上许多国家研究甘蔗史的学者,意见有颇大的分歧。我在下面简略地加以叙述。我按照历史顺序来讲。但是这是一个异常复杂的问题,同许多学科都有联系,到现在也还没有大家都承认的结论。我的简略的叙述,与其说是想追求结论,毋宁说是想给学人以启发,以思考的线索,期能共同努力,得到一步步更接近真实情况的看法——还不敢说是结论——而已。

为了叙述方便起见,我想把外国学者同中国学者分开来叙述。把外国学者摆在前面,并非“崇洋媚外”,只不过是因为他们研究的时间长,研究的人数多,而我国相对而言历史比较短、人数比较少而已。

下面先谈外国情况。

我的材料主要来自西方国家两部同名为《糖史》的巨著,

其他关于甘蔗和糖的专著和论文，其量大到虽然还不能说是“汗牛充栋”，然而已极为可观，一般我不去征引，因为无此必要。

这两部巨著是：

1. Lippmann：*Geschichte des Zuckers*（《糖史》）

2. Noel Deerr：*The History of Sugar*（《糖史》）

Lippmann 书中有一章[1]专门讨论甘蔗原生地——他称之为“故乡”（Heimat）——问题；第二章《甘蔗和粗糖制造的故乡》（*Die Heimat des Zucherrohrs und der Rohzuckerbereitung*）。其中征引极端繁博，我只撮要介绍一下。

Baptista Porta（1539—1615 年）主张，每一种植物都有一个一定传播圈（Verbreitungskreis），它的中心就被看做这种植物的“故乡”[2]。今天的科学家一般都承认这种学说，间亦有不同意之处。Grisebach[3]认为，一个植物种（Art）的原生地就是在物质生活条件和它们的组织之间的完全的统一或一致的表现。引申出来的结论就是：不同植物的中心在地理上距离越近，因此气候条件差别越小，组织就越相似。换个说法，在同一属中产生出来的种就越多[4]。

羡林按：我在上面曾讲到植物产生一元论和多元论的问题。我是主张一元论的。Lippmann 在上面叙述中显然讲的是一元论，与不佞之见相同。

Miqucl[5]、Decandolle[6]和 Hackel[7]都认为，甘蔗所属的那一群草类，至少有三十个属和四百二十个种，完全产生于热带东南亚，绝大多数（即使不是全部）Saccharum 属的野生种生在东印度，特别指孟加拉，此地因土地肥沃，向有“印度花园”之誉。孟加拉古代被命名为 Gaura 或 Gauḍa，此字源于 guḍa，而 guḍa 义为“糖”。居民自称 Puṇḍra，含义为“来自红蔗”[8]。

实际上，人们应把孟加拉北岸恒河和雅鲁藏布江入海处，一直到阿萨姆群山山麓，甚至喜马拉雅山地区，在最广义上，看作是最强有力的创造力中心之一。在这里，大自然给予了植物适合于各种情况的条件，创造了世界上最复杂多样的植物形态[9]，至少有两万种完全以该地为“故乡”的植物[10]。此地由于地理位置的缘故也是世界上雨量最充沛的地方。根据 Grisebach 的意见，此地是最适宜于甘蔗诞生和成长的地方。

根据较新的观点和经验，有关的情况远比上述极有贡献的学者们所想象的要复杂得多。De Vries 在 1901 年就已经指出来，所谓一个“基本形式”（Stammform，forma genuina）的概念，一部分动摇了，一部分站不住脚了。因为一个“属”（Art）只能当作一个众多“次属”（Unterart）的综合概念来看待，它们不是从它派生出来的，不是同它们并存或者并存过的。今天存在着的众多的植物形式和众多的被我们培育出来的植物形式，对于它们是怎样（Wie）形成（Werden）的，我们所知甚少[11]。

Lippmann 认为，这个意见对于甘蔗也是正确的。因为，尽管不知道有多少论文已经出版了，但是距离最后的结论还远得很[12]。

Lippmann 又认为，当时被看做是甘蔗的“基本形式”的形式，不为人所知。出于生物体系学和形态学的原因在 Saccharum 诸种中也没有一个可以被认为是这样的“基本形式”。完全野生状态的甘蔗也不存在。根据很多学者的观察，可以肯定地说，在印度本地以及所谓“后印度”地区，在斯里兰卡，在东印度群岛和南洋群岛，在新西兰，都从来没有看到什么野生甘蔗。Cook 和 Forster 的游记和这种看法完全合拍。在社会群岛、友谊群岛、汤加群岛，复活节岛，在塔希提，只有人工栽培的甘蔗，都是为了嚼着吃，从不用来制糖。在婆罗洲、帝汶岛、安汶岛、马鲁古群岛、巽他群岛、菲律宾群岛和 Ladronen 群岛，也有同样的情况。至于在交趾支那半岛，在那里当过三十年牧师的 Loureiro[13] 说，那里长着甘蔗，是在那里栽种的。但是，这个说法没有得到支持。正相反，有人说，在中国和附近地区没有证据说那里有野生甘蔗[14]。

洪保特（Humboldt）说，印度河和幼发拉底河畔和波斯湾都生长野甘蔗，是不可靠的。还有人说，在 Schiffer 群岛，在塔希提，在爪哇，在尼克巴群岛和 Puynipet，在斐济群岛，都有野生甘蔗，都同样是靠不住的。又有人说，在非洲，在塞拉利昂，在西苏丹生长野甘蔗，虽没有被否认，但也没有被证实。

在中美洲和南美洲有土生土长的甘蔗，当地居民熟悉甘蔗，在早期常常被人提到过。但是，在 1498 年，在特立尼达以南，当哥伦布抛锚登陆时，把糖和其他物品送给土人时，对土著来说，糖是陌生的。当达尔文作环球旅行时（1832—1836 年），火岛、智利和澳大利亚的土著对糖同样陌生。Ximenes 看到，在拉普拉塔港（La-Plata）滨海处，在 1515 年为 Diaz de Solis 所发现，1535 年为 Mendoza 所占领的地区，“甘蔗长得像树一样高”。

1556 年，Jean de Léry 对里约热内卢有同样的报告。1625 年，Thomas Gage 在瓜德罗普岛看到了野生的甘蔗。1633 年，Jean de Laet 在圣文森特也看到了野生的甘蔗。1680 年，Hennepin 在密西西比河入海处看到了挤满的甘蔗。所有这一些报告和描述，按照 Lippmann[15] 的看法，都是靠不住的。Macfadyen 认为，原因是错认了 Arundo sagittata，这种植物同甘蔗极端相像。Decandolle 认为，这些都是变野了的甘蔗，而非野生甘蔗。至于甘蔗是怎样变野了的，这个问题还需要进一步的研究和探讨。总之，人们认为美洲是甘蔗的原生地的根据，是不能令人信服的。亚洲的，特别是中国的动物和植物，与北美西部的动物和植物，在许多方面有亲属关系，这是个事实。但是，怎样来解释这个事实呢？根据Lippmann的看法，与其采用Humboldt的说法——植物和动物是随着游荡的民族移过去的，毋宁采用地质学家的学说——直至第三纪末期，亚美两大陆还是连在一起的。例子可举两地都有的橘子、竹子和老玉米等等。到了后面，Lippmann 又强调说：美洲是甘蔗原生地的说法必须无条件地丢开。Deerr 最新的研究也证明了这一点。

下面 Lippmann[16] 又讨论了甘蔗结果的问题，我在这里不去谈它。

Lippmann 用了大量的篇幅来描述印度的甘蔗种植和制糖术，谈到印度一些邦种植甘蔗的情况和地理分布，谈到印度甘蔗的种类和外形等等，头绪繁多，征引详尽，颇有如入山阴道上，令人应接不暇之感。他又征引 Lassen 的意见，说印度种植甘蔗已有极长的历史，甘蔗以印度为故乡（einheimisch），印度人早就知道饮用浓蔗汁。Lippmann 概叹，所有这一切都无法确定年代。在这里，他又繁征博引，说印度没有历史，印度人没有历史概念，从贝鲁尼引起，连 Weber、Max Müller 和 Winternitz 等等都一一引到。

Lippmann 又用了极长的篇幅，引用印度各种书籍，论证印度的甘蔗种植和食糖制造问题：《梨俱吠陀》、佛典、《摩奴法典》、史诗、《古事记》（*Purāṇa*）、迦梨陀娑和他以后的文学家、《五卷书》、《佛本生故事》（*Jātaka*）、《益世箴言》（*Hitopadeśa*）、《政事论》（*Arthaśāstra*）等等，极为详尽。因为我已有专章讨论印度甘蔗种植和制糖术，材料都是我自己发掘出来的，Lippmann 在这方面的论述，我就不再引用了。我只想补充一点：Lippmann 还谈到蔗和糖在印度的药用情况，引用《妙闻本集》（*Suśruta-saṃhitā*）和《*Caraka* 本集》。我在我的文章里已经谈过，也不再引用。

我们是在谈甘蔗原生地问题，Lippmann 虽然说得不十分明确，但是我的印象是，他大概认为印度就是甘蔗的原生地（Heimat，故乡）。持这个论点的人还有一些，印度学者更多。我在这里只举一个例子。《印度人民的历史和文化》（*The History and Culture of the Indian People*）就持这个观点[17]。别的著作就不列举了。高善必（D. D. Kosambi）的《印度史研究导论》（*An Introduction to the Study of Indian History*, Bombay，1956 年），没有涉及“故乡”问题，他只谈到“甘蔗族”Ikṣvāku，此字来自 ikṣu（甘蔗），族名显然有图腾的意义。他说，ikṣu 这个字不见于《梨俱吠陀》，始见于《阿闼婆吠陀》（*Atharvaveda*）（原书第118页）。他又讲到，希腊使臣Megasthenes说印度有一种苇子类的草，像蜜一般甜。希腊作者没有把它同石蜜联系在一起（高善必书第183页。Strabo 15.1.37；Megasthenes 54）。

关于Lippmann的著作和印度起源说，就谈这样多。下面再把Deerr的著作简短扼要地加以介绍。

Deerr没有立专章来探讨甘蔗的原生地问题。他在第一、二章谈的是蜜，这里他讲到古代埃及、巴比伦等地。也讲到印度古代的蜜（第6—7页）。第三章才开始讲甘蔗。一开头他就列举了最新的出自Jeswiet之手的最新的Saccharum属（genus）的分类方式。这个分类表我曾在第一编引用过；但因为它异常重要，与甘蔗原生地问题有密切联系，所以我在这里再引一次。

A. 1. Saccarum spontaneum.

2. a. S. sinense, Roxb. amend. Jeswiet

b. S barbert. Jeswiet

B. S. officinarum

1. 有第四颖片，精力旺盛，含糖百分比低。

2. 没有第四颖片。一般高含糖量百分比。

其中A. 2. a指的是中国种。关于甘蔗的原生地（Deerr称之为home，“家乡”），他说：“为了甘蔗的家乡，似乎没有必要看到南太平洋以外去。”（第13页）意思就是说：南太平洋地区就是甘蔗的“家乡”。他举出的证据是民间传说。Brandes赞同这个看法。Deerr赞同这个学说而且提出了证据[18]。谈到甘蔗从南太平洋地区传入东南亚和印度的方式问题，Deerr首先举出了 Pastor Wilhelm Schmidt 的学说。Schmidt 主张，南太平地区诸语言，同 Mon Khmer 语和印度的 Mund 语，以及马达加斯加的 Hova 语，是一致的，它们共同形成了南岛（Austral）语族。据此 Deerr 提出了一个假设：甘蔗是被游荡飘泊的民族从南太平洋地区携到那些地方去的。游荡飘泊的桥梁就是亚洲和澳大利亚之间众多的岛屿。甘蔗也被带到了这些岛屿上。在这些岛屿上，“甘蔗”这一种植物，在 Sundanese 语中是 Tebu、Tibboo 等等，这令人想到波里尼西亚语的 To，这个字也出现在民间故事中。使用这个字来表示“甘蔗”，而不使用印度语言的 Ukh，就表示它是从南方来到这些岛屿的，而不是从北方；同时使用源于印度的 gula 这个字来表示“糖”，也表示制糖的知识来自印度（第 14 页）。

如果真有这样的民族游荡飘泊的话，他们携带的甘蔗应该是 of- ficinarum 种。在印度内地，这一种很少看到。在亚热带中国，也有同样的情况。代之而出现的是 Jeswiet 分类表中的 sinense 和 barbert。

马达加斯加甘蔗传入的情况不清楚。一般认为是阿拉伯航海家带进去的，来源地是印度。也并不排除从南太平洋地区传入的可能。

在下面，Deerr 的叙述显得非常混乱，一会儿讲蔗种数目无法计算，一会儿又讲到新几内亚，一会儿又讲到：有年代可考的有关糖和甘蔗的记载出自 Nearchus 之手，时间是公元前 325 年。下面又忽然转到印度，讲到 *Carakasaṃhitā* 和《妙闻本集》，讲到一种名叫 Paundraka 的白色甘蔗。在引用了印度学者 Jages

Chandra Roy 关于 Paundraka 这个字的解释的很长的一段话以后，Deerr 有一段话，颇值得注意："由于地理位置的缘故，可以假设，甘蔗在传入印度以前，首先传入东南亚。甘蔗到了印度以后，又延迟了许多年才传入中国本土。"下面 Deerr 讲到中国，他的叙述不幸有极其严重的错误，比如，他说，西安府或长安在北京附近；恒河南边的扶南向中国进贡甘蔗。下面他讲到李时珍，讲到孟诜的《食疗本草》，孟诜书中谈到红颜色的荻蔗或昆仑蔗或竹蔗。Deerr 说："李时珍本人写了《糖霜谱》，他在书中讲了四种甘蔗。"（第 17 页）张冠李戴，可见 Deerr 写作之草率和粗浅。在下面第四章，Deerr 专章叙述了中国和远东，其中包括印度支那、泰国、交趾支那、日本，还有中国台湾。在有关中国的叙述中，他也有一些错误。中国产蔗和制糖的情况，我在本书第一编国内编中已有详尽的叙述，这里我不再重复，连 Deerr 的不可靠的叙述我也省略掉了。

根据 Deerr 的研究结果，一直到接近十八世纪末，西方世界知道的只有一种蔗类，这种蔗类叫做"Creole"蔗，不是为了贸易目的而栽培，只种在花园中。1928 年，Deerr 从 Porto Rico 得到这种蔗，同一种名叫 Puri 的印度蔗种在一起。为什么独独是这种蔗离开了印度，普遍种植在波斯、地中海地区、Madeira 和新大陆垂一千二百年之久，原因尚无法解释（第 18 页）。这种蔗现在在西印度很难看到，它的生长范围只限于孟加拉和比哈尔的恒河南岸地区，这件事也值得重视。Puri 和 Creole 这两种蔗，在各种形态特点上都完全一致。Puri 或 Creole 种于六世纪从印度传入波斯，从这里由于阿拉伯的扩张，传至地中海地区。

到了十五世纪，又从那里传至 Madeire，Cape Verde 群岛，Sao Thomé 和西非，在葡萄牙和西班牙的殖民扩张中出现了这件事情。最后它到了新大陆，在 1493 年，在哥伦布第二次远航时。以后又随葡西两国的扩张，迅速地传遍了新大陆。传扩的西面的最终点是秘鲁。虽然与新几内亚相隔只有几百英里宽的托雷斯海峡，却直至 1788 年，在 Puri 离开印度之后的一千年，它才传至澳大利亚。

法国第一个航海家 Bougainville 于 1768 年 11 月 8 日到了毛里求斯，在那里留下了一棵甘蔗，以后被称为 Bourbon 或 Otaheite。他也把甘蔗带回法国。1782 年，Cossigny 从爪哇把甘蔗带到毛里求斯和 Réunion。1787 年，Guyot-Duclos 第二次带入 Batavian 蔗。1793 年，Bligh 船长把甘蔗带到圣文森特，其中的一种就是 Bougainville 带到毛里求斯去的那一种。法属西印度群岛种的是 Otaheite 蔗。在英属西印度群岛，它也被移种。Bligh 带去的蔗也种在牙买加。甘蔗传入的时间和地点是：

1792 年　特立尼达

1796 年　Barbados

1796 年　Cayenne

1796 年　Demerara

1797 年　Louisiana

1798 年　古巴

1802 年　Guayaquil

1806 年　秘鲁

1816 年　西班牙

约在1820年左右，这种蔗被Sleeman船长从毛里求斯带往印度。1840年左右，被携往白沙瓦，种植在花园中，整个恒河流域都有，是供嚼食的。它从印度传至缅甸，时间颇早，但确切日期还不清楚。1820年，在爪哇种植，直至1850年，它都是标准蔗种。1840年，传至墨西哥，大约在同一时间，传至菲律宾。1854年，传至夏威夷群岛，直至1915年，这个被命名为Lahaina的蔗种几乎是唯一的蔗种。

在毛里求斯，由于病灾，这个甘蔗绝了种。1868年Lavignac传进来的是一种绿色和黄色有条纹的甘蔗，名叫Mignonne。1870年这种蔗产生了一种蓓蕾芽变（bud sport），一直到十九世纪末，它在这里都是标准蔗。它同Otaheite是同一种东西。在古巴，引进Otaheite后，它得到了极大的发展，但在1840年被Crystalina或Transparent蔗所取代。在Porto Rico，它有类似的经历，但未被完全取代。在法属和英属西印度群岛，在圭亚那，直至十九世纪末，它是标准蔗种。由于长期培植，它在秘鲁和白沙瓦这样相距极远的地区，却仍然是标准蔗种（第18–20页）。

对于这个蔗种，Humloldt和Ragatz等人都发表赞誉的意见。

第二种源于东方的大甘蔗族类是被称做Crystalina，Transparent, Cheribon，Preanger的这一种，在比较古的文献中，名为Batavian。关于它的引入上面已经涉及。直至1924年，一般都认为，这一些都属于一个类型，有三种形式：紫色、黄色、有条纹。但是，Batavian蔗很可能有两种极为相似但又有区别的品种。这个叫做Batavian的蔗类，传入新大陆以后，得到了极大的发展。在下面，关于蔗种的传播Deerr还有详细的叙述（第21–23页），我现在都略而不谈。我只谈一谈所谓“中国甘蔗”（Saccharum Sinense）的问题。1796年一个东印度公司的医生，名叫James Duncan，来到了中国广州。他送给了Roxburgh一些甘蔗，Roxburgh也在东印度公司任职。他正在搜集资料，想写一部《印度植物志》。他在这些甘蔗中的一种上发现了许多特点，因此他为这种甘蔗命名为Saccharum Sinense。这种甘蔗种植在上印度（Upper India）。这个品种以后就默默无闻。直到1848年，Arthur Crooke才指出，在本地（Saran）有三种土生蔗，其中之一也是最优良的是“中国蔗”。他说，毫无疑问，这种蔗来自中国。

介绍就到此为止。这早已超越了本章的主题的范围：甘蔗的原生地问题。我之所以这样喋喋不休地、不厌其详地来介绍甘蔗种的传播时间和地点，是出于一种考虑。我认为，蔗和糖这种几乎流布于全世界的看似微末不足道的东西，同全世界人民的日常生活关系至深且巨。但是对于这方面的知识，人们却掉以轻心，认为不值得一谈。这不是正确的态度。此外，在中国有关甘蔗的著作中，对于蔗种在全世界的传播过程，似乎也讲得很不够。这也不能算是正常的现象。为了想弥补这个缺憾，我才不惜笔墨，作了上面那一些介绍。

关于甘蔗原生地的问题，我在上面介绍了两部巨著：一部是Lippmann的《糖史》，一部是Deerr的《糖史》。二人的观点不同，前者主印度，后者主南太平洋。但是，我在上面已经提到过，甘蔗原生地问题是一个万分复杂的问题，距离它的彻底解答还有很长很长的道路，这一点我们决不能疏忽。

现在我来谈一谈中国学者对于这个问题的意见。

首先，我想指出一个事实：像Lippmann和Deerr的《糖史》那样的皇皇巨著，在中国还没有出现。除了一些谈到甘蔗和糖等东西的规模不算太大的专著以外，只有一些短篇的文章。我没有全读过；我的总印象是：材料不够丰富，立论不十分周到，能利用国外的那两部巨著者，还没有见到。在这些专著中，李治寰的《中国食糖史稿》[19]是一部值得注意和推崇的书。他在本书中所谈的不限于蔗糖，饴糖和甜菜糖等也都谈到了。在书中第四章“甘蔗史略”第一节中，他专门探讨了“甘蔗来源”问题。我在下面加以简略的介绍。

李治寰先谈了甘蔗在中国古代典籍中的名称，比如《楚辞·招魂》中的“柘浆”，《汉书·礼乐志·郊祀歌》的“柘浆”，司马相如《子虚赋》的“诸柘”。李先生说：“所谓柘、诸柘，都是甘蔗。这是我国对甘蔗最早的称谓。这种植物名称，以前可能只有口语表音，没有文字。根据我国造字习惯，可以假借同音字来表音，作为这种植物的文字名称，于是便出现最初的‘柘’字。”下面李先生又指出：自公元一世纪，再不用柘字，而用蔗字，有时用复名藷蔗、诸蔗、都蔗等等。在这里李先生引用了《说文解字》，引文有点错误。正确的文字是：“藷，藷蔗也，从草，诸声。章乌切。蔗，藷蔗也，从草，庶声，之夜切。”下面李先生说：“再后，又出现甘蔗名称。”从东方朔《神异经》一直到《齐民要术》，我在本书第一编中都有论列，这里不重复。

第61页，李治寰引用了梁家勉一段话："在远古文字出现之前，甘蔗（野生）早已出现了。当人们认识了它，初未有其字，但已有其音。当时为什么要取此音名此物，当然不易深究，也不必附会；但可以设想，原来必有其用意，可能是反映它的特征，以音会意。假如联系到原始甘蔗利用情况，相信会跟'咋'和'咀咋'的音义有关。因为挺然簇聚的野生甘蔗，很可能早就为当地以采集为生的原始氏族群众所折取供作'咋'、'咀咋'用。直到甘蔗成为栽培作物以后，为期相当长的一个阶段，还依然如此。'咋'与'柘'、'蔗'，'咀'与'诸'、'藷'、'都'，在古代以至现代音系，是双声，又是叠韵，音读相近，习惯上往往相通假。根据这一语源探索，甘蔗在很古以前，早就为我们祖先以谐'咋'或'咀咋'的音，会'咋'或'咀咋'的意而作为专名。"[20]

李先生认为这一段话很"精辟"，我也认为很"精辟"。作为"大胆的假设"，是有其意义的。但是，我总觉得，其中问题还不就这样简要明了，问题要复杂得多而又多。古代语音体系是不是就是这样，还有待于深入研究。我认为，这个问题必须同李先生在下面引证的说法，结合在一起，来一个综合的、国际的探讨，才能有希望得到一点解决的路子。

下面李先生引用了拙文《一张有关印度制糖法传入中国的敦煌残卷》（见本卷附录）。我在文中讲到唐慧琳《一切经音义》，慧琳说，甘蔗有多种名称，他的结论是："此既西国语，随作无定体也。"他这个说法，我认为非常值得注意。他一定会有根据，才这样说。过去已经有一些学者认为"蔗"字不是土生土长的汉族语言文字，是从外国音译过来的。由于是音译，译名才不统一。我个人认为，这个意见是十分合情合理的。只是我还没能找到充分的证据，还不能说得十分确切。“蔗”字究竟自哪一个“西国”——我顺便说一句，唐代所谓“西国”不是现代所说的“西方国家”，不过是说比中国稍西一点，甚至稍南一点而已——来的？怎样来的？目前还都说不清楚。从这个观点上看，梁家勉先生的“精辟”意见颇有一点浪漫畅想的味道了。这个问题下面还要谈。

李治寰接着就引用了苏继庼的《岛夷志略校释》。在“琉球”——苏先生说，指的是台湾——这一节中，苏先生对“酿蔗浆为酒”这一句话作了一个注：“蔗，学名 Saccharum officinarum，原产东南亚，孟语名 baō，越南语作 mia，马来语作 tîbu，汉语作柘与蔗，并有藷蔗、诸柘、都蔗、杜蔗等复名。梵语作 ikṣu，洛弗尔（Laufer）以为汉语称蔗之复名，殆来自印度支那语（Sino-Iranica，376，n.5）。然究来自印支何族语，洛弗尔又未能确言。可见其说只为一种臆想而已。汉语蔗之复名，当由方言读成二字音，不能因此即视其为外来语之对音也。”

苏先生这个说法也只能算是一个“臆想”。我始终认为“甘蔗”是外来语的对音。至于是哪一种“西国语”，目前还说不出来。我们现在只能再扩大我们的眼界，多对照一些外来语，外来语也决不能只限于印支。比如我在上面引用 Deerr 的著作时讲到 Sundanese 语。“甘蔗”叫 Tebu，Tibboo，波里西尼亚语称为 To。这些都必须在我们考虑范围之内。当然还有更多的语言我们必须加以考虑。对于蔗种传播的情况，我国学者了解得似乎远不够细致。在这方面，我们还有大量的工作可做。

关于甘蔗原产地的问题，李先生在第62页一节的标题上明确说：“我国是甘蔗的原产地。”可以看出他的主张。下面他又分析诸论，说共有三种说法：1. 印度；2. 印度和中国；3. 东南亚和太平洋地区。他说：“众说纷纭。”在第63页，他引用了明代宋应星《天工开物》：“今蜀中种盛，亦自西域渐来也。”这个说法，我在本书一些地方都引用而且讨论过。我认为，它不是没有根据的。李先生又引用杨直民、董恺忱的意见，说某些植物起源中心，并不限于一处。我在上面已经说到，我不赞成这种多元论。

第64页，李先生说：“要搞清楚中国也是甘蔗原产地的问题，借助于历史、考古、文献等只是间接的、辅助的手段，真正的依据还是在于提出我国野生甘蔗原种。据近代调查了解，我国本土出现不少野生甘蔗原种。这些野生原种甘蔗分别出现于岭南、华东和华西，甚至华中地区也有它的踪迹。其中较著名的如‘割手密（篾）’（Saccharum spontaneum Z.）和‘草鞋密（篾）’（Saccharum natenga Hack.）等品种，统称为‘中国种’或‘中国竹蔗型种’（S. sinense Roxb. amend Jesw.）。科学家公认‘中国型蔗’是世界上四个蔗之一。”关于这一段话，我先讲点零碎意见：1. 李先生说，中国也“是甘蔗原产地”，这个“也”字是个关键字，这说明李先生是多元论者，中国并不垄断原产地。2. 引文中的amend，原引作emend，不正确。3. 关于sinense的起源，我在上面已经谈到，可参考。

第65页起，李先生讲“我国引进的蔗种”。第66页，他讲“国外蔗种引进路线的探讨”。先讲“沿海近距离的引进”，首先是越南（交趾），详细情况我在本书第一编已经有所论列。李先生接着又讲“海路引进”，首先说到三国的吴，讲到朱应和康泰出使扶南，康泰著有《扶南记》，稍后万震曾出使南海诸岛，著有《南州异物志》。这些情况，我在第一编中也都讲到过，这里就不再重复。

第67页，李先生讲到“唐代《食疗本草》把南海甘蔗称为崑峇蔗”。关于“崑峇”这个词儿，他作了一番探讨。他认为，伯希和说，崑峇广义指马来半岛，狭义指越南海中崑峇山；解释很含混。苏继庼《岛夷志略校释》说：“崑峇一名常为南海诸国泛称”，也未免失之辽廓。他自己的解释是，在引征了大量古代的典籍以后，他说：“综合以上所述，从我国澜沧江和怒江两岸开始，到湄公河到萨尔温江下游。这一广袤地区的民族中，有些民族是崇奉崑峇山岳的民族，他们所在的地区便是崑峇地区。我国从明州（宁波）、泉州、广州、崖州到这些崑峇地区口岸的远洋商船把甘蔗带回国内，便是崑峇蔗由海上路线远距离引进我国的途径。我国所引进的交趾甘蔗以及《南方草木状》和《世说新语》中的扶南蔗都是崑峇蔗。”（第69页）

从同一页开始，李先生谈“陆路引进”问题。他首先讨论了《天工开物》上面引的那一句话，讲“（蔗）种盛”，讲“自西域渐来”，讲四川，主要是说，所谓“西蔗”就是引进四川的那一种甘蔗，旁征博引。因为同我现在要讨论的问题关系不大，我一概省略了。

其他涉及甘蔗和蔗糖问题的中国学者，一提到甘蔗原生地问题，大都主原产于中国说。我个人认为，这与狭隘的爱国主义无关，他们是在研究科学，这是他们的科学信念。

我现在只举一个例子，这就是刘迎胜的《丝路文化·海上卷》[21]。在该书“制糖技术的交流”这一节中，刘迎胜开宗明义第一句话就是：“中国是甘蔗的原产地。”刘迎胜不是研究甘蔗问题的专家，我们不能期望，也不能要求他对自己这个论断作出详尽的解释。

刘先生在下面的叙述中简短而确切精辟地谈了很多问题。他说，中国人从交趾、扶南、印度引进蔗种。最初只用来榨取汁液。三国时吴孙权命匠人仿交趾方法制蔗糖。后来印度以石灰为澄清剂的制糖法由海路传入中国（羡林按：首先未必是由海路）。大约从五一六世纪，中国开始制造砂糖。东汉时，印度、波斯的石蜜传到中国。唐太宗派人到印度学习熬糖法，最初中国在三国时代制作的砂糖当是赤砂糖。到了宋代，大食（阿拉伯）贡白砂糖。从《岭外代答》等书中可以推知，东南亚人先于中国人掌握制取白砂糖的技术。白砂糖制取技术的引进始于元代。元代在杭州设立砂糖局，任职者“皆主鹘，回回富商也”。刘先生接着又指出，“主鹘”实为犹太人。下面又谈到马可·波罗，谈到《兴华府志》。他说：“直至明末人们还知道白砂糖的制法来自海外。”他引了《天工开物》中的“洋糖”。

从上面简短的介绍中可以看出刘先生论述内容之丰富。我在这里只想指出一点：所谓“白砂糖”的“白”，可以有不同的程度，不同的理解。我最初也曾认为，这种技术来自海外。但是，经过积年的探讨与思考，我的结论是：在机器制糖以前的真正制白糖的技术，是中国人发明，对于这个问题，我在本书第一编有详细而自认为是实事求是的考证。请参考，我在这里不啰嗦了。

关于甘蔗原生地的问题，我就写到这里。我的总印象或者总想法是：这个问题异常复杂，以我们目前的科学研究的水平还无法解决这个问题，这个问题距离最后的解决，还有极长极长的路程。我只想再一次着重提出我在上面曾经提出的一个看法：对于甘蔗产生多元论，我无论如何也是想不通的。我不是生物学家，没有研究过动植物原生的理论。但是，同一种植物而能同时在世界上不同的地方产生，最原始的产生，其中道理我是不能理解的。谈到甘蔗的原生地，不管是中国，是印度，是南太平洋地区，原生地只能有一个。

我就用这种信念来结束这一章。

1996 年 7 月 8 日写毕

注释：

1 原书第 63—113 页。

2 Meyer，《植物学史》（*Geschichte der Botanik*），Königsberg 1854，IV，441。羡林按：转引自 Lippmann 原书，下同。

3 《地球上的植物》（*Die Vegetation der Erde*），Leipzig 1872，II，515。

4 Warming，《生态学的植物地理学教本》（*Lehrbuch der ökologischen*

Pflanzen-geographie），Berlin 1896，376 ff. Graebner，《普通植物地理学教本》（*Lehrbuch der allgemeinen Pflanzen-geographie*），Leipzig 1910，70 ff. Drude，《植物地理学教程》（*Handbuch der Pflanzengeographie*），Stuttgart 1890，124ff.

5 《印度植物志》（*Flora Indiae Batavae*），Amsterdam 1855，III，511。

6 《栽培植物的来源》（*Origines des plantes cultivées*），Paris1883，122。

7 见于 Decandolles，*Monographia Phanerogam*，Paris 1889，VI；参看 Krüger，《甘蔗和甘蔗栽种》（*Das Zuckerrohr und seine Kultur*），Magdeburg 1899，4，95。

8 Lassen，I，173，267。

9 Grisebach，《植物地理学论丛》（*Abhandlungen zur Pflanzen-geographie*），Leipzig 1880，291。

10 Grisebach，*Veget.*，II 64.

11 见 De Vries 的《国际糖杂志》（*International Sugar Journal*），1898 年开始出刊。

12 上引书，第 65 页。

13 《印度支那的植物》（*Flora Cochinchinensis*），Lissabon 1790，I，66。Beckmann，《物质经济文库》（*Physikalisch-Ökonomische Bibliothek*），Cöttingen 1791，XVIII，389。

14 Lippmann，上引书，第 67 页。

15 同上，第 68 页。

16 同上，第 70—73 页。

17 *Vedic Age*，第 111 页。

18 见 De Vries 的《国际糖杂志》（*International Sugar Journal*），London 1929, p.180。

19 农业出版社，1990 年。

20 梁家勉：《中国甘蔗栽培探源》，《中国古代农业科技》，农业出版社，1980 年。

21 浙江人民出版社，1996 年，第 194—196 页。

第四章　从佛典的律藏中看古代印度的甘蔗种植以及沙糖和石蜜的制造和使用

一般人往往认为，佛典只是讲一些宗教教条，没有多少历史资料。事实并不是这样。佛典不但能够提供宗教、哲学、语言、文学、艺术、伦理等等方面的资料，而且还能够提供古代印度人民日常生活栩栩如生的图景以及生产、科技的资料。下面我就利用佛典，特别是律藏，来探讨一下古代印度甘蔗种植以及沙糖、石蜜生产和使用的情况。我在别的地方曾说到过，这些东西在中印文化交流史上占有相当重要的位置。因此，我这篇论文的目的不仅在于探讨印度科技的发展，更重要的是着眼于中印文化的交流。此外，我还想借这个机会提倡一下对古代印度史料要广开眼界，要善于利用佛典的律藏。

下面分三个部分来加以论述：

一　比较古的佛典

二　巴利文《本生经》

三　汉译律藏

一　比较古的佛典

这个项目包括一些不同类型的佛典。首先讲一讲《法句经》（巴利文 *Dhammapada*，梵文 *Dharmapada*）。对于这一部佛经的产生时代，还没有确切论断；但是大家都公认是相当古老的[1]。

这里面讲到许多植物，甚至讲到蜜；但却没有讲到糖[2]。汉译本《法句经》（《大正新修大藏经》[3] 4，566a）：“习善得善，亦如种甜。”检阅巴利文《法句经》中的《自我篇》（*Attavagga*），没有找到相应的原文，因此无法知道“甜”字的原文是什么。《法句经》异本最多，以后当再继续搜求。在巴利文《上座僧伽他》（*Theragāthā*）[4]和《上座尼伽他》（*Therīgāthā*）[5]中讲到种田、河沟、稻子、竹子、其他植物、榨出来的油，还讲到蜜；但没有讲到甘蔗和糖。因此，我们大概可以说，在最古的佛典中，用甘蔗制糖的办法是陌生的。

Lippmann在《糖史》中引用了所谓*Uragasuttāni*中的几句话：“在世界上，有三种可爱的东西：糖、女人和说好话的人。”他在注中提到Winternitz的《印度文学史》II，71。可是我遍查巴利文《经集》（*Suttanipāta*）和英译本（*SBE*，vol. X，part 2），都没能查到这句话。恐Lippmann引文有误。

在比较晚一点的佛典中，甘蔗、沙糖和石蜜就比较常见了。我在这里只举一个例子，这就是*Lalitavistara*，汉译名叫《方广大庄严经》或《普曜经》。这里面讲到净饭王餐桌上陈列的食品，这属于“八种瑞相”或“王宫八瑞”之列。现将汉译文节引如下，附以梵文原文：

《方广大庄严经》卷二，《降生品》第五（㊅3，546a）：

> 五者，王宫珍器，自然而有；苏、油、石蜜，种种美味，食而无尽。

《普曜经》卷一，《所现象品》第三（㊅3，488c）：

五者，其苏水器及麻油器、石蜜器，食之无减。

梵文原文（S.40）：

Ye ca rājñaḥ śuddhodanasya gṛhavare bhājana-viṣaye sarpistailamadhuphāṇitaśarkarādyānāṃ te paribhujyamānāḥ kṣayaṃ na gacchanti sma

对比梵汉两文，我们可以发现，梵文的 sarpis 相当于汉文的“苏”，taila 相当于“油”，madhu 意思是“蜜”，汉文没译，phāṇita 含义颇含糊，汉文似乎没译。śarkarā 一般相当于“石蜜”。总之，梵汉两文，颇有不同。也许汉译本根据的原本不同，否则就是漏译或者省略。

上面举的几部佛典只是几个例子，当然并不限于这几部。从这几个例子中约略可以看出古代印度甘蔗、沙糖和石蜜使用的情况。

二　巴利文《本生经》

《本生经》本来也可以包括在比较古的佛典中。但因为它内容十分丰富，材料非常充实，所以让它独立成为一章。

在巴利藏中，《本生经》属于《小部》（*Khuddaka-nikāya*）。

虽然名为佛典，实际上是一部民间故事集，共有故事五百四十六个。佛教徒，同印度其他教派的信徒一样，为了更有效地宣传教义，把这些民间故事按照固定、死板的模式，加以改造。只需加上一头、一尾，任何民间故事都可以改成一个佛本生故事。我们对这些用拙劣手法臆造的、千篇一律的头、尾，丝毫也不感兴趣。但是，中间的故事却是丰富多彩的。其中涉及印度古代社会的各个方面，是一幅幅社会实际生活的画图，是研究印度古代史的重要的、活生生的史料。过去已经有一些学者利用这些资料探讨了印度古代社会生活。德国学者费克（Richard Fick）就是其中之一。他在将近一百年前根据巴利文《本生经》写成的《佛陀时代东北印度的社会结构》（*Die sociale Gliederung im nordöstlichen Indien zu Buddhas Zeit*，Kiel 1897，这部书后来译成了英文，书名是 *The Social Organisationin North–East India in Buddha's Time*，*Calcutta* 1920），在印度和其他国家广泛流传，一直到今天也还没有失掉其重要意义。此外，还有其他一些学者利用了巴利文《本生经》，这里不一一列举了。在巴利文《本生经》中，有很多地方提到甘蔗、沙糖和石蜜。我在下面就分门别类加以叙述。甘蔗、沙糖和石蜜频频出现于《本生经》中，这个事实说明，这几种东西在古代印度人民生活中占有重要地位。这些故事是不是都反映了释迦牟尼时代北印度的情况？恐怕不是。故事内容复杂，不可能产生于同一时代，其中有新有旧，是很显然的。Fick 一古脑儿认为都反映释迦牟尼时代北印度的情况，恐怕失于笼统。但是其中比较古的部分可能反映了公元前五六世纪的情况，是完全可以相信的。

我在下面的论述完全根据 V. Fausböll 的精校本 *The Jātakas together with its Commentary*, London 1877—1897。我还参阅了 Julius Dutoit 的德译本：*Jātakam*, Leipzig 1908—1921。分为六类，每类按在《本生经》中出现的先后，依次论述。第一个数字表示本生故事的编号；第二个数字表示 V. Fausböll 精校本的册数和页数；第三个数字表示 Dutoit 德译本的册数和页数。

（一）甘蔗

77；I 339；I 327：种植甘蔗，在甘蔗田中装上机器，用来压榨甘蔗，把榨出来的蔗汁加以煎熬，熬成糖汁。在这里，“甘蔗”是 ucchum，“机器”是 yantam。

123；I 448；I 472：甘蔗嚼着吃。在这里，“甘蔗”也是 ucchum。

240；II 240；II 273：暴君压榨老百姓，像榨蔗机中的甘蔗。巴利文原文是 ucchuyante ucchum viya janaṃ pilesi。Dutoit 译为“像甘蔗在加糖的牛奶中”。完全译错，毫无意义。ucchuyanta 是“榨蔗机”，明白无误。这引起了 Lippmann 在《糖史》第 95 页注释中错误的解释。

466；IV 159；IV 188：在一个岛上长着很多植物，稻子、甘蔗、香蕉树、芒果等等。

495；IV 363；IV 441：国王的布施品中有甘蔗篮、芒果等等。ucchupuṭam 意思是“甘蔗篮”，Dutoit 译为“甘蔗”，误。

514; V 37; V 38: 在一个树林子里长满了甘蔗丛。“甘蔗丛”，巴利文原文是 ucchuvanam。

547；VI 539；VI 687：牟阇林陀湖有甘蔗。

Nidānakathā；I 25；VII 43：大地震动、呻吟，像一架转动的榨蔗机。参阅上面 240。在这里，"榨蔗机"，也是 ucchuyanta。

（二）糖

l; I 95; I l: 在大米粥里加上溶化了的奶油、蜜和糖："糖"，巴利文 sakkharā，中国旧译一般是"石蜜"。

25；I 184，I 115：内容同上；但是"糖"在这里不是 sakkharā，而是 phāṇita。

40; I 227; I 170: 吃溶化了的奶油、鲜奶油、蜜和糖。"糖"在这里是 phāṇita。

41；I 238；I 188：内容同 1 和 25，"糖"在这里是 phāṇita。445；IV 39；IV 46。497；IV 379；IV 462。536；V 441; V 479。*Nidānakathā*; I 50; VII 91，内容都相同，只是"糖"字的巴利文原文不尽相同。

78；I 346；I 336：用大米粒加上溶化了的奶油和糖来烙饼。"糖"在这里是 phāṇita。在同一页，有一个村庄的名字叫"糖" sakkharā。

91；I 380；I 383：吃溶化了的奶油、蜜、糖等等。"糖"字在这里是 sakkharā。

252；II 281；II 322：糕点、糖和林中野果并列。

281；II 393；II 444，445：国王剥掉芒果的皮，撒上糖，

把汁水挤出来。

406；III 364；III 393：糖与盐并提。406；III 366；III 397，内容相同。巴利文是 loṇasakkharāya。

535；V 385；V 417：一个人用大米粒、牛奶和糖来煮粥。“糖”在这里是 loṇasakkharāya。

536；V 448；V 488：糖一般甜的语言。

539；VI 34；VI 48：把糖捣碎，加上奶油。

Nidānakathā；I 33；VII 59：给孤独长者带着礼物去见佛，礼物中有 tala-madhu-phāṇita。

（三）糖粒

334；III 110；III 124：尼俱陀很甜，充满了汁水，好吃得像糖粒。“糖粒”在这里是 sakkharācuṇṇa。

535；V 384；V 414：吃大米粥，加上溶化了的奶油和煮过的甜糖粒。

537；V 465；V 507：许多果子上撒上糖粒。

（四）压碎了的糖

442；IV 17；IV 20：吃压碎了的糖，加上溶化了的奶油。这是根据 Dutoit 的译文。巴利文原文也是 sakkharācuṇṇa，“糖粒”。可以归入（三）。

（五）糖浆，糖水

1；I 95；I 1：给孤独长者让五百朋友手持油、蜜、糖浆等去见佛。

4；I 120；I 35：糖浆。

154；II 12；II 15：两大臣拿着糖浆等跟着佛走。以上三处“糖浆”原文都作 phāṇita。

186；II 106；II 124：糖水，原文是 sakkharodaka。

386；III 276；III 300：糖浆与蜜、糕点并列。

533；V 348；V 372：国王给雁王糖浆吃。

547；VI 524；VI 664：旅途食品中有糖浆和糖饼。“糖饼”，原文是 saguḷāni。

（六）甘蔗汁酿烧酒

466；IV 161；IV 190。

上面屡次提 Dutoit 译名的不统一，现在简略地谈一下这个问题。中国唐代梵文字书把梵文 guḍa guṇa guna 译为“糖”，而把 śarkarā 译为“石蜜”。但汉译佛典确有把 phāṇita 译为“石蜜”的。参阅《历史研究》1982 年第1期，第 129、130、133 页。

三　汉译律藏

现在来谈佛典的律藏。我在这里使用的主要是汉译本，因为哪一种语言也没有这样多的律典。同《本生经》比起来，在数量上汉译律藏要大大超过。尽管律条有很多重复，其数量仍然是惊人的。律藏当然以律为主，这些律条都是刻板、死硬，但有一些却并不枯燥。大概是为了引起听者的兴趣，焕发他们的精神，中间夹杂了不少的寓言、神话和小故事，也有不少本生故事，同《本生经》相似。通过这些故事，正如我在本文开始时已经讲过的那样，印度古代社会丰富多彩的画面就展现开来，宛然如在目前。我们从中可以了解到当时的社会结构、种姓关系、风俗习惯、政治斗争以及人民生活的各个方面。学者们研究印度古代史，常感文献不足。这确也是事实。但是弥补的方法还是有的，利用律藏，就是其中之一。

在甘蔗种植和沙糖、石蜜的制造方面，律藏也提供了不少宝贵的资料。尽管长短不等，但都包含着一些有用的内容。我现在就来叙述一下与甘蔗、沙糖和石蜜有关的问题。由于材料过多，我不可能，也没有必要网罗无遗，仅择其荦荦大者，就完全够用了。

我在下面分为六项来叙述。

（一）甘蔗、沙糖和石蜜作为药品

1. 什么叫病？什么叫药？

既然谈到用药治病，就先要了解，在古代印度人民心目中，什么叫病，什么叫药。对于这两类东西，他们都有明确的定义。

先谈什么叫病。

《摩诃僧祇律》卷一〇：“病者，有四百病：风病有百一，火病有百一，水病有百一，杂病有百一。”（㊅22，316c）

《摩诃僧祇律》卷一七："病者：黄烂、痈、痤、痔病、不禁（？）、黄病、虐病、咳嗽、痟羸、风肿、水肿，如是种种，是名为病。"（㊅22，362a）

以上两处引文，一处是讲病的起因：风、火、水等；一处是讲病的名称。有此二例，可见印度古代医学中对病的了解之一斑。

至于什么叫药，头绪比较复杂。我准备先分类谈一谈药的类名；具体的药名下面再谈。分下列几类：

（1）按药的性质来分：

a. 有所谓含消药，即助消化的药，一般有四种，但也有多的。因为限七天以内服用，所以与下面的七日药有时相同。只因类名不同，我就分开来谈。

b. 有所谓五种涩药。《根本说一切有部毗奈耶药事》卷一："佛言，有五种涩药：一者庵没罗；二者纴婆；三者瞻部；四者夜合；五者俱奢摩。"（㊅24，2a）还有胶药、灰药、盐药各五。

（2）按服用的时间来分。一般分为四种：

a. 时药、夜分药、七日药、终身药

《十诵律》卷一一，㊅23，82c，同上书，卷一六，㊅23，112a；《萨婆多部毗尼摩得勒伽》卷六，㊅23，598a；同上书，卷，㊅23，600b；同上书，卷七，㊅23，605b；同上书，卷九，㊅23，619c。

b. 时药、夜分药、七日药、尽形药

《十诵律》卷一五，㊅23，106c；同上书，卷三〇，大23，216ab；同上书，卷三一，大23，224b；同上书，卷四一，大23，302b；同上书，卷四二，大23，306a；同上书，卷四六，大23，330a；同上书，卷五一，大23，370c；同上书，卷五三，大23，391a；同上书，卷五四，大23，400a；同上书，卷五五，大23，405b；同上书，卷五六，大23，414b。

c. 时药、更药、七日药、尽寿药

《根本说一切有部毗奈耶药事》卷一，大24，1a。这里对这四种药都有解释：时药是指麨、饼、麦豆饼、肉和饭。更药是指八种浆。七日药是指酥、油、糖、蜜、石蜜。尽寿药是指根、茎、叶、花和果。参阅《根本说一切有部百一羯磨》卷五，大24，478a。《根本萨婆多部律摄》卷八，大24，569c。内容完全相同。

d. 《毗尼母经》卷五，大24，825a："治病药有四种：中前服药，不得中后、七日、终身服也。"

对上面的叙述，有两点要加以说明。第一，上面四种分类法，在梵文、巴利文原文中，实际上是一码事。但汉译稍有不同，因而分列。第二，药品和食品混而不分，下面还要谈到这个问题。

（3）按用法来分。

《萨婆多部毗奈耶摩得勒伽》卷七，大23，608a："复有四种药，谓不净净用、净不净用、不净不净用、净净用。"

2. 含消药

（1）《五分律》卷一一，大22，83c：

若比丘尼病，得服四种含消药：酥、油、蜜、石蜜。

《弥沙塞五分戒本》，大22，196c，字句完全相同，只把"比丘尼”改为“比丘”。

（2）《十诵律》卷二一，大23，156c：

依比丘法，若更得四种含消药：酥、油、蜜、石蜜。

（3）同上书，卷二六，大23，184c：

从今日听四种含消药，中前、中后自恣服。（上面列举了四种药名）

（4）《十诵羯磨比丘要用》，大23，499c：

若长得四种含销药酥、油、蜜、石蜜。

这里“消”字作“销”。

（5）下面我想选一段汉译佛典，与梵文原文对照一下。

《摩诃僧祇律》卷三〇，大22，472c—473a：	*Bhikṣunī-Vinaya*, ed. by Gustav Roth, Patna 1970, §51:
依陈弃药，少事、易得、应净、无诸过。比丘尼随顺法，依是出家受具足，得作比丘尼，是中尽寿能堪忍服陈弃药不？答言：能。若长得酥、油、蜜、石蜜、生酥及脂，依此三圣种当随顺学。	Pūtimūtraṃ bhaiṣajyānām alpañ ca sulabhañ ca kalpikañ cānavadyañ ca śramaṇīsārūpyañ ca | tan ca niśrāya pravrajyā upasaṃpadā bhikṣuṇībhāvaḥ | atra utsahantīyo śraddhāyo kuladhītāyo upasaṃpāda (dī) yanti | anutsahantīyo nopasaṃpāda (dī) yanti | atra ca ti kuladhīte yāvajjīvam utsāho karaṇīyo |

utsahasi tvaṃ kuladhīte yāvajjīvaṃ pūtimūtraṃ bhaisajyānāṃ pratisevituṃ | utsahantyā utsāhāmīti vaktavyaṃ | atirekalābhaḥ sarpistailaṃ madhuphāṇitaṃ vasānavanītaṃ. Ime trayo niśrayā āryavaṃsā [nu] śikṣitavyaṃ anuvartitavyaṃ

值得注意的是，原文 phāṇitaṃ 在这里译为"石蜜"。此事我在上面已经提到，参阅上面"一 比较古的佛典"。如果不对照梵文，汉译文是非常难懂的。从这一个小例子中可见法显译风。

（6）含消药一般只有四种；但也有五种的。《萨婆多部毗奈耶磨得勒伽》卷八，㊅ 23，599b："云何含消？含消有五种；世尊听诸比丘服，谓酥、油、蜜、糖、醍醐。"

3. 七日药

在上面（2）谈什么叫药时谈到按服用时间来分的类名。在那四个类名中，只有第三个七日药与本文要探讨的糖和石蜜有关。所以我在这里只谈七日药。

七日药的数目和名称都不固定划一。四种、五种、六种都有。先谈四种的：

（1）《五分律》卷二二，㊅ 22，147b："世人以酥、油、蜜、石蜜为药。我今当听诸比丘服。”这就是四种含消药。但是后面说到“受七日服”，可见又是七日药。日本学者佐藤密雄：《原始佛教教团之研究》，东京，1972 年，第 630 页讲到利用熟酥（sappi）、生酥（navanīta）、油（tela）、蜜（madhu）、石蜜（phāṇita）来疗病的情况。《五分律》只讲到酥，没有区分熟酥与生酥。此外，在这里 phāṇita 也译为“石蜜”。

（2）《弥沙塞羯磨本》，(大)22，221a：“律言：听以酥、油、蜜、石蜜等四种为药，受七日服。”

（3）《四分律比丘戒本》，(大)22，1018a：“若比丘有病，残药酥、油、生酥、石蜜，齐七日得服。”这里虽然仍是四种，但却缺了蜜。

（4）《根本说一切有部毗奈耶药事》卷二四，(大)23，759b：“谓酥、油、糖、蜜，于七日中应自守持，触宿而服。”这里仍然是四种，但却缺了石蜜，多了糖。也许是由于译法的不同，不敢断定。(大)24，569c 与此相同。

再谈五种的：

（1）《摩诃僧祇律》卷二八，(大)22，454b：“七日药者：酥、油、蜜、石蜜、生酥膏。”

（2）《四分律》卷一〇，(大)22，628a：“若比丘有病，残药酥、油、生酥、蜜、石蜜，齐七日得服。”参阅上面四种的（3）。

（3）《四分僧戒本》，(大)22，1026a：“若比丘病，畜酥、油、生酥、蜜、石蜜，齐七日得服。”这与（2）完全一样。

（4）《根本说一切有部毗奈耶药事》卷一，(大)24，1b：“七日药者：酥、油、糖、蜜、石蜜。”这里少了生酥，加了糖。

（5）《善见律毗婆沙》卷一八，㊅24，799c："有五者：酥、油、蜜、石蜜、脂，五器各受，过七日服，得五波夜提罪。"这里少了糖，加了脂。

在谈六种的以前，我想在这里补充一点。我在Gilgit残卷中（见Gilgit Manuscripts，vol. Ⅲ，Part 1，ed. by N. Dutt Srinagar-Kashmir）找到了与上面（4）完全相当的梵文原文：sāptāhikaṃ sarpistathā tailaṃ phāṇitaṃ madhu śarkarā。值得注意的是，在这里，phāṇitaṃ译为"糖"，而śarkarā译为"石蜜"。

现在谈六种的：

（1）《摩诃僧祇律》卷三，㊅22，244c："七日药者：酥、油、蜜、石蜜、脂、生酥。"

（2）《摩诃僧祇比丘尼戒本》，㊅22，559b："若比丘尼病，所应服药：酥、油、蜜、石蜜、生酥及脂。如是病比丘尼听畜七日服。"

（3）《根本说一切有部毗奈耶颂》卷中，㊅24，637c："说有七日药，酥、油、蜜、诸糖、石蜜及沙糖，许服皆无过。"

4．甘蔗

这里专谈甘蔗作为药品，下面（二）再谈甘蔗作为食品。

《摩诃僧祇律》卷一〇，㊅22，317c—318a："若比丘食上大得甘蔗，食残，笮作浆，得夜分受。若饮不尽，煎作石蜜，七日受。石蜜不尽，烧作灰，终身受。"此外，还有两个地方，内容与此条完全相同。一是《根本说一切有部目得迦》卷七，

(大)24，440b：“即如甘蔗，体是时药，汁为更药，糖为七日，灰得尽形。”一是《根本萨婆多部律摄》卷八，(大)24，571a：“有谓甘蔗，体是时药，汁为更药，糖为七日，灰为尽寿。”这两条中的糖，显然就是第一条的石蜜。总之，一种甘蔗，既可以吃，又可以做药，而且不同的形态可以作不同时间内食用的药。甘蔗真可以说是浑身是宝了。

5．只列举药名

我现在要谈的是只列举药名而没有明确说是含消药或七日药的。内容实际上无大差别。我在下面仍按出现的先后次序举出一些例子。

（1）《五分律》卷八，(大)22，62b：“彼守僧药比丘应以新器盛呵梨勒、阿摩勒、鞞醯勒、毕跋罗、干姜、苷蔗糖、石蜜。”

（2）同上书，卷二二，(大)22，147b：“世人以酥、油、蜜、石蜜为药。”这实际上就是四种含消药。内容与此完全或基本相同的有：

《弥沙塞羯磨本》，(大)22，218a。

《摩诃僧祇律》卷五，(大)22，262a。

同上书，卷二四，(大)22，426a。

同上书，卷三六，(大)22，515a。

《羯磨》，(大)22，1054a。

《根本说一切有部百一羯磨》卷一，(大)24，458b。

同上书，卷二，(大)24，463b。

《鼻奈耶》卷六，(大)24，878c。这里内容稍有不同，是：酥、麻油、蜜、黑石蜜。

（3）《摩诃僧祇律》卷三六，(大)22，521a："药者：蜜、石蜜、生酥及脂。"这里加了脂。

（4）《四分律》卷一〇，(大)22，626c："今有五种药，世人所识：酥、油、生酥、蜜、石蜜。"内容与此相同者有：

《四分律》卷一〇，(大)22，628a。

《昙无德律部杂羯磨》，(大)22，1043a。

《羯磨》，(大)22，1062c。

《善见律毗婆沙》卷一五，(大)24，778c。这里讲的是"舍卫国五种药"。

（5）《四分律》卷四六，(大)22，905a："若有甜蒲桃浆、蜜、石蜜，净洗手受。"

（6）《十诵律》卷一七，(大)23，118a："六群比丘又问：'汝有油、蜜、石蜜、姜、胡椒、荜茇、黑盐不？'"

（7）《根本说一切有部毗奈耶尼陀那目得迦摄颂》，(大)24，519a："甘蔗、酥、肉、麻，药有四种别。"

6．什么药治什么病？

下面谈一谈石蜜、黑石蜜和沙糖所能治的病。《根本萨婆多部律摄》卷八，(大)24，571c："然诸病缘，不过三种：风、热、痰癊。此三种病，三药能除。蜜及陈沙糖能除痰癊。酥与石蜜除黄热病。油除风气。"这里讲的是石蜜能治黄热病。《五分律》卷二二，(大)22，147b："有一比丘得热病，应服石蜜。"《弥沙塞羯磨本》，(大)22，221a："时诸比丘得风热病，佛言：'听以酥、油、蜜、石蜜等四种为药。’”大概黄热病、热病、风热病等等都属于热病一类。此外，石蜜还能治吐血。《摩诃僧祇律》卷一〇，㊅22，317c：“若比丘多诵经，胸痛吐血，药师言：‘此病当长服石蜜。’”石蜜还能治干痟病。《摩诃僧祇律》卷一七，㊅22，362c：“若比丘干痟病，医言：‘此应服石蜜。’”至于黑石蜜，它能治腹内风。《鼻奈耶》卷九，㊅24，891c：“若当与黑石蜜、蒲萄浆、苦酒浆者，恐发腹内风。”还有一条要附在这里。《摩诃僧祇律》卷四〇，㊅22，544b：“如是石蜜。若病，医言应服石蜜，得乞石蜜。”这里没有说明是什么病。

（二）甘蔗、沙糖和石蜜作为食品

我首先要说明两点：第一，我在上面已经说到过，在古代印度，甘蔗等作为药品和食品的界线有时极难划分。所以，倘若佛典律中只说到甘蔗、沙糖和石蜜而不说明用途，则我们就难以断定是药品还是食品。其次，古代印度把食品分为两类：一是佉阇尼食，梵文是khādanīya，意思是“嚼食”，也叫做“不正食”；二是蒲阇尼食，梵文是bhojanīya，意思是“噉食”，也叫做“正食”。《释氏要览》上，㊅54，274a：

正食《四分律》云：梵语蒲阇尼，此云正食。《寄归传》云：半者蒲善尼。唐言五啖食，谓饭、饼、麨等（半者，梵文pañca）。

不正食《四分律》云：佉阇尼，此云不正食。《寄归传》云：半者珂但尼，此云五嚼食，谓根、茎、叶、花、果等。

参阅《四分律》卷一四，大22，660ab；《摩诃僧祇律》卷三六，大22，521a；《根本说一切有部毗奈耶颂》卷中，大24，636c；《萨婆多部毗尼摩得勒伽》卷六，大23，599a。

《四分律》卷四二，《药揵度》，大22，866c：

> 得怯阇尼食，佛言："听食种种佉阇尼食。佉阇尼者：根食、茎食、叶食、花食、果食、油食、胡麻食、石蜜食、蒸食。"

可见石蜜等属于佉阇尼食，也就是不正食。

但是，如果佛典中只提到沙糖、石蜜，确定它是否是食品，仍有困难。有的是能够确定的，有的则否。能确定的，例子如下：

《五分律》卷五，大22，31bc。

同上书，卷一四，大22，100b。

同上书，卷二二，大22，149b。

《五分比丘尼戒本》，大22，212b。

《弥沙塞羯磨》，大22，218a。

《摩诃僧祇律》卷一〇，大22，312c。

同上书，卷一六，大22，352a。

同上书，卷二九，大22，462c。

同上书、卷，大22，463a。

同上书，卷四〇，大22，544c。

《摩诃僧祇比丘尼戒本》，㊅22，563b。

《十诵律》卷三四，㊅23，249a（石蜜欢喜丸）。

《根本说一切有部毗奈耶杂事》卷三五，㊅24，382a。

《根本说一切有部苾刍尼戒经》，㊅24，516a。

《根本说一切有部毗奈耶尼陀那目得迦摄颂》，㊅24，518c。

《根本说一切有部毗奈耶颂》，㊅24，638c—639a。

《善见律毗婆沙》卷一〇，㊅24，743a。

同上书，卷一六，㊅24，784c。

同上书，卷一八，㊅24，799c。

《毗尼母经》卷四，㊅24，819c。

药品、食品难以确定的，例子如下：

《五分律》卷三〇，㊅22，192ab。

《四分律》卷五六，㊅22，980a。

《十诵律》卷一，㊅23，7a。

同上书，卷二六，㊅23，185a。

同上书，卷四三，㊅23，315b。

同上书，卷六一，㊅23，462a。

《根本萨婆多部律摄》卷六，㊅24，561a。

例子就举这样多。我想顺便提一下，唐代高僧义净在他的《南海寄归内法传》中也多次提到沙糖。同佛典一样，它有时候是药品，比如㊅54，224b，就讲到沙糖为药，“若无沙糖者，蜜饴亦得”。㊅54，225b说：“石蜜、沙糖，夜飡而饥渴俱息。”但有时又是食品，比如㊅54，223a说：“酥、蜜、沙糖，饮啖随意。”

现在专门谈一谈作为食品的甘蔗。作为药品，上面已经谈过了。《五分律》卷二二，(大)22，148a把甘蔗同饭、饼、麨、熟麦豆等等并列。《摩诃僧祇律》卷一〇，(大)22，313a把甘蔗同伞、盖、箱、革屣、扇、筬、鱼脯、酥酪、油、蜜并列。同上书，卷二〇，(大)22，386a，把甘蔗同酥等并列。同上书，卷二二，(大)22，405a，把甘蔗同果、蓏并列。《根本说一切有部毗奈耶破僧事》卷一三，(大)24，166b，把甘蔗同新粳米饭、炙雉头并列。《根本说一切有部目得迦》卷一〇，(大)24，454c，把甘蔗同葡萄、石榴、甘橘等等并列。戒律还规定了比丘偷甘蔗，要受惩罚。《摩诃僧祇律》卷三，(大)22，248bc：“若比丘盗心取他甘蔗时，食一甘蔗，满者波罗夷。”《四分律》卷五五，(大)22，977c规定，比丘盗甘蔗值五钱，波罗夷。《萨婆多部毗尼摩得勒伽》卷九，(大)23，619c规定，比丘非时不得食甘蔗。此外，还有很多地方讲到甘蔗，比如（《摩诃僧祇律》卷一〇，(大)22，287b；《根本说一切有部毗奈耶杂事》卷一七，(大)24，282ab；《根本说一切有部目得迦》卷一〇，(大)24，454a；《根本说一切有部毗奈耶杂事摄颂》，(大)24，521c；《根本说一切有部毗奈耶尼陀那目得迦摄颂》，(大)24，520a等等。这里有一个问题，想顺便说一下。(大)24，521c提到“猪蔗”，这个“猪”字是否就是《新唐书》卷二二一上《西域列传·摩揭陀国》中的“即诏扬州上诸蔗”中的“诸”字？目前我还不敢肯定地回答。

（三）甘蔗的种植、甘蔗田和甘蔗园

上面我引了许多例子，说明甘蔗在古代印度是家喻户晓的。从甘蔗的种植情况来看，也得到同样的结论。在世界范围内甘蔗的原生地的问题，至今还没有一致的意见。我自己是倾向于原生地是印度的说法的。详细论证，以后再进行。我在这里只指出来，古代印度人民对甘蔗种植是有成套的经验的。

《摩诃僧祇律》卷一四，(大)22，339a：“种子者有五种：根种、茎种、心种、节种、子种，是为五种……节种者：竹、苇、甘蔗，如是等当火净。若刀中析净，若甲摘却芽目，是名节种。”内容相同的还有《摩诃僧祇律》卷三一，(大)22，641c；《十诵律》卷一〇，(大)23，75a；《根本萨婆多部律摄》卷九，(大)24，597a；《根本说一切有部毗奈耶颂》卷中，(大)24，633a 等等。

甘蔗种植的规模是非常大的。佛典里面常常提甘蔗田。《根本说一切有部毗奈耶颂》卷上，(大)24，629a：“田是营田处，谓稻、蔗、谷、麦。”可见甘蔗是像稻子、谷子、麦子那样种植的。《四分律》卷一，(大)22，574b 讲到三种田：稻、麦、甘蔗。《十诵律》卷一，(大)23，4c 讲到六种田。同书卷二三，(大)23，171c 讲到六种田。此外还有不少地方讲到甘蔗田，比如《摩诃僧祇律》卷七，(大)22，287b 等等。同样，在巴利文律藏中也常常遇到甘蔗田 ucchukkheta 这个字。

古代印度把田分为两种。《善见律毗婆沙》卷九，(大)24，736a：“田中者，有二种田。何谓为二？一者富槃那田，二者阿波兰若田。问何谓为富槃那田？有七种，谷、粳米为初。何谓为阿波兰若田？豆为初，乃至甘蔗。”所谓富槃那田，巴利文是 pubbaṇṇa，指七种谷类。所谓阿波兰若田，巴利文是 aparaṇṇa，指七种以豆为首的谷类，甘蔗属于这一类。这说明当时印度人耕作的细致。

除了甘蔗田以外，还有甘蔗园。《摩诃僧祇律》卷一六，㊅22，359a："若比丘随道行，过甘蔗园边。"《十诵律》卷三九，㊅23，282a《根本说一切有部毗奈耶破僧事》卷一，㊅24，103a；《鼻奈耶》卷一，㊅24，855a 都讲到甘蔗园。可见也有专门种植甘蔗的园子。

此外，还有一些古老的关于甘蔗的传说。有所谓"甘蔗王"，见《根本说一切有部毗奈耶药事》卷八，㊅24，33c—34a；《根本说一切有部毗奈耶破僧事》卷一，㊅24，103b，"甘蔗种"这个词儿也见于此处。讲到古代太平盛世的国王，其国土上必然是"牛、羊、稻、蔗，在处充满"。见㊅24，59b；㊅24，64c—65a；㊅24，68b。㊅24，260c 等处。连释迦牟尼菩萨在天宫选择地上诞生地时，也一定要选择一个"有甘蔗、粳米、大麦、小麦、黄牛、水牛，家家充满"的国土，见《根本说一切有部毗奈耶破僧事》卷二，㊅24，106b。这些都说明甘蔗在古代印度人民心目中的重要地位。

有几个小例子也值得一提。《摩诃僧祇律》卷三一，㊅22，477b："若萝葡、葱、甘蔗在道中者，得截取净者。"《毗尼母经》卷五，㊅24，829b："名同用异，如稚弩、甘蔗，皆名忆初（梵文 ikṣu，巴利文 ucchu）。"连举这样的例子都用甘蔗，足证甘蔗同人民生活关系之密切了。

（四）石蜜浆、甘蔗浆、石蜜酒、甘蔗酒

甘蔗和石蜜都可以制成浆，酿成酒。提到两种浆的地方有《摩诃僧祇律》卷二九，(大)22，464b：“浆者有十四种。何等十四？一名奄罗浆，二拘梨浆，三安石榴浆，四巅多浆，五葡萄浆，六波楼沙浆，七楼楼筹浆，八芭蕉果浆，九蔺伽提浆，十劫颇罗浆，十一波笼渠浆，十二石蜜浆，十三呵梨陀浆，十四佉披梨浆。”《根本萨婆多部律摄》卷八，(大)24，569c，在列举了八种浆以后，又说：“除此八已，若橘柚、樱梅、甘蔗、糖、蜜等，亦听作浆。”《毗尼母经》卷七，(大)24，843a：“应初夜受用者，一甘蔗浆，二水和甘蔗浆。”《五分律》卷二二，(大)22，149b，用水和石蜜饮用；《摩诃僧祇律》卷三五，(大)22，507b，规定：“若欲饮石蜜浆者，当在外饮，勿使人生疑，呼，出家人非时食。”同书，卷一七，(大)22，362b又提到甘蔗浆。佛教的戒律规定，甘蔗浆和石蜜浆都算是非时浆，可以在不允许吃饭的时候饮用，见《五分律》卷二二，(大)22，151b；《摩诃僧祇律》卷二八，(大)22，457b。

此外，《摩诃僧祇律》卷三五，(大)22，508c说，舍卫城有石蜜水，僧伽施国有石蜜水；大概是河水的名字，与真正的石蜜无关。

至于把甘蔗和石蜜酿制成酒，也屡见于佛典律藏。《摩诃僧祇律》卷二〇，(大)22，387a：“佛言：‘从今日后，不听饮石蜜酒。’”下面有一大段专门讲酒：“酒者十种：和、甜、成、动、酢、渍、黄、屑、淀、清。”这是讲十种不许饮酒的情况，对石蜜酒也完全适用。《四分律》卷一六，(大)22，672ab，列

举了一大串酒的名字："酒者：木酒、粳米酒、余米酒、大麦酒，若有余酒法作酒者是。木酒者：梨汁酒、阎浮果酒、甘蔗酒、舍楼伽果酒、蕤汁酒、蒲桃酒。梨汁酒者，若以蜜、石蜜杂作，乃至蒲桃酒亦如是。"这里对酒的种类讲得很详细，甘蔗酒属于木酒一类。《十诵律》卷二一，㊅23，150a规定："是中尽寿离饮酒：谷酒、蒲萄酒、甘蔗酒、能放逸酒。"

（五）造石蜜法和黑白石蜜

下面要谈的问题十分重要。在过去，世界上许多国家都有一些学者写过关于糖史的专著或论文。但是对沙糖和石蜜的区别往往语焉不详。汉译佛典律藏中的资料，虽然也不多，但却重要。我现在就引用一些，并加以必要的说明。

《五分律》卷二二，㊅22，147c：

> 时离婆多非时食石蜜。阿那律语言："莫非时食！我见作石蜜时捣米着中。"彼即生疑，以是白佛。佛以是事集比丘僧，问阿那律："汝言见作石蜜时捣米着中，彼何故尔？"答言："作法应尔。"

《四分律》卷一〇，㊅22，627c：

> 时诸比丘入村乞食，见作石蜜以杂物和之。皆有疑，不敢非时食。佛告比丘："听非时食，作法应尔。"得未成石蜜，疑，佛言："听食！"

下面依次是薄石蜜、浓石蜜、白石蜜、杂水石蜜，佛都听食、听饮。

上面两段话非常重要。这里说到做石蜜必须搀入米屑或“杂物”，而且是“作法应尔”，非这样做不行。

《根本萨婆多部律摄》卷八，㊅24，570c：

> 作粆糖团，须安麨末，是作处净，非时得食。行路之时，若以粆糖内于米中，手拍去米，应食。若置麨中，应以水洗。若黏着者，竹片刮除，重以水洗，食之无犯。

这究竟是怎么一回事呢？这里讲到，做沙糖团，也要搀上麨末。

我们看看义净是怎样谈论这个问题的。《根本说一切有部百一羯磨》卷九，㊅24，495ab：“时有师子苾刍，欲食沙糖。佛言：‘时与非时，若病不病，并皆随食。’”在这里义净写了一条夹注。

> 然而西国造沙糖时，皆安米屑。如造石蜜，安乳及油。佛许非时开其啖食，为防粗相，长道资身。南海诸洲煎树汁洒而作糖团，非时总食。准斯道理，东夏饴糖，纵在非时，亦应得食。何者？甘蔗时药，汁则非时。米曲虽曰在时，饴团何废过午？祥（详）捡虽有此理，行亦各任已情。稠浊香汤，定非开限；蜜煎薯蓣，确在遮条。

义净在这里说得很清楚：做沙糖加米屑，做石蜜加乳和油。《根本萨婆多部律摄》的说法与义净一致，而《五分律》和《四分律》则说是做石蜜加米屑。我看，这恐怕又是一个名词翻译的问题。

让我们先探讨一下，巴利文和梵文原文是哪一个字。巴利文（《律藏》（*Vinayapiṭaka*）I 210，1—12 有一段话：

> 具寿甘迦里婆陀，当他转向一个糖作坊时，在路上看到（制糖者）把面（米）粉和石灰搀入 guḷa 中。看到以后，心里狐疑起来："guḷa 当作食品是不允许的，不允许非时吃 guḷa。"他和同伴都没有吃 guḷa。那些认为必须听他的话的人，也没有吃 guḷa。他们把这件事告诉了世尊。"僧人们！他们把面（米）粉投入 guḷa，用意何在呢？""让它稠起来，世尊！""僧人们！如果人们为了让 guḷa 稠而投入面（米）粉和石灰，即使这仍然叫作 guḷa，我也允许你们，僧人们！随意食用。"

为了同巴利文对比，我现在选一段梵文佛典，连同汉译文，抄在下面：

缘在室罗筏城。时有具寿颉离伐多，于一切时，不乐求觅，见者多疑。时诸苾刍共号为颉离伐多，为少求故。其少求者后于晨朝着衣持钵，入城乞食。次第行乞，遂闻压甘蔗声。因即往，见作沙糖团，以米粉相和。苾	śrāvastyāṃ [nidānam । yusmādāyuṣmān revato] yatra kvacana kāmkśī tasya kaṃkṣārevataḥ kāmkṣārevata iti saṃjñā saṃvṛttā । sa pūrvāhṇe nivāsya pātracīvaram ādāya śrāvastīṃ piṇḍāya praviṣṭaḥ । so’

刍报曰:“汝莫着粉和抟!”其人问曰:“可更有余物抟沙糖?”苾刍答曰:“我实不知更有何物。然我等非时须食沙糖,所以不合着粉。”报曰:“圣者!时与非时,任食不食,此团除粉余物不中。”苾刍遂去……是时具寿颉离伐多,晨时着衣持钵,入城乞食,次第行至香行铺前,见人以麸涂手,遂抟沙糖。捉沙糖已,复麸涂手。苾刍见已告曰:“贤者!手既涂麸,勿把沙糖。我须非时食此沙糖(《根本说一切有部毗奈耶药事》卷一,㊅24,3ab)。”

nupūrveṇa guḍaśālām gato yāvatpaśyati kaṇena guḍaṃ badhyamānam | sa kathayati | [bhavanto mā kaṇena guḍaṃ] bandhata | ārya asti kiṃcid anyaṃ bandhaṃ jānāsi | nāham anyaṃ bandhaṃ jānāmi | api tu vayam akāle paribhuṃjāmaḥ | ārya kāle vākāle vā paribhuñja | eṣo' sya bandho' nyathā bandhaṃ na gacchati | …… śrāvastyāṃ nidānam | athāyuṣmān revataḥ pūrvāhṇe nivāsya pātracīvaram ādāya śrāva [styāṃ piṇḍāya praviṣṭaḥ | so' nupūrveṇa vīthīṃ] gataḥ | tena gāṃdhiko dṛṣṭaḥ saktuṃ spṛṣṭvā guḍaṃ spṛśati | sa kathayati | bhadramukha mā saktuṃ spṛṣṭvā guḍaṃ spṛśa | samābhir akāle paribhoktavyam |

Gilgit Manuscripts,vol.III,
Part 1 ed.by N.Dutt Srinagar
Kashmir p.XI-XII.

拿梵文原文和汉译文来对比一下，汉文的“沙糖”正相当梵文的 guḍa，与巴利文完全一致。原文 guḍaśālām，“沙糖作坊”，汉译文缺。我在上面已经说过，唐代梵文字书确实译 guḍa 为“沙糖”或“糖”。在上面的引文里，做沙糖以米粉相合，把 guḍa 译为“沙糖”是完全正确的。但在《五分律》和《四分律》中，做法一样，汉译文却是“石蜜”，这显然是有问题的。按《五分律》“石蜜”原文是 phāṇita，《四分律》还没有找到原文，是哪个字，不清楚。在《政事论》和妙闻的医典中，有一个按制糖程序排成的表，两书都是五种，顺序完全一样。在这张表中，phāṇita 居第一位，意思是由甘蔗汁初步煮成的糖汁。guḍa 居第二位，意思是把糖汁进一步加工而成的褐色粗糖。这同佛典中的两个字的含义都不一样。可见其含义都有了演变与发展，到了汉译文中就成了“沙糖”或“石蜜”。上引《五分律》等佛典中，名称不同，制法一样，实际上是一种东西。

我认为，原文是哪一个字，这并不重要，重要的是制造方法。“捣米着中”、“以杂物和之”、“皆安米屑”、“须安麮末”等等，都讲的是沙糖，而不是石蜜。㊅22，318a 有“煎作石蜜”这样的话，可见造石蜜是要煎的。一张敦煌残卷说：“若造沙割令（石蜜——羡林注），却于铛中煎了。”（见《历史研究》，1982 年第 1 期，第 125 页）这也说明，做石蜜要煎，因为加入乳和油，非煎不可。而做沙糖搀米粉，只要用手抟就行了。

因为沙糖中有米屑，而按佛教清规，非时不食，所以和尚吃沙糖时都有点战战兢兢，非得到如来佛金口批准不可。上面的引文中屡次碰到这个场面。《根本说一切有部毗奈耶颂》卷中，㊅24，639a："食杂沙糖等，水洗宜应食"，说的也是同一个道理，必须用水洗过才能吃。

我想在这里顺便解释德国梵文学者 Oskar v. Hinüber 提出来的一个疑问。他在论文《印度古代的制糖技术》（*Zur Technologie der Zuckerherstellung im alten Indien*，ZDMG，Bd. 121，Heft 1，1971，S.91）中说："也许人们可以设想，一个对于制糖方法不熟悉的观察者犯了一个错误：他把石灰与面粉搞混了。"他的意思是说，制沙糖加面（米）粉，不可理解。看过我上面引用的那一些例证，事情已经十分清楚：制沙糖必须搀面（米）粉，"作法应尔"。如果有什么人犯错误的话，那就是 Oskar v. Hinüber 本人。

我还必须谈一谈黑、白石蜜的问题，这两个词儿多次出现在汉译佛典中。比如《摩诃僧祇律》卷一〇，㊅22，318b 谈到黑石蜜和白石蜜；《四分律》卷一〇，㊅22，627b："时有私诃毗罗嗪象师，五百车乘载黑石蜜，从彼送来。"同上书，卷二二，㊅22，870a 讲到黑石蜜；《四分比丘尼戒本》，㊅22，1038c，也讲到黑石蜜；《毗尼母经》卷六，㊅24，830a："六十乘车载黑石蜜，供佛及僧。"同上书卷八，㊅24，844a，七日药中有黑石蜜；《鼻奈耶》卷六，㊅24，878c，四种药中有黑石蜜，同上书卷九，㊅24，891c 也讲到黑石蜜。

那么，什么是黑、白石蜜呢？

黑石蜜和白石蜜这两个词儿也见于Bāṇa的《戒日王传》（*Harṣacaritam*），黑石蜜梵文是pāṭalaśarkarā，白石蜜梵文是karkaśarkarā。可见黑、白石蜜的区别，颜色是重要的因素。颜色之所以有黑有白，恐与炼制的程度有关。但也与搀入的东西有关。《四分律》卷一四，(大)22，662c："有乞食比丘，见他作黑石蜜中有罽尼，畏慎不敢非时啖。"同上书卷四二，(大)22，870a："时比丘乞食时，见白衣作黑石蜜着罽尼，诸比丘疑不敢过中食。"可见，制作黑石蜜时必须搀入罽尼。

什么是"罽尼"呢？梵文原文是（pra）kīṃa，巴利文是（pa）kinna，意思是"碾碎了的东西"，这里指的是粮食之类，否则和尚们决不会"畏慎不敢非时食"。我在上面曾讲到"见作石蜜，以杂物和之"（(大)22，627c）。那一段故事实与此处相当。那里的"杂物"，就是这里的"罽尼"。《十诵律》卷二六，(大)23，185b："佛在舍卫国，长老疑离越见作石蜜，若面，若细糠，若焦土，若㷫煤（㷫）合煎，见已语诸比丘：'诸长老！是石蜜若面，若细糠，若焦土，若㷫煤合煎，不应过中啖！'"这里讲的石蜜，一定是黑石蜜。煎黑石蜜时应搀入这些"杂物"。这样做成的黑石蜜，投入水中，"水即烟出作声，犹若烧大热铁着水中，其声振裂"（(大)22，870a，参阅(大)22，627c）。这同627c讲的是一码事，只是这里说的是石蜜，而不是黑石蜜。足见黑石蜜是一种很干的东西，一投入水中，便出气发声。制黑石蜜时，在加入乳和油之后，再加入碾碎了的粮食等等，因而呈现出黄褐色。在搀入粮食末这一点上，同沙糖差不多，所以和尚们用水冲洗后才敢吃。《摩诃僧祇律》卷一〇，㊅22，318b，连白石蜜也要“净洗除食气”，这一点是值得注意的。不管怎样，制作时要搀入这样一些“杂物”，只能用煎的办法。煎到什么程度才算是“熟”了呢？佛典里面也有答案：“勺举泻，相续不断为熟。”（见《五分律》卷二二，㊅22，147b）还有一个词儿“软黑石蜜”（㊅22，870a），大概是指煎好后还没有完全凝固的黑石蜜。

《善见律毗婆沙》卷一七，㊅24，795b有一段很古怪的文字：“广州土境有黑石蜜者，是甘蔗糖，坚强如石，是名石蜜。”这段文字是在正文中，看来却很像是一条夹注，因为原著者决不会提到广州的。可惜巴利原文目前在国内无法找到，只好暂时阙疑了。

至于石蜜的量词各经并不一致。有的地方用“裹”：㊅22，669b，“今持此一裹石蜜奉上世尊。”参阅㊅24，9b。有的地方用“两”：㊅22，980a，“彼比丘须五十两石蜜。”有的地方又用“瓶”：㊅22，464a，“即持五百瓶石蜜奉献世尊。”有的是重量，有的是容器，好像并没有统一的标准。

此外，还有一些与石蜜有关的词儿，比如“石蜜家”，大概是专门制造石蜜的人家：㊅22，544b；22，362a。“石蜜市”：㊅22，544a。“石蜜库”：㊅24，9b。前者指贩卖石蜜的市场，后者指储藏石蜜的库房。

（六）其他

我在上面从佛典律中引用了大量的资料，探讨了与甘蔗、沙糖和石蜜有关的一些问题。但还剩下一些有趣、有用却无法归类的资料，现在在这里谈一谈。

第一，沙糖可以制醋。《根本萨婆多部律摄》卷八，㊅24，570b："大醋者，谓以沙糖和水，置诸杂果，或以蒲萄、木槛、余甘子等，久酿成醋。"

第二，糖可以缀钵。《根本萨婆多部律摄》卷七："若瓦钵有空隙者，用沙糖和泥塞之。"（㊅24，562b）

第三，甘蔗可以做聚障。《摩诃僧祇律》卷一八，㊅22，374b："中庭若甘蔗聚障，若谷聚障，若墙障，亦如是。"聚障大概是屏风之类。

第四，甘蔗滓可以贮褥。《十诵律》卷三四，㊅23，243b："佛言：'听用甘蔗滓、瓠蔓、瓜蔓、毳、刍摩、劫贝、文阇草、婆婆阇草、麻乃至水衣贮褥。"所谓"贮褥"，就是填褥子，取其轻柔温暖。

第五，沙糖、石蜜可以配合咒语使用。《不空罥索神变真言经》卷一二，㊅20，286b："和合捣治沙糖、石蜜、白蜜等分，（真言）加持一百八遍。"

结束语

我在上面介绍了佛典中，特别是律藏中有关甘蔗、沙糖和石蜜在古代印度种植、制造和使用的情况。我虽然举了大量的例子，但还并不全。我认为，仅仅引用的这一些例子就足以有助于我们了解印度制糖技术发展的情况，又因为中国制糖术同印度有千丝万缕的关系，所以也有助于我们了解中国科技的发展。这一个事实足以证明，佛典律藏是一个很值得重视的知识宝库，我们应该注意开发这个宝库。我这一篇论文就算是在这方面的一块引玉之砖。

1983年9月19日写毕

注释：

1 参阅M. Winternitz，《印度文学史》(*Geschichte der indischen Literattur*)，2. Bd. Leipzig 1920，S. 63—65。

2 在这里，还在下面一些地方曾参考过Lippmann，《糖史》(*Geschichte des Zuckers*)。

3 以下缩写为㊅。

4 见Winternitz，同上书。2. Bd. S. 79—89。

5 同上。

第五章　唐太宗与摩揭陀

——唐代印度制糖术传入中国问题

小　引

我国唐代用蔗浆制糖的技术已经有了一定的基础[1]。但是，从全世界技术发展的历史来看，技术比较后进的总是要向比较先进的学习，即使在某一些方面有一点先进之处，也能诱人学习。这是一个规律。在公元七世纪，相当于中国的初唐，印度制糖术已经有了一千多年的历史。此时印度制糖术在某一些方面处于世界领先的地位，影响远及波斯和埃及。因此，唐王朝才向印度学习制糖术。这是一次在有一定的基础的情况下的学习，有一些书的口气似乎想说，中国在这方面一无所有，从零开始。这不符合历史事实，因而是不正确的。这个学习当然也不能脱离当时整个的中印文化交流的形势，所以我在下面谈一谈唐代前期中印交通的一般情况。

一　唐代中印交通和文化交流

中印交通由来已久，到了唐代达到了空前的高潮。原因是多方面的。唐王朝大力在中亚一带扩张势力，是最主要的原因之一。唐王朝实行开放政策，努力吸收西方国家的文化精华，形成了贞观盛世。首都长安成为当时世界上第一大都会，太宗李世民被尊为“天可汗”。同时中印两方面生产力都有了很大的发展，科学技术也相应地得到了极大的进步。就是在这样的环境下，中印两国在过去传统的互相学习的基础上发展了新的文化交流，交流有了新的内容。

（一）交通年表

交通问题头绪复杂。为了达到一目了然的目的，我在下面只列一个交通年表[2]，重要活动内容都包括在里面了。这个年表上限是唐高祖武德二年（619年），下限是武则天统治结束的长安四年（704年），前后有将近九十年的时间。

武德二年（619年）

罽宾遣使入唐，送来宝带、金锁、水精盏、颇黎状若酸枣（《新唐书》卷二二一上《西域列传》上）

武德九年（626年）

中天竺沙门波颇赍梵经至长安。（《续高僧传》卷三《波颇传》；《辩正论》卷四）

太宗贞观元年（627年）

玄奘西行赴天竺求经。（据杨廷福）

贞观二年（628年）

玄奘离高昌。（据杨廷福）

贞观三年（629年）

诏沙门波颇于兴善寺译经。（《续高僧传》卷三《波颇传》；《辩正论》卷四）

贞观四年（630年）

玄奘抵那烂陀寺。（据杨廷福）

贞观六年（632 年）

中天竺沙门波颇译诸经毕，敕各写十部散流海内。太子染患，下敕迎颇入内一百余日。（《续高僧传》卷三《波颇传》）

贞观七年（633 年）

波颇卒于长安。（《波颇传》）

玄奘抵王舍城。（《佛祖历代通载》卷一一，大[3] 49，569a）

贞观十一年（637 年）

罽宾遣使献名马。遣果毅何处罗拔等厚赍赐其国，并抚尉天竺。（《旧唐书》卷一九八；《新唐书》卷二二一上）

贞观十三年（639 年）

有婆罗门将佛齿来。（《资治通鉴》卷一九五）

贞观十四年（640 年）

五月，罽宾遣使送方物入唐。（《册府元龟》卷九七〇《外臣部·朝贡三》）

贞观十五年（641 年）

戒日王（尸罗逸多）遣使至长安，以后数遣使来，并赠郁金香及菩提树等。太宗命梁怀璥持节抚慰。（《册府元龟》卷九七〇《外臣部·朝贡三》；《旧唐书》卷一九八《天竺传》；《新唐书》卷二二一上《天竺传》）

戒日王于曲女城举行无遮大会七十五日，玄奘参加，会后返国。（据杨廷福）

贞观十六年（642年）

乌茶，一曰乌伏（仗）那，亦曰乌苌，（《大唐西域记》卷三作“乌仗那”）王达摩因陁诃斯遣使者献龙脑香，玺书优答。（《全唐文》卷九九九；《新唐书》卷二二一上）

玄奘发王舍城，入祇罗国。（《佛祖历代通载》卷一一）

三月，罽宾遣使献褥特鼠。（《旧唐书》卷一九八；《新唐书》卷一一上；《全唐文》卷九九九）

贞观十七年（643年）

遣李义表、王玄策使西域，游历百余国。（《佛祖统纪》卷三九）十二月至摩揭陀国。

贞观十八年（644年）

三、四月间，玄奘抵于阗，上表唐太宗。（据杨廷福）

贞观十九年（645年）

正月七日，玄奘抵长安；三月，住弘福寺译经，奉敕撰《大唐西域记》。（据杨廷福）

正月二十七日，李义表、王玄策于王舍城登耆阇崛山勒铭。二月十一日，于摩伽陀国摩诃菩提寺立碑。（《法苑珠林》卷二九；《全唐文》卷二六二）

贞观二十年（646年）

章求拔国国王罗利多菩伽因悉立国遣使入唐。悉立国在吐蕃西南，章求拔国又居悉立西南四山之西山，与东天竺接。王玄策讨中天竺时，章求拔发兵有功，由是遣使不绝。（《新唐书》卷二二一上《西域列传》上）

五月，天竺遣使送方物入唐。（《册府元龟》卷九七〇《外臣部·朝贡三》）

玄奘《大唐西域记》成。（《大慈恩寺三藏法师传》卷六）

王玄策归国。

那揭（法显《佛国记》作“那揭”，《大唐西域记》卷二作“那揭罗曷国”）遣使者贡方物。（《新唐书》卷二二一上）

贞观二（一本作“一”）十年

西国有五婆罗门来到京师，善能音乐、祝术、杂戏、截舌、抽肠、走绳、续断。（《法苑珠林》卷七六，㊅53，859c）

贞观二十一年（647年）

三月，太宗令详录外国送来的珍果、草木及诸物，中有罽宾国送来的俱物头花，其花丹白相似，而香远闻；有西蕃胡国所产石蜜，中国贵之。（《册府元龟》卷九七〇《外臣部·朝贡三》）

以王玄策为正使，蒋师仁为副使，再使印度。（《新唐书》作二十二年）时戒日王死，国大难，发兵拒玄策。

玄策发吐蕃、泥婆罗之兵，俘其王阿罗那顺归长安。《大唐故三藏法师行状》说："永徽之末，戒日王果崩，印度饥荒。"（见㊅50，217a）时间恐有误。

摩揭陀遣使者自通于天子，献波罗树，树类白杨。太宗遣使取熬糖法，即诏扬州上诸蔗，拃沈如其剂，色味愈西域远甚。（《新唐书》卷二二一上《摩揭陀》）

李义表自西域还，奏称东天竺童子王（Kumāra）请译《老子》，乃命玄奘翻译。玄奘又译《起信论》为梵文。（《集古今佛道论衡》丙；《续高僧传》卷四《玄奘传》）

有伽没路国（按即《大唐西域记》的迦摩缕波国），其俗开东门以向日。王玄策至，其王发使贡以奇珍异物及地图，因请老子像及《道德经》。（《旧唐书》卷一九八；参阅《新唐书》卷二二一上）这同上面讲的一定是一件事。《宋高僧传》卷二七《含光传》："系曰：……又唐西域求易《道经》。诏僧道译唐为梵。二教争菩提为道，纷拏不已，中辍。"（㊅50，879下）可见翻译并没有搞成。《释迦方志》上："然童子王刹帝利姓，语使人李义表曰：'上世相承四千年。先人神圣，从汉地飞来，王于此土。'"（㊅51，958a）

贞观二十二年（648年）

正月，乌长遣使入唐。（《册府元龟》卷九七〇《外

臣部·朝贡三》）

三月，罽宾遣使入唐。（同上）

五月，玄策献俘阙下。

王玄策以天竺方士那逻迩娑婆寐（Nārāyaṇa-svāmin）来京师。（《旧唐书》卷一九八；《新唐书》卷二二一上；《唐会要》卷一〇〇）

王玄策议状：沙门不应拜俗。（彦悰《集沙门不应拜俗等事》卷四）

贞观二十三年（649年）

太宗崩。《唐会要》卷五二《识量》下：太宗饵天竺胡僧长生之药，暴疾崩。（胡僧指的就是那逻迩娑婆寐。参阅《旧唐书》卷八四《郝处俊传》）

沙门道生经吐蕃至天竺。（《大唐西域求法高僧传》上）

贞观中（641年以后）

玄照经吐蕃由文成公主送往天竺。（同上）

永徽二年（651年）

十二月，罽宾遣使送来褥池鼠。（《册府元龟》卷九七〇）

永徽三年（652年）

中天竺摩诃菩提寺沙门智光、慧天等遣沙门法常来中国致玄奘书，并赠白氎一双。（《大慈恩寺三藏法师传》卷七，㊅50，261a—b）

中天竺沙门无极高至长安。（《宋高僧传》卷二；

《佛祖统纪》卷三九）

十月，罽宾遣使入唐。（《册府元龟》卷九七〇）

永徽四年（653年）

十一月，曹国、罽宾国并嗣主新立，各遣使入唐。（《册府元龟》卷九七〇）

永徽五年（654年）

法常返国，玄奘附书分致智光、慧天。（《大慈恩寺三藏法师传》卷七，㊅50，261c）

四月，罽宾国、曹国、康国、安国、吐火罗国遣使入朝。（《册府元龟》卷九七〇）

永徽六年（655年）

中天竺沙门那提（福生）来长安。（《续高僧传》卷四《玄奘传》附传）

罽宾国沙门佛陀多罗于白马寺译《圆觉经》。（《佛祖统纪》卷三九）

显庆元年（656年）

敕那提往崑崘诸国采药。（《续高僧传》卷四，《玄奘传》附传；《开元释教录》卷九）

高宗在安福门饮酒作乐，有胡人持刀自刺，以为幻戏。高宗令"如闻在外有婆罗门胡等，每于戏处，乃将剑刺肚，以刀割舌，幻惑百姓，极非道理。宜并遣发还蕃，勿令以往。仍约束边州，若更有此色，并不须遣入朝"。（《太平御览》卷七三七《方术部》一八《幻》，引自《唐书》。查《旧唐书》卷二九《音乐志》二，《新唐书》卷二二《礼乐志》一二，均记高宗下令，禁止“自断手足，刳剔肠胃”的天竺伎入境。）

四月，高宗亲临安福门，观玄奘迎御制并书慈恩寺碑文。僧徒甚多，行天竺仪式。（《旧唐书》卷四《高宗本纪》）

显庆二年（657年）

命王玄策送佛袈裟至天竺。（《法苑珠林》卷一六；《册府元龟》卷四六）

高宗欲放还天竺方士那逻迩娑婆寐，王玄策谏阻。娑婆寐竟死于长安。（《册府元龟》卷四六《帝王部·智识》；《资治通鉴》卷二〇〇《唐纪》一六）

显庆三年（658年）

王玄策撰《中天竺国图》。此据《历代名画记》，但此时王玄策尚在印度，恐无暇撰述。

访罽宾国俗。（《旧唐书》卷一九八）以其地为修鲜都督府。（《新唐书》卷二二一上）

八月，南天竺属国千私弗国王法拖拔底、舍利君国王失利提婆、摩腊王施婆罗地多并遣使送方物入唐。泛海累月，方达交州。（《册府元龟》卷九七〇）

显庆四年（659年）

王玄策到婆栗阇国（Vṛjji）。

显庆五年（660年）

九月二十七日，王玄策至摩诃菩提寺立碑。

十月一日，天竺菩提寺主戒龙为王玄策设大会。王玄策归国。（《酉阳杂俎》卷一八；《法苑珠林》卷五二）

龙朔元年（661 年）

王玄策进天竺所得佛顶舍利。（《佛祖统纪》卷三九）

王名远进《西域图记》。

龙朔初，授罽宾国王修鲜等十一州诸军事兼修鲜都督。（《旧唐书》卷一九八）

龙朔二年（662 年）

五月，大集文武官僚议致敬事，非致敬者有王玄策。（《广弘明集》卷二五）

五月，于弗国、摩腊国遣使送方物入唐。（《册府元龟》卷九七〇。于弗国可能即千私弗国。）

龙朔三年（663 年）

王玄策第四次赴天竺。（《大唐西域求法高僧传》上《玄照传》）

那提返长安。（《佛祖统纪》卷三九）

麟德元年（664 年）

玄奘卒。

麟德二年（665 年）

命玄照往迦湿弥啰国取长年婆罗门卢伽逸多。（《大唐西域求法高僧传》上）

武后赴东岳封禅。天竺、罽宾、乌长等国使臣相从。（《唐会要》卷七）

司天台太史令瞿昙罗上经纬历。（《新唐书》卷二六《历志》二）

乾封三年（668年）

五天竺皆遣使入唐。（《新唐书》卷二二一上）

总章元年（668年）

以乌茶国婆罗门卢伽阿逸多为怀化大将军，并令其合“长年药”。（《旧唐书》卷八四《郝处俊传》）

咸亨元年（670年）

三月，罽宾国遣使入唐。（《册府元龟》卷九七〇）

咸亨二年（671年）

义净出发。（《宋高僧传·义净传》）

咸亨三年（672年）

南天竺赠唐廷方物。（《册府元龟》卷九七〇）

咸亨四年（673年）

义净自室利佛逝至东天竺。《南海寄归内法传》卷四：“咸亨四年二月八日，方达耽摩立底国。”（㊅54，233b）

咸亨五年（674年）

义净抵那烂陀寺。

仪凤四年（679年）

五月，中天竺沙门地婆诃罗（日照）表请翻译所赍经夹。（《宋高僧传》卷二《日照传》）

罽宾国沙门佛陀波利礼拜五台。（《宋高僧传》卷二《日照传》）

永淳元年（682年）

十二月，南天竺送方物入唐。（《旧唐书》卷五《高宗本纪》下）

弘道元年（683年）

南天竺沙门菩提流志来中国。（《宋高僧传》卷三《菩提流志传》）

武则天垂拱三年（687年）

日照卒。（《华严经传记》）

永昌元年（689年）

义净自室利佛逝国初返广州。因经本尚缺，所将梵本并在佛逝，遂于其年十一月一日重返佛逝。（《大唐西域求法高僧传》下）

天授二年（691年）（《旧唐书》卷一九八作“二年”，《册府元龟》卷九七〇作“三年”）

五天竺国皆遣使来：“东天竺王摩罗枝摩、西天竺王尸罗逸多、南天竺王遮娄其拔罗婆、北天竺王娄其那那、中天竺王地婆西那，并来朝献。”（《旧唐书》卷一九八）

天授三年（692年）

义净返长安。（《大唐西域求法高僧传》下）

天授三年，长寿元年（692年）

九月，罽宾国遣使朝贡。（《册府元龟》卷

九七〇）

长寿二年（693 年）

北天竺沙门阿你真那（宝思惟）敕于天宫寺安置。（《宋高僧传》卷三《宝思惟传》，《佛祖统纪》卷三九）

南天竺沙门菩提流支上所译《宝雨经》。（《宋高僧传》卷三《菩提流支传》）

天竺沙门慧智于东都授记寺译《观世音颂》。（《宋高僧传》卷二《慧智传》）

证圣元年，天册万岁元年（695 年）

义净还至洛阳。（《宋高僧传》卷一《义净传》）

神功二年，圣历元年（698 年）

瞿昙罗上光宅历。（《旧唐书》卷三二《历志》一）

圣历二年（699 年）

北天竺婆罗门李元谄为新罗僧明晓译《不空罥索陀罗尼经》一卷。（《续古今译经图记》）

圣历三年，久视元年（700 年）

于阗沙门实叉难陀又共吐火罗沙门弥陀山（寂友）等译《大乘入楞伽经》。（《宋高僧传》卷二《实叉难陀传》）

七月，武后至三阳宫，有胡僧邀看葬舍利，狄仁杰谏止。（《唐会要》卷二七）

长安四年（704 年）

沙门义净于东都少林寺立戒坛，并自制铭。（《金石萃编》卷七〇《少林寺戒坛铭》）

实叉难陀还于阗。（《宋高僧传》卷二《实叉难陀传》）

年表就到这里为止。从这个简单的年表中，我们可以看到，初唐在不到九十年的时间内，中印来往竟如此频繁，在当时交通困难的条件下，这是非常惊人的。来往的内容属于礼节性的绝无仅有。在政治往来的背后往往隐含着贸易往来。这样频繁的交往涉及的面非常广，从政治、经济一直到宗教、哲学、文学、艺术，简直是无所不包。连印度的魔术都传到中国来了，真可以说是全面交流了。

（二）文化交流

我在下面把中印文化交流的具体内容分别介绍一下。我在这里讲的文化是最广义的文化，包括人类在精神文明和物质文明两个方面所创造的一切对人类有益的东西，其中当然包括制糖技术，这一点我在下面第二节专门来谈，这里只谈制糖术以外的东西。

文化交流有一个层次问题。一般人容易这样理解：物质的东西属于低层次，交流起来比较容易，比如汉代传进来的天马、苜蓿、葡萄等等。精神的东西属于高层次，交流起来比较难一点，比较晚一点。但是从中国的实际情况来看，事情不一定是这个样子，比如审美观念，当然属于精神范畴，但是效法起来非常容易。眼前中国服饰欧化最厉害、最迅速，这一方面的审美标准变得最厉害、最迅速，就是一个例子。其他国家其他时代也表现出类似的情况，比如中国唐代妇女的发型、面部的修饰，一旦流行，迅速扩展，来如疾风，去如骤雨，有时候简直令人难以理解。

在唐代的中印文化交流中，精神的和物质的东西都有。由于内容过于丰富，我在这里不能都讲得非常详细，将来当另文阐述，我现在只讲一个大体的轮廓，目的无非是给大家一个具体而全面的印象，让大家了解中国向印度学习制糖术的历史背景。

我想讲以下几个方面：

a. 宗教哲学

b. 语言

c. 文学

d. 艺术

e. 科技

f. 动植矿物

a. 宗教哲学

想分成两个部分来说，一是印度佛典，一是中国道经。先谈第一部分：印度佛典。

在中印文化交流活动中，对中国影响最大的是产生于尼泊尔和印度的佛教，这是尽人皆知的事实。佛教自汉代传入中国，大量的佛典被译成了中国多种文字，一再印刷传抄。来往中印两国之间的中印两国的以及许多国家的佛教僧徒，不绝于途。结果佛教不但在中国传布开来，而且又传布到亚洲其他国家，都产生了巨大的影响。

到了唐代（寿命只有三十多年的隋代可以归入同一时期），一方面印度佛典的翻译仍然继续进行，另一方面佛教在中国的发展达到了一个巨大的变动时期，可以称为佛教发展的高峰。下面再分为几个具体项目，加以阐述[4]。

（1）**传译**　唐承隋余绪，译经求法活动仍然如火如荼。唐太宗李世民实际上是崇尚儒学，但是为了政治需要，他有时也支持佛学。他以后的高宗和武后崇佛的程度才提高，对弘扬佛法作了极大的努力。再加上名僧辈出，玄奘、义净等大师接踵赴天竺礼佛求经，回国后又勤奋传译。于是佛法兴隆，如日中天，在中国佛教史上形成了一个光辉灿烂的时代。

在传译方面，我在这里只举出两个有代表性的佛教大师来加以叙述，对整个初唐时期的情况就可以举一反三了。

第一个是玄奘（602–664年）。俗姓陈，名祎，河南人，年幼出家。贞观元年（627年）[5]冒死首途天竺求经，遍礼印度佛迹，在那烂陀寺受教于一代大师戒贤，于贞观十九年（645年）回至长安。太宗对他表现出极大的兴趣，礼遇备至。他从印度带回来了大量的梵本佛典，总计共六百五十七部，计有：

大乘经　二百二十四部

大乘论　一百九十二部

上座部经律论　十四部

大众部经律论　十五部

三弥底部经律论　十五部

弥沙塞部经律论　二十二部

迦叶臂耶部经律论　十七部

法密部经律论　四十二部

说一切有部经律论　六十七部

因明论　三十六部

声论　十三部

他奉敕在弘福寺译经，太宗命宰相房玄龄监理。译场组织完备周密，参与者极一时之选。其后太子（即高宗）建慈恩寺，别造翻译院，令法师居之。高宗即位，又在玉华宫翻译。玄奘黾勉从事，“焚膏油以继晷，恒兀兀以穷年”，从贞观十九年（645 年）至麟德元年（664 年），共译经论等七十三部，总计一千三百三十卷[6]。自汉代开始译经以来，直译（质）与意译（文）之争始终存在，各执一词，纷拏不已。玄奘实融合二者于一身，将中国译经水平提到空前的高度，他不愧是一代大师，翻译史上的高峰。又由于《大唐西域记》的撰述，直至今日，影响不辍，他实际上已成为中印人民友好的象征。

第二个是义净（635—713 年）[7]。俗姓张，字文明，范阳（今涿县）人。从小出家，到处寻师访友，内外典籍，咸悉博通。咸亨二年（671 年），义净年三十七岁，从广州出发，由海路辗转到了印度。经二十五年，历三十余国，以武后证圣元年（695 年）仲夏还至洛阳。他从印度带回来了梵本经律论近四百部，合五十万颂，金刚座真容一铺，舍利三百粒。武则天亲迎于上东门外，各寺和尚具幡盖歌乐前导，可见欢迎仪式之隆重。他被安置在佛授记寺。最初同于阗三藏实叉难陀共译《华严经》，以后就自己独立翻译。他也有一个很大的组织严密的译场，中印很多高僧都参加了。从武后久视元年（700年）自己专译至睿宗景云（710–712年）间共译出佛典五十六部，二百三十卷。他特别致力于律部的翻译，他译的根本说一切有部的律相当完整，影响极大。他还撰写了几部有关印度的书，其中以《大唐西域求法高僧传》和《南海寄归内法传》为最重要。对于研究印度历史以及印度佛教史，其意义仅次于玄奘《大唐西域记》，至今被学者视为瑰宝。还有一本《梵语千字文》[8]，相传为义净撰。《宋高僧传》本传中没有提到。

除了玄奘和义净外，唐朝还有一大批中印译经高僧，比如智严、般剌密帝、金刚智、善无畏、不空等等，这里不一一叙述了。

（2）**撰述** 在翻译佛典的同时，中国僧人自己也从事撰述。据汤用彤先生的统计[9]，隋前中国佛教撰述不过二千数百卷，隋代至唐代元和中撰述约不下二千卷，隋唐撰述之富，概可想见了。

所谓撰述，约可分为注疏、论著、纂集、史地编著、目录五类。先谈注疏。翻译愈来愈多，研讨日趋烦琐，注疏遂应运而生。注疏名目繁多，有的部帙浩繁，有的多至六百卷。对中国僧人深入理解佛典奥旨，有很大帮助。其次谈论著。论著的内容很驳杂，论佛性，论因果，论形神，论翻译，论僧伽，论仪式等等，都在论著范围之内。这样的论著，名目繁多，这里无法列举。再次谈纂集。大约可以分为两类：一曰“合经”，把同本异译合列其文，以资参证，隋开皇中僧就合《大集经》四家，成六十卷；释宝贵合《金光明经》四家，成为八卷，是最显著的例子。二曰“法苑”，汇集佛典事理，以便翻检，最有名的例子是《法苑珠林》、《广弘明集》等等。此外，僧家之诗文集总集也可以归入此类。更次谈史地编著。属于这一类的书籍也非常多，释迦传记、教史、僧传、宗派历史、杂记、名山寺塔记、西域地志等等都是。其中以僧传和西域地志最有价值。多种僧传记录了大量极其重要的史料。至于西域地志，上面提到的玄奘和义净的著作，都属于此类。最后谈目录。这一项也是名目繁多，隋唐僧人所撰目录，极为丰富。对研究中国佛教史以及中国译经史，有极其重要的意义。详细书目，这里无法一一列举了。

（3）**宗派** 从表面上看起来，中国佛教宗派的形成不始于隋唐。但是据汤用彤先生的意见[10]，真正的佛教宗派南北朝时还不能说是已经建立，到了隋唐才建立起来。在中国，佛教宗派的产生标志着中国高僧对佛经钻研更深入了，佛教中国化的水平更提高了，这种情况，只有到了隋唐才真正出现。

中国建立的佛教宗派相当多，建立的时间不同，持续的时间不同，产生的影响也不同。详细论列，此非其地。我只把宗派的名称列在下面，稍作简要介绍：

（a）三论宗 肇端于鸠摩罗什，大成于嘉祥大师吉藏。

（b）天台宗 肇端于六朝，大成于智者大师。

（c）法相宗 大成于玄奘大师。

（d）华严宗 确立于唐初。

（e）律宗 开创者为唐代道宣。

（f）禅宗 创始人一般认为是慧能。此宗持续时间最久，影响最大。

（g）净土宗 奠基人为道绰与善导。

（h）真言宗 亦称密宗。传自印度，大弘于不空，后传至日本，形成大宗，至今不衰。

（i）三阶教，又称普法宗。创立者为隋代信行禅师。

宗教哲学方面关于佛教就介绍到这里。

现在谈一谈中国道经。中国古代有可能传入印度之典籍，为数极少，老子的《道德经》是其中之一。流行于中华各朝代的儒家典籍则连边也不沾。这与印度佛典及其他古籍大量涌入中国，适成鲜明的对比，值得我们深思。但是《道德经》是否真已经传入印度，至今仍是悬案。《旧唐书》卷一九八《西域传·天竺国》：

有伽没路国，其俗开东门以向日。王玄策至，其王发使贡以奇珍异物及地图，因请老子像及《道德经》。

《新唐书》卷二二一上《西域列传·天竺国》：

迦没路国献异物，并上地图，请老子像。

这里没有提《道德经》，也可能是有意省略。按迦没路国，梵文原文为 kāmarūpa，即玄奘《大唐西域记》之“迦摩缕波”，是中国通过川滇缅道至印度必由之路，与中国交通往来比较频繁。这样一个地方首先请老子像和《道德经》，是容易理解的。记载这一件事情的中国典籍还有一些，比如《集古今佛道论衡》卷丙[11]、《佛祖统纪》卷三九[12]、《宋高僧传》卷二七《含光传》[13]等等。其中关于翻译《道德经》为梵文的问题，有非常细致生动的描述。看来这一件事情肯定无疑地是一件历史事实。《续高僧传·玄奘传》[14]也谈到这一件事。法国学者伯希和（Paul Pelliot）曾将此段全文译为法文[15]。所有这一切，当另文详叙，这里不再讨论了。

总而言之，老子《道德经》转汉为梵，似未实现。至于老子像究竟如何，史无明文，不敢臆测，送到印度去的可能性是存在的。即使如此，这一事件仍有极大的意义。人们不禁要问：迦摩缕波是怎样了解中国有一个老子，老子有一部《道德经》的呢？他们必然有一个信息来源，这个信息来源又是什么呢？这一件事至少可以说明，当时的印度对中国古代典籍是有一些了解的。即使《道德经》没有传入印度，这一件事情的意义，决不能低估。

b．语言

就语言或语言学而论，印度在两个方面影响了中国：一个是守温字母的制定，一个是《梵语千字文》和《梵语杂名》一类书籍的编纂。

（1）**守温字母**　中国古代无所谓字母。大概从六朝起才有人（几乎都是佛教僧人）开始谈到。汉语不是拼音文字，因此，古代所谓字母实与梵文、藏文，以及拼音的外国或国内文字不可同日而语。这一点必须先弄清楚，否则会引起许多误会。过去好像有很多人偏偏没有弄清楚这一点，因此在这里先提一句。

古代中国僧人尝试创制字母者，颇不乏人。六朝（有人说是唐）僧神珙始作三十字母。唐初僧人舍利作三十字母。唐末僧人守温又作字母。千余年来传说他创制字母三十六：

牙音	见溪群疑
舌头音	端透定泥
舌上音	知彻澄娘
重唇音	帮滂並明
轻唇音	非敷奉微
齿头音	精清从心邪
正齿音	照穿床审禅
喉音	影晓匣喻
半舌半齿音	来日

但是，根据敦煌石室里发现的写本，不是三十六字母，而是三十，数目与神珙和舍利的完全一样。这里缺“娘、帮、滂、非、敷、奉、微、床”八个字母，而多“不、芳”两个字母[16]。

在中国创制字母是不是受了印度的影响？过去中国学者的意见不完全一致，绝大多数是肯定的。宋郑樵认为来自天竺[17]。沈括说：“切韵之学，本出于西域。[18]他又说：“音韵之学，自沈约为四声，及天竺梵学入中国，其术渐密。”[19]到了清代，王鸣盛[20]和钱大昕[21]都谈到这个问题，态度不十分明朗，总之还是承认的。我在这里不再详细评论了。请参阅《笺注〈随园诗话〉》卷一〇注，刘复：《守温三十六字母排列法之研究》[22]；赵憩之：《梵文与反切》[23]；陈寅恪：《四声三问》[24]等等。

（2）**初学梵文的书籍的编纂**　中国和尚赴天竺留学，必先通习梵文。但是，唐以前学习梵语的书籍没有流传下来。到了唐代，出现了一些这样的书。大体上可以分为二类：一是专讲字母和拼音的，智广的《悉昙字记》[25]属于这一类。一是类似中国《千字文》的东西，义净的《梵语千字文》[26]、全真集《唐梵文字》[27]、礼言集《梵语杂名》[28]、僧怛多蘖多、波罗瞿那弥舍沙集《唐梵两语双对集》[29]等等。编纂的方法是只收单词，梵汉相对排列，比如义净的《梵语千字文》是以天、地、日、月、阴、阳、圆、矩开始的，梵文用印度字母书写。也有没有印度字母的，《唐梵两语双对集》就是用汉语拼音来代替印度字母，比如“第一个人”，梵语注音是“么弩史也”。编这些书的目的十分明确。义净的《梵语千字文》序说：

> 并是当途要字。但学得此，则余语皆通，不同旧千字文。若兼悉昙章读梵本，一两年间，即堪翻译矣。

他的目的是在翻译佛经。至于是否真正能在一两年内就能翻译，那就很难说了。

c．文学

佛教一入中国，就开始对中国文学产生影响。六朝时期，这种影响已经非常广泛而且深入。到了唐代，影响又继续扩大。约而言之，它表现在两个方面：一是形式，二是内容。唐代最有特色的文学体裁是传奇。传奇在这两个方面都受到印度的影响。在形式方面受影响最显著的例子是王度的《古镜记》。它以一面古镜为线索，穿插上了几个小故事。这种结构在印度最为流行，有名的《五卷书》就是一个很好的例子。汉译的《六度集经》也是如此。

至于内容方面的影响，那就多得不得了。唐代传奇文中出现了许多前所未有的崭新的内容，追本溯源，都来自印度。比如黄粱梦的故事、魂游的故事、生魂出窍的故事、借尸还魂的故事、幽婚故事、龙女故事、杜子春类型的故事等等，都属于这一类。

d. 艺术

在艺术方面，印度对中国的影响也是多方面的。中国对印度的影响也表现在这里。这里不能详细论述，只举其荦荦大者，谈三个方面。第一是雕塑，洞窟的开凿也包括在里面。雕塑主要是雕塑佛像，开凿洞窟里面往往也有佛像。这二者都流行于古代印度。中国云冈、龙门受印度影响，其迹明甚。印度雕塑艺术，曾一度受希腊影响，形成所谓犍陀罗艺术，这种艺术在中国雕塑的佛像上也留下了明显的痕迹。到了唐代，印度影响中又增添了一个笈多艺术。第二是绘画。中国绘画有悠久的历史。魏晋以后，中国画家受印度影响，其迹显然。在绘画理论方面，谢赫之六法有人认为承袭天竺公元三世纪之六法。但二者内容不完全一致。是否承袭，尚难定论，需进一步探索。唐代最早的画家尉迟跋质那及其子尉迟乙僧，老家是新疆于阗，那里容易接受印度影响。唐以前，中国画法以线为主。尉迟父子始以凹凸法渗入人物画中。吴道子继承了这种做法。此外还有从康国等国来的一些画家，他们的画风都有明显的印度影响。几乎所有的唐代画家都画壁画，这当然也是印度影响。第三是音乐。

自隋代起，西域音乐就大量涌入。隋炀帝定九部乐。唐太宗定十部，其中一部是天竺乐。其余几部，虽非天竺乐，但估计也受印度影响[30]。在这里要着重提一下，中国音乐此时也传入印度。《续高僧传》卷四，《玄奘传》[31]：

（戒日王）曰："弟子先请，何为不来？"答以："听法未了，故此延命。"又曰："彼支那国有'秦王破阵乐'歌舞曲。秦王何人？致此歌咏。"奘曰："即今正国之天子也。是大圣人，拨乱反正，恩霑六合，故有斯咏。"

可见"秦王破阵乐"已传至印度[32]。

e．科技

科技范围很广，除了制糖术（详见下文）以外，还有医药和天文历算。我在这里简要地说上几句。

印度医药影响中国，不自唐代始。到了唐代，这种影响更加强了。同时，中国土生土长的药材也传到了印度，在那里当然也产生了影响。印度医药影响，头绪万端，在这里只能简略地提出几点。《隋书·经籍志》列举了一批医书的名字。只看书名就可以知道，这一些书来自印度或与印度有关。印度本土的佛教僧徒和到中国来的和尚，很多都精通医术，比如鼎鼎大名的龙树就是如此。这可能与僧伽生活有关，许多规定僧伽生活的律中都有关于医药的记载。唐王室似乎偏爱印度医药，对印度的“长年药”（长生不老之药）更是特别迷信。他们派印度僧人到印度和南洋去采药,迎印度和尚进宫去治病[33]。《唐六典》卷一四记载,太医署有咒禁博士,“出于释氏”。《佛祖历代通载》卷一一说：“若药物出于戎夷，禁咒起于胡越，苟可以蠲邪而去疾，岂以远来而不用哉！”[34]这里说得非常清楚。还有一个现象很值得注意。《孙真人备急千金要方》，书成于高宗永徽三年（652年），此书的续集是《千金翼方》。在这两部书中，印度的医理和医药都有。《要方》中卷六上讲的是目病。《翼方》卷一一，也讲到眼病，印度成分几乎没有。但是到了一百年以后，玄宗天宝十一载（752年）成书的《外台秘要》卷二一，讲眼病时则充满了印度成分。印度眼科久已出名，传入中国以后，影响亦大。传入时间好像主要是在这一百年内。

至于天文历算,在古代,中印两国互有影响。《隋书·经籍志》也列了一些印度天文学的书籍。到了唐初，印度天文学似有新的发展。《旧唐书》卷一九八《天竺传》说：“善天文算历之术。”阿拉伯旅行家苏莱曼[35]也说：“中国人研究天文学，但印度人研究得更精。”因此，唐代中国更多地接受了印度天文学的影响。几个有名的历，比如九执历、光宅历、经纬历、七曜历、大衍历等等，都与印度和印度人有关。《都利聿斯经》也传自西天竺[36]。

f. 动植矿物

在中国和印度之间，动植矿物的交流已经有很长的历史了。到了唐代，由于交通的频繁超过以前任何时代，这种交流当然也更加扩大。不过有一些东西很难确定交流的时代，在下面的叙述中，不可避免地要讲到一些唐以前已经交流成的东西。另一方面，动植矿物的交流头绪纷繁，我在这里也只能讲一讲一般的情况。此外，有一些所谓印度物品，有时候也写在别的国家，比如波斯的账上。就是所谓中国正史在这方面记载也难免混乱。我在下面根据中国载籍[37]和一些外国书籍，按照动、植、矿物的顺序，先讲一讲从印度传入中国的物品，然后再讲从中国传入印度的物品。

从印度传入中国的动物：

食蛇鼠　《本草纲目》卷五一下。当即褥特鼠。

犀角　《苏莱曼东游记》，第29页。

从印度传入中国的植物：

胡椒　《酉阳杂俎》卷一八。

白豆蔻　同上。

蜜草　同上书卷一九。

郁金香　《本草纲目》卷一四。

菩提树　《新唐书·西域传》。

天竺干姜　《本草纲目》卷二六。

菠薐　亦名菠菜。一说来自波斯，故有波斯草之名。一说来自尼泊尔。见《本草纲目》卷二七；《新唐书》卷二二一上《泥婆罗传》；《唐会要》；《刘宾客嘉话录》。

沙糖　见本章第二节。

天竺桂　《本草纲目》卷三四。

沉香　同上。

熏陆香　亦名乳香。同上。

竹黄　同上书卷三七。

乾陀木皮　同上。

俱物头花　《册府元龟》卷九七〇。

优钵罗花　即昙花。

蓝天竺　李衎《竹谱》。

从印度传入中国的矿物：

琉璃　亦名大齐。《本草纲目》卷八。

消石　同上书卷一一。

从中国传入印度的物品，种类也是非常多的。中国著名的伟大发明传遍了世界，印度当然也在其中。丝、纸、茶、火药、指南针、瓷器、印刷术等等，都传入印度，只是传入的时代难以确定。此外，中国的钢铁、白铜、肉桂、黄连、大黄、土茯苓等等也在不同的时代传入印度。到了唐代，根据玄奘《大唐西域记》卷四至那仆底国：

> 此境已往，洎诸印度，土无梨、桃，质子所植，因谓桃曰至那你(唐言汉持来)，梨曰至那罗阇弗呾罗(唐言汉王子)。

“至那你”，梵文cīnanī，“至那罗阇弗呾罗”，梵文cīnarājaputra，可知桃和梨是从中国传入的。由于交流的内容异乎寻常地丰富，我在这里只能介绍一个轮廓。但是，这个轮廓却是非有不可的。否则人们就无法了解中国向印度学习制糖术的完整的历史背景。唐代是中印两国全面展开互相学习的时代，中国向摩揭陀学习制糖术只是其中的一个点。但是，这个点是有深远影响的，决不可忽视。

（三）交通道路

这里必须谈一谈唐代中印交通道路的问题，换句话说，就是要回答：这样内容丰富的交流活动是通过哪一条道来实现的？

到了唐代，中印交通已经有了很长的历史，交通道路已经基本上固定了下来。唐初，由于当时政治和经济的需要，出现了不少的地理记述，贾耽的记录是其中之一。他记录的中国通外国的道路中，有几条是通往印度的。这些道路，归纳起来，无非有两条，一是陆路，二是海路。一般都认为陆路在先，海路在后。事实上，不完全是这样子。到了唐代，这两条路都是畅通的。但是二者的使用率却有了变化。海路的使用率大大地提高，陆路则相对地下降。这与航海技术的提高有密切的联系，也与当时的国际环境有关，同中国国内的政治局势的变化也不无关系。玄奘赴印，来往都走陆路；但是仅仅几十年后的义净却正相反，来往都走海路。在很短的时间内，竟有这样大的变化，这一个事实很值得重视。

不但在陆路与海路之间有很大的变化，在陆路本身也有一些变化。这变化主要表现在尼泊尔路上。在义净时期，有不少中国和尚通过西藏和尼泊尔到印度去。根据义净《大唐西域求法高僧传》，在五十六个人中，至少有十一人是经过西藏和尼泊尔去的。这当然同当时的政治局势有关。文成公主嫁到了吐蕃，汉族和尚经过西藏转尼泊尔到印度，有许多方便之处。但是，这一条路毕竟不合常规，过了不久，文成公主一死，就重又榛塞了。

陆路到印度去还有一条路，这就是通过四川和云南直接到缅甸转印度，或者由西藏到印度。这一条路艰苦难行。但是，在唐以前就有中国和尚通过“蜀川牂牁路”到了印度。当然也会有外国和尚和商人通过这一条路到中国来。我个人认为，尽管这一条路山高林密，瘴疠丛生，重译结队，方能成行；但是，宗教家为了信仰，商人为了获利，他们仍然要走的。因为这一条路，比起西域路和南海路来要便捷得多，当时称之为走向西天之捷径。

二　印度制糖术传入中国

我在上文用那么多的篇幅阐述了唐代中印交通和文化交流的情况，用意是要说明，是在什么历史和文化的背景下印度制糖术传到中国来的。

《新唐书》卷二二一上《西域列传·摩揭它》：

> 摩揭它，一曰摩伽陀，本中天竺属国，环五千里，土沃宜稼穑。有异稻巨粒，号供大人米。王居拘阇揭罗布罗城，或曰俱苏摩补罗，曰波吒厘子城。北濒殑伽河。贞观二十一年（647年）始遣使者自通于天子，献波罗树，树类白杨。太宗遣使取熬糖法，即诏扬州上诸蔗，拃沈如其剂，色味愈西域远甚。

这是一段见于中国正史中非常有名的记载，它的可靠性从来没有人怀疑过，以后的书籍经常直接地或间接地加以引用。下面举几个例子。

《唐会要》卷一〇〇《杂录》：

> 西蕃胡国出石蜜。中国贵之。太宗遣使至摩伽陀国取其法，令扬州煎蔗之汁，于中厨自造焉。色味逾于西域所出者。

这地方有一点怪。本卷别有《天竺国》一条，里面讲到中天竺王尸罗逸多，“至十五年，自称摩伽陀王，遣使朝贡”，但却没有讲到太宗遣使学习制造石蜜的技术。

《册府元龟》卷九七〇：

> 西蕃胡国出石蜜，中国贵之。帝遣使至摩伽陀国取其法，令扬州煎诸蔗（原作蔫，疑误）之汁，于中厨自造。色味逾于西域所出。

这与《唐会要》文字几乎完全一样，恐有因袭关系。

王灼《糖霜谱》：

> 唐史载：太宗遣使至摩揭它国，取熬糖法。即诏扬州上诸蔗，拃沈如其剂，色味愈西域远甚。

洪迈《糖霜谱》：

> 唐太宗遣使至摩揭陀国，取熬糖法。即诏扬州上诸蔗，榨沈如其剂，色味愈于西域远甚。然只是今之沙糖。蔗之技尽于此，不言作霜。然则糖霜非古也。

王灼是抄的唐史，洪迈又抄王灼，后一段关于糖霜的话，是他加上的。

陆游《老学庵笔记》卷六：

> 闻人茂德言：沙糖中国本无之。唐太宗时，外国贡至。问其使人："此何物？"云："以甘蔗汁煎。"用其法煎成，与外国者等。自此中国方有沙糖。唐以前书传凡言及糖者，皆糟耳，如糖蟹、糖姜皆是。

《学斋占毕》卷四，对陆游这一段话提出了不同的意见，他说：

> 余按宋玉《大招》已有"柘浆"字，是取甘蔗汁已始于先秦也。前汉《郊祀歌》：柘浆析朝酲，注谓取甘蔗汁以为饴也。又孙亮取交州所献甘蔗餳，而二《礼》注饴，俱云煎米蘖也。一名餳。是煎蔗为糖已见于汉时，甚明。而《说文》及《集韵》并以糖为蔗饴，曰饴，曰

> 餳，皆是坚凝可含之物，非糟之谓。其曰糟字，只训酒粕，不以训糖。何可谓煎蔗始于太宗时而前止是糟耶？

这一段话，有正确的地方，也有不少似是而非的不确切的地方。前汉并没有用蔗浆制饴的技术

程大昌《演繁露》卷四：

> 唐玄奘《西域记》：以西域石蜜来询，知其法用蔗汁蒸造。太宗令人制之，味色皆逾其初，即中国有沙糖之始耶？

李时珍《本草纲目》卷三三《果部》：

> 此紫沙糖也。法出西域。唐太宗始遣人传其法入中国。以蔗汁过樟木槽，取而煎成。清者为蔗餳，凝结有沙者为沙糖，漆瓮造成，如石，如霜，如冰者，为石蜜，为糖霜，为冰糖也。紫糖亦可煎化，印成鸟兽果物之状，以充席献。今之货者，又多杂以米餳诸物，不可不知。

李时珍这一段话最详细，他讲到沙糖和石蜜等的区别。看似无懈可击，实则并不如此简单、分明。这一点下面还要讲到。

陈懋仁《泉南杂志》：

造白沙糖法：用甘蔗汁煮黑糖，烹炼成白，劈鸭卵搅之，使渣滓上浮。按《老学庵笔记》云：闻人茂德言：沙糖中国本无之。唐太宗时，外国贡至。问其使人："此何物？"云："甘蔗汁煎。"用其法煎成，与外国等。自此中国方有沙糖。

这里讲到用黑糖烹炼白糖的办法

阮葵生《茶余客话》卷九：

唐太宗遣使至摩揭陀国，取熬糖法。

以上十种引文，措辞虽有所不同，但是，总起来看，都同《新唐书》是一个系统，承认派人去学习制糖术的是唐太宗。这个说法在中国载籍中占主导地位。可这并不是唯一的说法，还有一个不同的说法。

《续高僧传》卷四《玄奘传》[38]：

戒日及僧各遣中使，赍诸经宝，远献东夏。是则天竺信命自奘而通，宣述皇猷之所致也。使既西返，又敕王玄策等二十余人，随往大夏，并赠绫帛千有余段。王及僧等数各有差。并就菩提寺僧召石蜜匠。乃遣匠二人、僧八人，俱到东夏。寻敕往越州，就甘蔗造之，皆得成就。

仔细品味这一段记载，可以看出，这里突出的不是唐太宗，而是王玄策。是王玄策奉太宗之命召印度石蜜匠呢，还是自己主动？不清楚。另外一点，《新唐书》讲的是扬州，这里讲的是越州（今浙江绍兴）。这两部书的记载显然有些不同。究竟哪一个更可靠呢？《续高僧传》的作者道宣（596—667年）是玄奘（600—664年）同时的人，他的记载应该说是更可信一些。

还有一个问题要进一步加以探讨，这就是：引进的究竟是什么？是制造石蜜的技术，还是制造沙糖的？石蜜和沙糖同异如何？上面十二部书讲的是同一个历史事实，从印度学习制造的应该是同一种东西。但是，为什么又有沙糖和石蜜两种不同的说法呢？最合理的结论似乎应该是沙糖等于石蜜。程大昌就是把这两件东西混起来说的。李时珍谈到二者制法不同：紫沙糖"以蔗汁过樟木槽"，石蜜则是"漆瓮造成"。

实际上，从制造程序来看，沙糖和石蜜是两种东西。这里先谈一谈印度利用蔗汁制糖的程序和糖的种类[39]，然后再谈中国唐代的情况。

印度利用蔗汁制糖的历史比中国要长得多，因此技术也要先进一些，制出来的糖的种类也要多一些。印度古代著名的医书《阇罗迦本集》（*Caraka-Saṃhitā*）[40]把糖分为四种：guḍa、matsyaṇḍikā、khaṇḍa、śarkarā。印度古代最著名的医书《妙闻本集》[41]把糖分为五种：phāṇita、guḍa、matsyaṇḍikā、khaṇḍa、śarkarā。著名的《利论》（*Arthaśāstra*）[42]在kśāra这一项下提到五种糖：phāṇita、guḍa、matsyaṇḍikā、khaṇḍa、śarkarā，与《妙闻本集》完全相同。耆那教著作 *Nāyādhammakahā*[43] 把糖分为 khaṇḍa、guḷa、sakkarā、matsyaṇḍikā。糖的种类基本上差不多。在排列顺序方面,《妙闻本集》与《利论》完全一样。《阇罗迦本集》和耆那教著作缺 phāṇita，后者把后面的 khaṇḍa 提到第一位上来，把其他书籍的最后一个 śarkarā 提到第三位上来。

这种顺序有什么意义吗？有的。根据印度医书的描述，顺序先后表示在炼糖过程中净化程度的高低，排得愈后，净化程度愈高。只有 phāṇita 似乎是例外。它虽然排在最先，但并非最低。上引第一部书和第四部书根本没有 phāṇita，值得注意。

根据上引诸书的描绘，guḍa 是制糖过程中四个阶段的第一阶段，但已经经过了一点净化，还含有少量杂质。这个字原意是球，大概雅利安人进入印度以后，看到本地人把蔗汁熬稠，形成球体，故以“球”名之。matsyaṇḍikā，印度古代著名的字典 *Amarakośa* 似乎认为它与上面提到的 phāṇita 是一种东西。《阇罗迦本集》和 *Nāyādhammakahā* 之所以缺这个字，原因就在这里。因此，《妙闻本集》和《利论》虽然把 phāṇita 排在第一位，并不说明它是最原始的阶段，它已经是比较高级阶段的产品了。khaṇḍa 是比 matsyaṇḍikā 更高级的阶段的产品，质地更纯净了，颜色更白一点了。śarkarā 是在制作过程中最后阶段的产品，质地最纯净，颜色更白亮。śarkarā 原意是砂砾，并没有糖的意思，大约到了公元前 500 年，才有了糖的意思。印度古代砂糖的情况大体上就是这个样子[44]。

印度佛典的律中有很多讲到糖的地方，我曾写过一篇论文讨论这个问题（参见拙作《古代印度沙糖的制造和使用》，见《历史研究》，1984 年第 1 期）。根据我掌握的材料，佛典律中只提到三种糖：phāṇita，guḍa（guḷa），śarkarā。现在根据我能找到的有梵文或巴利文原文又有汉文译文的佛典律，来探讨一下这三个字的汉文译法，希望从中得到一点有用的信息。

混合梵文佛典 *Lalita Vistara*[45] 讲到净饭王宫中的食品，举出了五项：sarpis，taila，madhu，phāṇita，śarkarā。与之相当的汉译本《方广大庄严经》卷二译为：酥、油、石蜜[46]。前二字正相当， madhu（蜜）没有译。汉文“石蜜”不知是对的哪一个字：phāṇita 和 śarkarā，二者必居其一。

在巴利文《本生经》（*Jātaka*）[47] 中多次出现 sakkharā 和 phāṇita 二字，现举几个例子。为了让读者了解一下西方学者如何理解这两个字，现将 Julius Dutoit 的德译本[48] 也一并引用。下面第一个数字是本生故事的编号，第二个数字是 Fausböll 精校本的册数和页数，第三个数字是德译本的册数和页数：

sakkharā 1，I 95，I 1；91，I 380，I 383；406，III 364，III 393；535，V 385，V 417。

phāṇita 25，I 184，I 115；40，I 227，I 170；41，I 238， I 188；78，I 346，I 336。

这只是几个例子，并不求全。Dutoit 的德译文一律译为 Zucker（糖），殊欠分明。也许 Dutoit 根本没有注意到这两个字有什么区别。巴利文中有 guḷa（guḍa）这个字，意思同样是“糖”。《本生经》中似乎没有这个字。

在律藏中，phāṇita，śarkarā 和 guḍa 三个字都出现了。我先举几个有译文又有原文的例子：

《摩诃僧祇律》卷三〇：若长得酥、油、蜜、石蜜、生酥及脂，依此三圣种当随顺学[49]。

Bhikśunī—Vinaya：atirekalabhaḥ sarpis-tailaṃ madhu-phāṇitaṃ vasā-navanītaṃ ime trayo niśrayā ārya-vāṃśā[nu]-śikṣitavyaṃ anu-vartitavyaṃ[50]。

在这里，汉文的石蜜正与梵文的 phāṇitaṃ 相当。

《根本说一切有部毗奈耶药事》卷一：七日药者：酥、油、糖、蜜、石蜜[51]。

Mūlasarvāstivadābhaiṣajyavastu：sāptāhikaṃ sarpistathā tailaṃ phāṇitaṃ. madhu śarkarā。[52]

在这里，汉文的糖与梵文的 phāṇitaṃ 相当。

Vinaya Piṭaka I 210，1—12. Addasa kho āyasmā kankhārevato antarā magge guḷakaraṇaṃ. okkamitvā guḷe piṭṭhaṃ pi chārikaṃ pi pakkhipante。

Mūlasarvāstivādabhaiṣajyavastu：so’nupūrveṇa guḍaśālāṃ

gato yāvat paśyati kaṇena guḍaṃ badhyamānam。[53]

在这里，巴利文的 gula，梵文的 guḍa 正与汉文的沙糖相当。

还有大量汉译佛典，其中有石蜜和糖等字样，但因为没有梵文原文，不知道与之相当的字究竟是什么。我也举几个例子：

石蜜　《五分律》㊅22，147c。

《摩诃僧祇律》㊅22，454b；22，472c—473a。

《四分律》㊅22，627c；22，628a；22，1026a。

《十诵律》㊅23，118a。

《善见律毗婆沙》(大) 24，799c。

《鼻奈耶》卷六(大) 24，878c：黑石蜜。

糖　《五分律》卷九(大) 22，62b：甘蔗糖。

《萨婆多部毗奈耶磨得勒伽》卷六(大) 23，599b。

《根本说一切有部毗奈耶》(大) 23，759b。

《根本说一切有部毗奈耶药事》(大) 24，1a。

《根本说一切有部百一羯磨》(大) 24，495ab：沙糖。

《根本萨婆多部律摄》(大) 24，570c：沙糖。

以上是佛典律藏中的情况。

到了中国唐代，根据一些梵文词汇集：义净的《梵语千字文》、全真的《唐梵文字》、礼言的《梵语杂名》、僧怛多蘖多和波罗瞿那弥舍沙的《唐梵两语双对集》等等，敦煌卷子，以及其他一些书籍，实际上只有两个梵文字，代表两种东西，现在稍加阐述。

《梵语十字文》：guḍa 糖。(大) 54，1192a。

《梵语千字文》（别本）：guṇa 虞孥　糖。(大) 54，1203c。

《唐梵文字》：guḍa 糖。(大) 54，1218c。

《梵语杂名》：沙糖　遇怒 gunu。(大) 54，1238b。

《唐梵两语双对集》：石蜜　舍嘌　迦啰　沙糖　遇怒 (大) 54，1243b。

guḍa guṇa，gunu 属于一组，gunu 这个字颇怪，我现在还没有满意的解释。

敦煌卷子[54]讲到沙唐（糖）和煞割令，煞割令肯定是

śarkarā 的译音。

《唐大和上东征传》讲到石蜜和蔗糖。㊅ 51，989b。

《外台秘要》、《千金要方》、《千金翼方》等唐代医典中，以及许多《本草》中，也只有沙糖和石蜜两种。还有很多书可以征引，上面这些例子也就足以说明问题了。

把上面讲的这一切都归纳起来看一看，可以发现一个很有趣的现象：印度古代医书和其他典籍讲到四种或五种利用蔗炼成的糖；印度佛典讲到三种，汉译文只有两种；唐代典籍中只讲到两种。为什么出现这个现象呢？是不是意味着中国炼糖技术简单，不像印度那样细致复杂呢？我认为，这个可能是存在的。

在上面关于印度与中国沙糖和石蜜的问题的论证中，尽管有的书中有一些混乱，但仍然可以看出沙糖和石蜜是两种东西，在制造程序上，石蜜比沙糖要靠后，二者有显著的不同。从中国的一些《本草》中也可以看出同样的情况。苏恭说："沙糖，蜀地、西戎、江东并有之，笮甘蔗汁煎成，紫色。"这就是说，煎甘蔗汁为沙糖，这是第一步。孔志约说："石蜜出益州、西域，煎沙糖为之。"这就是说，煎沙糖为石蜜，这是第二步。除了程序不同外，还有一个成分问题。义净在《根本说一切有部百一羯磨》卷九中写了一个夹注："然而西国造沙糖时，皆安米屑。如造石蜜，安乳及油。"[55] 二者的成分显然是不同的。

现在再回头来看唐太宗派人到印度学习的问题。他学习的是制造沙糖的技术呢，还是制造石蜜的？经过了这样详细的论证，我仍然只能回答：不能肯定。李治寰说："《唐书》称引进熬糖法是概括性的提法，并未单指某种糖的制法，估计沙糖和石蜜的制法都包括在内（此外，还可能引进一些蔗种在我国南方推广）。”[56]他的估计不是没有可能，但缺少坚实可靠的证据。

唐朝初期，中国向印度学习制糖术，在中印文化交流史上是一件大事，有深远的影响，因此，我在上面作了比较详尽的论证。

1987年9月28日写完

注释：

1 参阅季羡林：《蔗糖的制造在中国始于何时？》，见《社会科学战线》，1982年第3期。

2 这个表与《大唐西域记校注·前言》中的那一个基本上是一样的，为了免去读者翻检之劳，我把它抄在这里。

3 指《大正新修大藏经》，下同。

4 主要参考书是：汤用彤：《隋唐佛教史略》，中华书局，1982年。其他是：吕澂：《中国佛学源流略讲》，中华书局，1979年；《中国佛教》，中国佛教协会编，第一辑，1980年；第二辑，知识出版社，1982年；范文澜：《唐代佛教》，人民出版社，1979年；郭朋：《隋唐佛教》，齐鲁书社，1980年。

5 汤用彤，上引书，第18页，作贞观三年（629年）。杨廷福考证为贞观元年，参阅文中的交通年表。

6 此据《续高僧传》卷五。《开元录》著录七十六部，一千三百四十七卷，包括《大唐西域记》等；慧立《大慈恩寺三藏法师传》，七十四部，一千三百三十八卷。

7 《宋高僧传》卷一，有传。

8 见㊅54，1190。

9 上引书，第78—79页。

10 同上书，第105页。

11 ㊅52，386b—387a。

12 ㊅49，366b。

13 ㊅50，879c。

14 ㊅50，455b—c。

15 Autour d'une traduction sanscrite du Tao Tö King, T'oung Pao, Série II, 13.

16 罗常培：《敦煌写本守温韵学残卷跋》，见《罗常培语言学论文选集》，中华书局，1963年，第200—208页。

17 郑樵：《七音略》。

18 沈括：《梦溪笔谈》卷一五。

19 同上书，卷一四。

20 王鸣盛：《蛾术编》卷三四。

21 钱大昕：《十驾斋养新录》卷五。

22 见《北京大学国学季刊》，第1卷，第3号。

23 见《细流》，第5、6期合刊，第40—42页。

24 见《金明馆丛稿初编》。

25 ㊅54，1186—1190。

26 ㊅54，1190—1216，包含一个《别本》。

27 ㊅54，1216—1223。

28 ㊅54，1223—1241。

29 ㊅ 54，1241—1243。

30 关于雕塑、绘画和音乐三个方面受印度影响问题，参阅向达：《唐代长安与西域文明》，三联书店，1957 年，第 8 页，第 41 页，56ff，60ff。

31 ㊅ 50，453b。此事还见于很多中国典籍中，如：《新唐书》卷一一《礼乐志》；《隋唐嘉话》中；《南部新书》卷五；《资治通鉴》卷一九二，贞观元年；卷一九四，贞观七年；玄奘：《大唐西域记》卷五，卷一〇；《贞元新定释教目录》卷一一；《开元释教录》卷一八；《佛祖历代通载》卷一一；《大唐故三藏玄奘法师行状》；《唐会要》卷一〇〇《天竺国》等等。

32 关于音乐，这里写的只能算是一个简略的提纲。

33 散见于《高僧传》、义净《大唐西域求法高僧传》；《贞元新定释教目录》卷一一、卷一四等等。

34 ㊅ 49，565c。

35 刘半农、刘小蕙译：《苏莱曼东游记》，第 52 页。

36 有关这方面的参考书极多，可参阅李俨：《中算史论丛》、《中国算学史》；钱宝琮：《印度算学与中国算学之关系》，见《南开周刊》，一卷十六号，1925 年 12 月，等等。

37 主要参考张星烺：《中西交通史料汇编》，第一、四、六册。

38 ㊅ 50，454c。

39 在这里只是简略地谈一谈。

40 阇罗伽，相传为迦腻色迦王御医。约生存于公元二世纪。参阅 M. Winternitz：《印度文学史》（*Geschichte der indischen Literatur*）III，Leipzig 1920，第 545 页。

41 妙闻（Suśruta），时间稍晚于阇罗伽。参阅同上书，第547页。

42 《利论》，II，15。

43 参阅Lallanji Gopal：《古代印度制糖术》（*Sugar-Making in Ancient India*）。见 *Journal of the Economic and Social History of the Orient*，VII，1964，pp. 57—72。

44 F. Hirth：*Chau Ju-kua*，St. Petersburg 1911，p. 1134）把《隋书》卷八三的“半蜜”译为“另一种糖”或“糖的产品”。

45 Herausgegeben yon Dr. S. Lefmann，Erster Teil：Text，Halle 1902，S. 40.

46 ㊅3，546a。

47 V. Fausböll的精校本，伦敦，1877—1897。

48 Jātakam，Leipzig 1908—1921.

49 ㊅22，473a。

50 Ed. by Gustav Roth，Patna 1970，§51.

51 ㊅24，1b。

52 *Gilgif Manuscripts*，vol.III，part 1，ed. by N. Dutt. Srinagar-Kashmir，iii.

53 *Gilgit Manuscripts*，vol. III，part 1，pp. xi-xii.

54 季羡林：《一张有关印度制糖法传入中国的敦煌残卷》，见《历史研究》，1982年第1期。

55 ㊅24，495a。

56 《从制糖史谈石蜜和冰糖》，见《历史研究》，1981年第2期，第147页。

第六章　邹和尚与波斯

——唐代石蜜传入问题探源

小　引

多少年以来，我就从文化交流的角度上对糖的历史产生了兴趣。我搜集了大量有关的资料，准备写成《糖史》一书。这样规模庞大的著作很难毕其功于一役，因此我就分段撰写论文，已经写成了几篇，陆续发表在不同的杂志上。现在写的这一篇是书中的第六章，是讲中国与古代伊朗（波斯）在制糖方面交流情况的。这在中伊文化交流史上是一件重要的事情。可惜过去的论者都未能搔着痒处。我不揣谫陋，大胆提出自己的看法，以求教于博识之士。

一　唐代四川遂宁制造石蜜的情况

宋王灼《糖霜谱·原委第一》[1]

糖霜，一名糖冰，福唐、四明、番禺、广汉、遂宁有之，独遂宁为冠。四郡所产甚微而碎，色浅味薄，才比遂宁之最下者……若甘蔗所在皆植，所植皆善，非异物也。至结蔗为霜，则中国之大，止此五郡，又遂宁专美焉。外之夷狄戎蛮皆有佳蔗，而糖霜无闻，此物理

> 之不可诘也。先是唐大历间，有僧号邹和尚，不知所从来，跨白驴，登伞山，结茅以居。须盐米薪菜之属，即书付纸系钱，遣驴负至市区。人知为邹也，取平直，挂物于鞍，纵驴归。一日，驴犯山下黄氏者蔗苗。黄请偿于邹。邹曰："汝未知窨蔗糖为霜，利当十倍。吾语女塞责可乎？"试之果信。自是流传其法。糖霜户近山或望伞山者皆如意，不然万方终无成。邹末年弃而北走通泉县灵鹫山龛中，其徒追蹑及之，但见一文殊石像。众始知大士化身，而白驴者，狮子也。邹结茅处今为楞严院。糖霜户犹画邹像，事之拟文殊云。

这一段话讲得惝恍迷离，简直就等于一篇神话。为什么这样子呢？其中不会没有原因的。我将在下面仔细加以分析。神话当然不是事实，但是却能曲折地反映出一些历史事实。我现在只想提出一点来稍加说明。文中提到"遂宁专美"，这恐怕指的是唐代后期和宋代的情况，唐代前期还不是这个样子。四川自古以来就生产甘蔗。晋左思《蜀都赋》说："其园则有蒟蒻、茱萸、瓜畴、芋区、甘蔗、辛姜、阳苡、阴敷。"制造蔗糖和石蜜，也早有记载。巴蜀地区一向经济发展水平就很高，科技水平也同样很高，人口富庶，贸易繁荣，能制糖和石蜜，是顺理成章的。《新唐书》卷四二《地理志》，剑南道，成都府，土贡蔗糖；眉州，通义郡，土贡石蜜；梓州，梓潼郡，土贡蔗糖；绵州，土贡蔗。但是遂州，遂宁郡，土贡樗蒲、绫丝布、天门冬，并没有蔗糖或者石蜜。《嘉庆重修一统志》卷一四七《潼川府》二："土产糖：

《唐书·地理志》，梓州贡蔗糖。《寰宇记》，梓州贡砂糖。《方舆胜览》，遂宁府出蔗霜。”在唐代，遂州与梓州为邻，梓州贡蔗糖，遂州则没有。《方舆胜览》，宋祝穆撰，记载着遂宁府出蔗霜。明《寰宇通志》[2]，卷六一，成都府、叙州府、重庆府，都没有甘蔗、砂糖或石蜜的记载。但是，卷六六，潼川州，遂宁县则记载着：土产，蔗霜出遂宁县。黄庭坚诗《在戎州答雍熙长老》：“远寄蔗霜知有味，胜如崔子水晶盐。”马咸诗：“不待千年成琥珀，直疑六月冻琼浆。”从诗中可以知道，蔗霜黄而硬，状如琥珀。总之，四川遂宁出蔗霜，时间比较晚。

宋洪迈《糖霜谱》，讲到中国制糖和石蜜的历史，结论说：“然则糖霜非古也。”接着又引用苏东坡送遂宁僧图宝的诗：“涪江与中泠，共此一味水。冰碗荐琥珀，何似糖霜美？”还引用了黄庭坚上述的诗。他接着说：

> 则遂宁糖霜见于文字者，实始二公。甘蔗所在皆植，独福唐、四明、番禺、广汉、遂宁有糖冰，而遂宁为冠。四郡所产甚微，而颗碎色浅味薄．才比遂之最下者，亦皆起于近世。唐大历中有邹和尚者，始来小溪之伞山，教民黄氏以造霜之法。伞山在县北二十里，前后为蔗田者十之四，糖霜户十之三。

在这一段话的最后面，洪迈说：“遂宁王灼作《糖霜谱》七篇，具载其说。予采取之，以广闻见。”可见洪迈的记载是从王灼那里抄来的。他只是把王灼书中的神秘气氛都省略掉了。

到了明代，宋应星撰《天工开物》，又谈到了邹和尚：

> 凡蔗古来中国不知造糖。唐大历间，西僧邹和尚游蜀中遂宁，始传其法。今蜀中种盛，亦自西域渐来也。

在这里，有一点非常值得注意，这就是，宋应星在“邹和尚”前面加上了“西僧”二字，“西僧”就是西方来的和尚，可见在他心目中，邹和尚不是中国人[3]。接着他又说“亦自西域渐来也”，他认为，蜀中遂宁的造糖术是从西域传来的。《天工开物》比宋代的两本《糖霜谱》都要晚得多。“西僧”二字是从哪里来的呢？难道是宋应星个人杜撰的吗？这个我目前还说不十分清楚。看来他恐怕也有所本，这一点我认为是应该肯定的。他加上“西僧”二字，同王灼书中迷离恍惚的记载是相符合的。到了宋应星笔下，邹和尚的故事不再是神话，而是历史事实。不管是神话也好，是历史事实也好，其中透露了一个重要情况：四川遂宁制糖霜的技术是从外国传进来的。这同《新唐书·地理志》的记载是对得上的。在大历（766–780年）以前，遂宁还不会制造糖霜；大历年间，一个外国来的邹和尚把这种技术传了进来。

这个和尚，如果是一个真人的话，是从哪个国家来的呢？如果是一个神话的话，它影射的又是哪一个国家呢？

这是一个非常难以回答的问题。我曾多年考虑过这一个问题，有一些初步的设想，我就在下面谈一谈。

唐苏恭[4]说：

沙糖，蜀地、西戎、江东并有之。笮甘蔗汁煎成，紫色。

唐马志约[5]说：

石蜜，出益州及西戎。煎炼沙糖为之，可作饼块，黄白色。

唐孟诜[6]说：

石蜜，自蜀中、波斯来者良。东吴亦有，不及两处者。皆煎蔗汁、牛乳，则易细白耳。

宋苏颂[7]说：

煎沙糖和牛乳．为乳糖，惟蜀川行之。

马志约、孟诜和苏颂都说，石蜜是煎沙糖或蔗汁制成的；后边二人还说到加牛乳，孟诜说到，加牛乳，更易细白；苏颂没用“石蜜”这个词儿。明李时珍[8]说：“石蜜，即白沙糖也。凝结作饼块如石者为石蜜。”关于石蜜与白沙糖、糖霜、冰糖之间的关系，我在别的地方讨论，这里无须涉及。这里值得注意的是，上引苏、马、孟三家都说，石蜜（白沙糖）有外国来的；苏、马说是“西戎”，孟诜明确说是波斯。西戎是一个广阔的概念，当然也可以包括波斯在内。至于在中国国内，苏恭说是“蜀地”，马志约说是“益州”，孟诜说是“蜀中”，三者的意思是一样的。苏颂更强调“惟蜀川行之”。把国外和国内结合起来看，邹和尚的故事发生在四川遂宁，遂宁的石蜜又特别好，国外则是波斯的石蜜最好，根据宋应星的说法“自西域渐来”，难道四川遂宁的石蜜制造技术同波斯有千丝万缕的关系吗？难道说邹和尚，如果实有其人的话，是来自波斯吗？如果只是一个神话的话，难道它反映的历史事实能同波斯联系在一起吗？把前因后果联系在一起提出这样一些问题来，是非常自然的。十分可靠的证据，目前我还拿不出来。证明邹和尚是中国人，我同样也拿不出证据来。无论如何，我确实认为，把邹和尚与波斯联系起来的可能性是存在的；对这样一个问题进行探讨，也是可取的。有一点必须在这里着重指出：即使遂宁的制糖术真同波斯有什么联系，也并不能说，整个四川的技术都受到波斯的影响。根据《新唐书·地理志》的记载，遂宁附近的一些地区早已能种蔗制糖了。

二　唐代和唐代以前波斯制造石蜜的历史

（一）国外典籍的记载

我在第一节之末提出了一系列的问题。怎样来解答这些问题呢？我想先从波斯制造石蜜的历史着手。

先谈国外典籍的记载。在这里我主要根据的是 E. O. von

Lippmann, *Geschichte des Zuckers seit den ältesten Zeiten bis zum Beginn der Rubenzucker-Fabrikation*, Berlinü 1929，以下简称Lippmann；还有 Noel Deerr, *The History of Sugar*, London 1949，以下简称Deerr。同时我也参考了其他一些有关的专著与论文，当然也会有我自己的一些看法。

在谈波斯的甘蔗种植之前，有必要先谈一下甘蔗起源地的问题。甘蔗所属的那一组禾本科植物至少有三十个属，四百二十个种，起源地是热带东南亚；其中 Saccharum 属的野生种在印度和孟加拉国孟加拉湾北岸直至布拉马普特拉河流域、阿萨姆邦可以发现[9]，其原生地应该也就在这一带。Deerr 的看法是：甘蔗的老家无须到南太平洋以外去找[10]。我自己对于这个问题没有研究，不敢妄加评断。不管怎样说，波斯不是甘蔗的起源地，波斯甘蔗是从外面传进去的，而传出的地方很可能就是印度。

Lippmann[11] 指出，甘蔗种植从印度传入波斯有一个过程。波斯首先在靠近印度河三角洲的曼苏拉（Mansura）地区种植甘蔗。这个地方离开印度比较近，所以首先传入。至于波斯制糖术的发展，则同一个名叫根地塞波（Gondisapur）的城市是分不开的。Moses von Chorene 的《地理志》（作成于公元五世纪后半,但有争议)中说:“在根地塞波附近的伊律麦斯(Elymais)种着甘美的甘蔗（schakhara）。”根地塞波是波斯国王沙普尔一世（Schapur I，241—272 年）所建。484 年，聂思托里教派在这里建立了中心。489 年左右，迁来了一个教会修道院。这个修道院振兴学术，特别重视医学。它同印度有联系，印度医生在这里很有影响。自古以来，甘蔗和糖就在印度医药中占有重要地位。波斯既然输入了印度医药，所以印度的制糖术也传到这里来了。在这里，同在印度一样，甘蔗和糖最初主要是当药材来使用。

根地塞波城的繁荣时期是在库思老阿奴细尔万（Chosrau Anuschirwan，一称Chosroes一世，532—579年）在位时。此时波斯帝国版图辽阔，从也门一直到乌浒水（Oxus），从印度河一直到地中海，都在波斯帝国统治之下。库思老一世奖励学艺，振兴文化。由于自己有病，他特别奖励医学。他曾派御医布尔佐（Burzoë）两次赴印采药。印度名著《五卷书》也于此时译为波斯巴列维文。这个译文已佚，但由此译本译出的叙利亚文译本却保存了下来。象棋也在此时由库思老一世自印度传来。伊本·卡里甘（Ibn Chalikan，1211—1282年）纂写的《传记词典》根据的是哈马达尼（Al-Hamadani，死于945年）的历史著作，这本书讲了一个故事：库思老一世有一次行军，离开了队伍，走过一个花园，向一位少女要水喝。少女递给他一杯用雪冰过的甘蔗汁。他觉得非常好，问她是怎样制作的。少女说，这里有一种植物，用手就能够把汁水挤出来。少女去取甘蔗汁时，他暗自思忖，想把这些人赶走，自己独霸甘蔗园。过了一会儿，少女哭着走回来，说甘蔗再也挤不出汁水来了。她劝国王丢掉自己的想法。国王从之，甘蔗才又流出了汁水[12]。这个故事很像民间传说。它透露了当地人对于甘蔗的重视。贝鲁尼在公元1000年左右写成的《古代民族编年》中讲到硬糖。据底马士基（Al-Dimaschki，1256—1327年）的记载，元旦早晨给国王献糖块。

Lippmann 利用他自己找到的文献得到了一个结论：五世纪末波斯人还不知道甘蔗。库思老二世（590—627 年）时代的文献中才讲到，印度送来的礼品中有糖。他的儿子拔畏茨（Parwez）是萨珊王朝最后的国王之一。据说，他曾问过侍臣：什么是最高贵的甜品。侍臣列举了一些食品，其中有冰糖（kand）和沙糖。

Lippmann 说，七世纪初，波斯人才学会熬甘蔗汁为硬糖。靠近印度河三角洲西面的美克兰省（Mekrân）出产硬糖（fânîd）。这个字是从印度梵文字 phāṇita 转过来的。这可以说是波斯熬制硬糖的技术是从印度学来的证据。伊本·豪卡尔（Ibn Hauqal）《地理》中说："麦克兰出产 fânîd，是一种甜的糊状物或者糖饼子，向全世界出口。"在另一个地方，他说："fânîd 是一种经过熬炼而变硬了的蔗浆。"著名的阿维奇那（Avicina，980—1037 年）说："把甘蔗汁熬稠后，就可以得到 fânîd。这种东西产于麦克兰省，从那里运往其他地区。在麦克兰省以外，没有什么地方生产 fânîd。"此时，糖主要还是用于医药。

Lippmann 又引用了克莱默：《哈里发治下的东方文化史》（Kremer，*Kulturgeschichte des Orients unter den Khalifen*）的说法：根地塞波有自然科学高等学校，培养出来了最杰出的医生。炼白糖的技术也可能始于此地。Lippmann 认为，所谓 fânîd，开始时很可能只是一煮再煮把糖浆中的水分挤出去后而制成的，颜色棕色或者黑色，后来才逐渐变成黄色或者白色。他似乎认为，现在的白糖是机器生产的产品，手工炼制无论如何是达不到这个水平的。

Lippmann 又引用了吴勒斯（Vullers）的《波斯文词典》（波

恩，1855 年）的说法：fânîd 或者 pânîd 的含义是：甘蔗汁、变稠了的汁水、一种同稠汁相似但比较结实比较硬的糖、成叶状或者扁饼状的糖、净炼过的白色的糖，名叫 kand-i-sefîd。kand 这个词也是从梵文 khaṇḍa 转过来的。从以上这些含义中可以看出炼制白糖的过程。

吴勒斯在他的《词典》中又引证了波斯文词典 *Muṣṭalaḥât-i Behâr-i'Agâm*。这一部词典虽然 1786 年才出版，却包含着很多古老而又可靠的资料。这一部词典说：在医生的语言中，糖的含义是某一些植物的汁水，一煮就凝固变稠。根据炼制的过程，糖有种种不同的名称：一、没有精炼的叫做生糖；二、把生糖再煮，去沫，注入一容器中，把渣滓去掉，叫做苏莱曼糖（Sulaiman）；三、再煮，做成松子形，叫做 fânîd；四、第三次煮，彻底地煮，称做 Imûdsch，或者双料 kand，亦称 kalam，倒入一个长长的两边相同的模子；五、再煮一次，倒入杯中，就称做 nabât-i-Kasâsî，Kasâsî 这个字来自阿拉伯文 kasâs，意思是玻璃、水晶；六、加水再煮，用羹匙搅动，直至凝固，拉成丝，叫做 fânîd chasâsi 或 sandscharî；七、把它再煮，加上十分之一的鲜奶，直至凝固，叫做 tabarzad。按照吴勒斯的描述，tabarzad 是从已经非常纯净的原料中，加上牛奶，把糖浆水分去掉，去掉泡沫，加工再煮，才制造出来的。

我现在再根据 Deerr 的著作补充一些有关波斯制糖历史的资料。公元前 325 年前后，亚历山大的兵卒在印度河流域看到了糖和甘蔗。其后一千年没有甘蔗和糖西传的记载。Moses of（von）Chorene 的著作可能完成于七世纪，他的说法上面已经介绍过了。627年，罗马皇帝赫拉克里乌斯（Heraclius）攻占了库思老二世在巴格达附近的行宫Dasteragad，他在这里抢到了糖，与沉香、丝、胡椒和姜并列为珍品，被视为印度奢侈品。这是第一个肯定地说波斯产糖的记载。在印度以外的制糖中心有印度河三角洲以西的麦克兰，有波斯湾幼发拉底河和底格里斯河三角洲顶端地区。沿海自印度河至麦克兰，非常方便。至于甘蔗何时传到这里，则不清楚。两岸的三角洲更为重要。甘蔗从海路传到这里来早于麦克兰。这里有优良的灌溉设施，有利于甘蔗种植。甘蔗从这里传入波斯内地，又经过塔巴雷斯坦（Tabaristan）向北传布。根据伊斯塔喝里（Al Istakhri）的记载，里海南岸有甘蔗，缚喝（Balkh，今阿富汗境内）有甘蔗，此地在兴都库什山北麓，距乌浒水不远。到了1525年，巴布尔（Baber）又把甘蔗带到了缚喝，种植在提夫里斯（Tiflis）。1839年，这里又种了甘蔗，还制造了糖。专就波斯帝国来说，制糖业延续至 千三百年左右。

Lippmann和Deerr两部书关于波斯种蔗造糖的论述就介绍到这里。总起来看，种蔗造糖的技术是从印度传过来的，传播的路线历历分明。传到了波斯以后，波斯人又在印度的基础上有所创新，有所前进，炼糖术达到了相当高的水平。后来随着波斯帝国的崩溃，造糖工业也消逝不见了。

（二）中国史书中的记载

Lippmann和Deerr两部巨著，征引了大量的史料，一向被国际上同行的学者视为经典著作。但是，他们的结论都完全靠得住吗？据我所知，这样的疑问还从来没有人提出来过。如果没有中国史书中的记载，我自己也决不会提出。可是现在中国的史书就摆在我们眼前，这些书显然是连非常博学、曾引用过大量中国史料的Lippmann也没有能利用，以致作出了不符合历史事实的结论。我在下面只讲一个问题，就是波斯从何时起制造石蜜和沙糖。我在上面已经介绍过Lippmann对于这个问题的意见，他说："五世纪末波斯人还不知道甘蔗。"只根据国外史料，这个结论是未可厚非的。我们且看一看中国史书中是怎样记载的。

《魏书》卷一〇二《西域传》：

波斯国，都宿利城……出……胡椒、毕拨、石蜜、千年枣、香附子、诃梨勒、无食子、盐绿、雌黄等物。

《周书》卷五〇《异域传》下：

波斯国，大月氏之别种，治苏利城，古条支国也……又出胡椒、荜拨、石蜜、千年枣、香附子、诃犁勒、无食子、盐绿、雌黄等物。

《隋书》卷八三《西域传》：

波斯国，都达曷水之西苏蔺城，即条支之故地也。其王字库萨和……土多……胡椒、毕拨、石蜜、半蜜、千年枣、附子、诃黎勒、无食子、盐绿、雌黄。

《旧唐书》卷一九八《西戎传》：

> 波斯国，在京师西一万五千三百里……出……无食子、香附子、诃黎勒、胡椒、荜拨、石蜜、千年枣、甘露桃。

北魏的统治时期是386–534年，北周557–581年，隋581–618年，唐始于618年。这几个朝代的正史中都记载着波斯产石蜜。这个事实同Lippmann的说法：五世纪末波斯人还不知道甘蔗，七世纪初波斯人才学会熬甘蔗汁制硬糖，显然是有极大的矛盾的。是不是中国史书的消息来源不可靠呢？不是的，波斯同魏、周都有来往[13]，信息是可靠的。根据中国正史，我们只能得到这样的结论：波斯制造石蜜，远远早于七世纪初。至于这种情况是怎样来的，是不是印度种蔗造糖的技术早就传入波斯，我目前还无法答复，只好留待以后再作进一步的探讨了[14]。

不管怎样，到了中国的唐代，波斯制糖造石蜜已经达到了很高的水平。我在上面引用的几种唐代《本草》，讲到沙糖、石蜜出自西戎或波斯，很可能就是根地塞波城在全盛时期所产。此时，波斯所产的沙糖和石蜜完全具有出口的能力，制造技术也同样具有这种能力。

三　唐代中波交通和动植矿物的互相传布

（一）中波交通

上面讲到了中国唐代，也就是公元七世纪以后，波斯制造石蜜的技术已经相当发展，完全有出口的可能，中国可能就包括在这些出口目的国之内。在讨论这个问题之前，我认为，有必要谈一谈唐代中波交通和动植矿物相互传布的情况，其目的在于说明，波斯制石蜜的技术传入中国是顺理成章的。

先谈中波交通。

中国同波斯在唐代以前很久就有了交通关系。中国史书中有不少关于这方面的记载。我在这里只谈唐代交通情况。我觉得，列一个交通年表就可以一目了然。

a．交通年表

贞观十二年（638年）

伊嗣侯遣使者没似半朝贡，又献活褥蛇，状类鼠[15]。

贞观二十一年（647年）

伊嗣侯遣使献一兽，名活褥蛇[16]。

永徽五年（654年）

伊嗣侯之子卑路斯遣使来告难[17]。

龙朔元年（661年）

卑路斯遣使朝贡，高宗列其地疾陵城为都督府，授卑路斯为都督[18]。

乾封二年（667 年）

十月，波斯国献方物[19]。

咸亨二年（671 年）

波斯遣使来朝，贡其方物[20]。

咸亨四年（673 年）

波斯卑路斯自来入朝[21]。

咸亨五年（674 年）

卑路斯来朝[22]。

仪凤三年（678 年）

裴行俭将兵册送卑路斯为波斯王[23]。

调露元年（679 年）

诏裴行俭将兵护泥涅斯还，将复王其国[24]。

永淳元年（682 年）

波斯国遣使献方物[25]。

神龙二年（706 年）

三月，波斯遣使来朝。七月，波斯国遣使贡献[26]。

景龙二年（708 年）

卑路斯又来入朝，拜为左威卫将军[27]。

开元七年（719 年）

正月，波斯国遣使贡石。二月，波斯国遣使献方物。七月，波斯国遣使朝贡[28]。

开元十年（722 年）

三月，庚戌，波斯国王勃善活遣使献表，乞授一员汉官，许之[29]。十月，波斯国遣使献狮子[30]。

开元十三年（725年）

七月，戊申，波斯首领穆沙诺来朝，授折冲，留宿卫[31]。

开元十五年（727年）

二月，罗和异国大城主郎将波斯阿拔来朝。赐帛百匹，放还蕃[32]。

开元十八年（730年）

正月，波斯王子继忽婆来朝，献香药、犀牛等。波斯国王遣使来朝贺正[33]。十一月，甲子，波斯首领穆沙诺来朝，献方物，授折冲，留宿卫[34]。

开元二十年（732年）

九月，波斯王遣首领潘那密与大僧及烈朝贡[35]。

开元二十五年（737年）

正月，波斯王子继忽沙来朝[36]。

天宝三载（744年）

闰二月，封陁拔萨惮国王为恭化王[37]。

天宝四载（745年）

三月，波斯遣使献方物[38]。

天宝五载（746年）

七月，波斯遣呼慈国大城主李波达仆献犀牛及象各一[39]。三月，陁拔斯国王遣使来朝，献马四十匹[40]。

闰十月，陁拔斯单国王忽兽汗遣使献千年枣[41]。

天宝六载（747 年）

封陀拔斯单国王忽鲁汗为归信王[42]。四月，波斯遣使献玛瑙床。五月，波斯国王遣使献豹四[43]。

天宝九载（750 年）

四月，波斯献大毛绣舞、延舞、孔真珠[44]。

天宝十四载（755 年）

三月，丁卯，陀拔国遣其王子自会罗来朝，授右武卫员外中郎将，赐紫袍金带鱼袋七事，留宿卫[45]。

乾元二年（759 年）

八月，波斯进物使李摩日等来朝[46]。

宝应元年（762 年）

六月，波斯遣使朝贡。九月，波斯遣使朝贡[47]。

宝应六年（767 年）

九月，波斯国遣使献真珠、琥珀等[48]。

大历六年（771 年）

遣使来朝，献真珠等[49]。

这个表从 638 年开始，771 年截止，共一百三十三年，可能还不够完全。表中讲的主要是政治外交方面的来往，至于商人、宗教活动家等的往还，恐怕人数和次数都要多得多，因为没有具体的年代，无法列入表中了。在一百多年中，中波交通竟如此频繁。唐代前半中国与波斯关系之密切概可想见了。

b. 交通道路

要谈中波交通的道路，最好是从中西交通谈起。在公元前，东西两大文明体系就通过中亚和中国新疆来互相交流，有名的丝绸之路就是这样形成的。海上交通当然也有；但是受到交通工具的限制，似乎要晚于陆路，意义也次于陆路。专就波斯而言，汉代已同安息有往来。后来萨珊王朝也同中国来往。后汉至三国，有一些佛教僧徒，像安世高、安玄、昙帝等等，都是波斯人，有的从海路而来。“波斯”这个名称，最早似乎见于《魏书》卷一二〇《西域传》。周代和隋代的正史中都记载着同波斯的往还。

到了唐代，两国往来更频繁了。新、旧《唐书》都有专章介绍波斯情况。唐代有不少的著作，如杜佑《通典》，玄奘《大唐西域记》、慧超《往五天竺国传》、段成式《酉阳杂俎》等等，都有关于波斯的记载。此时，除了佛教以外，波斯人又传来了景教、袄教、摩尼教等。来往的人主要都走陆路。

我在下面分陆海两路来谈唐代中西交通，特别是中波交通的情况。这是一个热门题目，专著和论文极多，我无须深入细谈，只是略加介绍而已。至于川、滇、缅、印、波这一条交通道路，因为关系重要，下面专章来叙述，这里暂且不谈。我在这里还要声明几句。下面引用的资料，绝大多数是谈中印交通的，提到波斯者极少。但是，从印度再向前走一步，就是波斯。印度同波斯的交通，我在下面适当的地方当稍加论述。这样一来，中波交通就算完整了。

（1）陆路

在历史上，通向西方的陆路是非常古老的，我在这里不去细谈。我只讲唐代的情况，而且重点是讲唐代的特点[50]。

唐代是继汉代之后又一个在政治、经济、文化等方面都有辉煌成就的朝代。对外交通达到空前频繁的程度，东西文化交流的规模也是空前的。说唐代是当时世界的中心，并不夸大。唐代在对外交通道路方面有一些特点。我在下面先引一些一般的资料，然后再着重谈交通的特点。

《新唐书》卷四三《地理七下》：

> 其后贞元宰相贾耽考方域道里之数最详。从边州入四夷，通译于鸿胪者，莫不毕纪。其入四夷之路与关戍走集最要者七：一曰营州入安东道，二曰登州海行入高丽渤海道，三曰夏州塞外通大同云中道，四曰中受降城入回鹘道，五曰安西入西域道，六曰安南通天竺道，七曰广州通海夷道。

其中有陆路，也有海路，通向四面八方。

唐道宣《释迦方志》上[51]：

> 自汉至唐往印度者，其道众多，未可言尽。如后所纪，且依大唐往年使者，则有三道。依道所经，具睹遗迹，即而序之：其东道者……又南少东至吐蕃国。又西南至小羊同国。又西南度呾仓去（法）关，吐蕃南界

也。又东少南，度末上加三鼻关，东南入谷，经十三(二)飞梯，十九栈道，又东南或西南，缘葛攀藤，野行四十余日，至北印度尼波罗国。

下面讲到中道和北道[52]，不再抄引。

宋志磐《佛祖统纪》卷三二所附地图[53]：

东土往五竺有三道焉：由西域度葱岭，入铁门者，路最险远。奘法师诸人所经也。泛南海，达诃陵，至耽摩立底者，路差近，净三藏诸人所由也。《西域记》云：自吐蕃至东女国、尼波罗、弗栗恃、毗离邪，为中印度。唐梵相去万里，此为最近，而少险阻；且云北来国命，率由此地。

可引用的书还有一些，我现在不再引用了。除了以上诸书以外，还有一些中外（朝鲜）佛教僧徒赴五天竺参礼佛迹的游记，都有非常高的史料价值。我在下面列举几种：

玄奘：《大唐西域记》[54]；

义净：《大唐西域求法高僧传》[55]；

《南海寄归内法传》[56]；

慧超（朝鲜）：《往五天竺国传》[57]；

悟空：《悟空入竺记》[58]。

原文不具引，请参阅。

我现在来谈唐代中西（印、波）交通的特点。这个问题头绪繁多。为了避免烦琐，我想利用一本书来谈，这就是义净的《大唐西域求法高僧传》。义净赴天竺往返时间是公元 671—694 年。上距玄奘时期（628—645 年），还不到三十年。但是二人赴印的道路却完全不同。《大唐西域求法高僧传》中所记赴印僧徒走的道路，虽不完全相同，但同三十年前却有相当大的差异。本书所记僧徒共有五十六人。从这些人所走的道路来看，可以看出两个特点：一在陆路，一在海路。陆路的特点在这里谈，海路下一节谈。

什么是陆路的特点呢？就是走西藏的人多了。过去也不敢说，没有和尚走过西藏；但那是极个别的情况。在义净书中所记五十六人中，明确说明是走西藏的有九人，还有几个不很明确的。无论怎样，这个现象是从前没有过的。因此，我说这是一个特点。之所以出现这种情况，除了西域路受到一些阻碍之外，文成公主嫁到西藏去起了很大的作用[59]。

（2）海路

在东西交通中，海路也同样是一条非常古老的道路。专就佛教僧侣来讲，从前通过海路来华的外国僧人也不算少。但是，同陆路比较起来，毕竟只占少数。到了唐代，最初几乎都走陆路。玄奘本人到印度，也是陆路来，陆路去。但是，相距不到三十年的义净却是海路来，海路去。在《大唐西域求法高僧传》中所记的五十六位僧人中，走海路的竟有三十三人，将近百分之六十。这真不能不算是唐代中外交通的一个特点了。其原因国际多于国内。

至于一般的海上交通问题，我在这里不去细谈，这与我要谈的主要问题关系不大。谈到南海交通，《汉书》卷二八下《地理志》那一段著名的记载，是众所周知的。对其中地名的解释，虽然中外学者已经写了大量的文章，但是至今仍然是五花八门，分歧如故。在汉代以后的正史和其他载籍中，有关南海交通的记载多得不得了。到了唐代，海上交通大大地发展。义净《大唐西域求法高僧传》中所表现出来的西行交通方面的特点，当然与此有关。这个时期出现了比较大量的地理书籍，也是这种环境所决定的。上面提到的贾耽的著作中入四夷之路的第七条：广州通海夷道，就是专讲南海交通的。原文容易找到，不再引用。只有义净写的一段话，对南海交通很有参考价值，引用者尚未见到，我抄在下面：

> 梗概大数：中间远近东西两界三百余驿，南北二边四百余驿。虽非目击，详而问知。然东界南四十驿许，到耽摩立底国，寺有五六所，时人殷富，统属东天。此去莫诃菩提及室利那烂陀寺，有六十许驿，即是升舶入海归唐之处。从斯两月汎舶东南，到羯荼国，此属佛逝。舶到之时，当正二月。若向师子洲，西南进舶，传有七百驿。停此至冬，泛舶南上，一月许到末罗游洲，今为佛逝多国矣。亦以正二月西达，停至夏半，泛舶北行，可一月余，便达广府，经停向当年半矣。若有福力扶持，所在则乐如行市。如其宿因业薄，到处实危若倾巢。因序四边，略言还路，冀通识者渐广知闻。又南海诸洲，咸多敬信；人王国主，崇福为怀。此佛逝廓（郭）

下，僧众千余，学问为怀，并多行钵，所有寻读，乃与中国不殊。沙门轨仪，悉皆无别。若其唐僧欲向西方，为听读者，停斯一二载，习其法式，方进中天，亦是佳也。

这都是义净的亲身经历，可供参考[61]。

（二）动植矿物的互相传布

中波动植矿物的交流，很早就开始了。两汉魏晋南北朝时期，中国从“西域”得到了大量的原来没有的动植矿物，还有一些手工制品，其中不少的东西来自安息和以后的波斯。中国从汉至唐的正史上记载了不少的产于波斯的动植矿物。魏晋南北朝时期出现的那一些记述异域植物的书，如《南方草木状》之类，颇记载了一些与波斯有关的植物。同一时期出现的那一些伪造的汉代的书，什么《神异经》之类，喜欢侈谈域外的珍奇的动植矿物和其他“异物”。唐代有一些书记载着波斯产品，比如段成式的《酉阳杂俎》、段公路的《北户录》等等。至于那一些名目不同的《本草》，还有医学书籍，如《外台秘要》之类，记载着大量的产自波斯的药用物品，那一些名目繁多的香更是其中突出的[62]。

我在下面根据已有的研究成果，主要是明代李时珍的《本草纲目》和美国学者劳费尔（B. Laufer）的著作[63]，列举一些从波斯传到中国来的动植矿物和其他产品。我没有什么创新，因为没有那个必要。我的目的只在说明，从波斯传入的东西很多，这种传入活动是极其平常的事。为了达到这个目的，现有的研究成果已经完全够用了。重新探讨，不是我的任务。

我在这里还要声明几点：第一，有一些东西传入的时间难以确定，有的从汉代起就传入了，并不限于唐代。第二，传入所从来的地域有的也难以确定。根据中外古代典籍的记载，有时候矛盾重重。这一本书说来自某地，另一本书则另外有一种说法，让人无所适从。学者们通常使用的利用汉语音译来确定来源的方法，有时失去效用。比如，汉文里的茉莉花，梵文是mallikā，表面上看来，此花当然来自印度；但是一般都说来自波斯。第三，《史记》中记载着张骞从西域带回来了苜蓿和葡萄，这两种植物一直到今天在中国还是家喻户晓。但是，这两种东西的来源地仍不十分明确。关于葡萄的译音问题，中外学者已经写了很多文章，提出了很多五花八门的推测和假设，可是它究竟来源于哪种语言，却至今没有定论。我在这里根据一些学者的意见把它归入波斯产品。我对于这个问题没有深入研究，只能述而不作。

下面是从波斯传入的物品。我主要根据的是明李时珍的《本草纲目》[64]，并参阅了劳费尔的《中国伊朗编》[65]和张星烺的《中西交通史料汇编》[66]第四册《古代中国与伊兰之交通》，矿物方面则参考元陶宗仪的《辍耕录》以及一些其他书籍。我按照《本草纲目》的排列顺序来叙述。书中讲到的原产地有时比较含糊，有时原产地不止一个，为了避免遗漏起见，我把地理范围放宽了，只要标明是西域产品，我一概列入：

甘露蜜　《纲目》卷五：〔集解〕时珍曰：按《方国志》云，大食国秋时收露，朝阳曝之，即成糖霜，盖此物也。又《一统志》：

撒马儿罕地在西番，有小草丛生，叶细如兰，秋露凝其上，味如蜜，可熬为餳，夷人呼为达即古宾，盖甘露也。此与刺蜜相近。参阅《劳费尔》，第 167—178 页。

密陀僧 《纲目》卷八：〔集解〕恭曰：出波斯国，形似黄龙齿而坚重，亦有白色者，作理石文。参阅《汇编》第 156 页。《劳费尔》缺。

珊瑚 《纲目》卷八：〔释名〕钵摆娑福罗梵书。〔集解〕恭曰：珊瑚生南海，又从波斯国及师子国来。参阅《汇编》，第 156 页；《劳费尔》，第 353 页。

马脑 《纲目》卷八：〔释名〕玛瑙 文石 摩罗迦隶佛书。〔集解〕藏器曰：马脑生西国玉石间，亦美石之类，重宝也。

玻璃 《纲目》卷八：〔集解〕藏器曰：玻璃，西国之宝也。玉石之类，生土中。或云千岁冰所化，亦未必然。时珍曰：……《玄中记》云：大秦国有五色颇黎，以红色为贵……蔡绦云：御库有玻璃母，乃大食所产。

琉璃 《纲目》卷八：〔集解〕时珍曰：按《魏略》云：大秦国出金银琉璃，有赤、白、黄、黑、青、绿、缥、绀、红、紫十种。此乃自然之物，泽润光采，逾于众玉[67]。

炉甘石 《纲目》卷九：〔集解〕时珍曰：……真输石生波斯，如黄金，烧之赤而不黑，参阅《汇编》，第 157 页；《劳费尔》，第 340 页。

无名异 《纲目》卷九：〔集解〕志曰：无名异出大食国，生于石上，状如黑石炭。番人以油炼如黳石，嚼之如餳。[68]

特生礜石 《纲目》卷一〇：〔集解〕《别录》曰：特生礜石、

一名苍礜石，生西域，采无时。

金刚石 《纲目》卷一〇：〔集解〕时珍曰：金刚石出天竺诸国及西番……《玄中记》云：大秦国出金刚，一名削玉刀，大者长尺许，小者如稻黍，着环中，可以刻玉。观此则金刚有甚大者，番僧以充佛牙是也。

绿盐 《纲目》卷一一：〔释名〕盐绿 石绿。〔集解〕珣曰：出波斯国，生石上，舶上将来，谓之石绿，装色久而不变。参阅《汇编》，第157—158页；《劳费尔》，第339页。

硇砂 《纲目》卷一一：〔集解〕恭曰：硇砂出西戎，形如牙硝，光净者良。参阅《劳费尔》，第333页。

铙沙 苏恭曰：产西戎。《隋书》：康国有铙沙。《纲目》中缺。参阅《汇编》，第158页。

石硫黄 《纲目》卷一一：〔集解〕珣曰：《广州记》云，生昆仑及波斯国西方明之境，颗块莹净，不夹石者良。蜀中雅州亦出之，光腻甚好，功力不及舶上来者。参阅《汇编》，第158页。

矾石 《纲目》卷一一：〔集解〕珣曰：波斯、大秦所出白矾，色白而莹净，内有束针文，入丹灶家，功力逾于河西、石门者，近日文州诸番往往有之。波斯又出金线矾，打破内有金线文者为上，多入烧炼家用。时珍曰：……文如束针，状如粉扑者，为波斯白矾，并入药为良……其状如紫石英，火引之成金线，画刀上即紫赤者，为波斯紫矾，并不入服饵药，惟丹灶及疮家用之。参阅《汇编》，第158页。

琥珀 出波斯国，见《魏书》及《周书·波斯传》。《隋书·波斯传》作“兽魄”。参阅《汇编》，第159页；《劳费尔》，第 351 页。章鸿钊《石雅》。《纲目》三七，归木部。

上面谈的是矿物，下面是植物。

胡黄连 《纲目》卷一三：〔释名〕割孤露泽。时珍曰：其性味功用似黄连，故名。割孤露泽，胡语也。〔集解〕恭曰：胡黄连出波斯国，生海畔陆地。参阅《汇编》，第 162 页。

木香 《纲目》卷一四：〔集解〕弘景曰：此即青木香也。永昌不复贡，今多从外国舶上来，乃云出大秦国。今皆以合香，不入药用。恭曰：此有二种，当以崑崙来者为佳，西胡来者不善……权曰：《南州异物志》云：青木香出天竺，是草根，状如甘草也。《汇编》缺；《劳费尔》，第 289 页。

缩砂蔤 《纲目》卷一四：〔集解〕珣曰：缩砂蔤生西海及西戎等地、波斯诸国。多从安东[69]道来。参阅《汇编》，第 162 页。

荜茇 《纲目》卷一四：〔释名〕时珍曰：荜拨当作荜茇，出《南方草木状》，番语也……又段成式《酉阳杂俎》云：摩伽陀国呼为荜拨梨，拂菻国呼为阿梨诃陀。〔集解〕恭曰：荜拨生波斯国。丛生，茎叶似蒟酱，其子紧细，味辛烈于蒟酱。胡人将来，入食味用也。参阅《汇编》，第 162 页；《劳费尔》，第 199 页：胡椒。

蒟酱 《纲目》卷一四：〔集解〕李珣曰：《广州记》云：出波斯国，实状若桑根，紫褐色者为尚，黑者是老根，不堪。时珍曰：……按嵇含《草木状》云：蒟酱即荜茇也。生于番国者大而紫，谓之荜茇。生于番禺者小而青，谓之蒟子。参阅《汇编》，第 162—163 页。

肉豆蔻　《纲目》卷一四：〔集解〕藏器曰：肉豆蔻生胡国，胡名迦拘勒。大舶来即有，中国无之。其形圆小，皮紫紧薄，中肉辛辣。珣曰：生崑崘，及大秦国。

补骨脂　《纲目》卷一四：〔释名〕时珍曰：补骨脂言其功也。胡人呼为婆固脂，而俗讹为破故纸也。〔集解〕志曰：补骨脂生岭南诸州及波斯国。参阅《汇编》，第163页；《劳费尔》，第311页。

郁金　《纲目》卷一四：〔集解〕恭曰：郁金生蜀地及西戎。

蓬莪茂（音述）　《纲目》卷一四：〔集解〕志曰：蓬莪茂生西戎及广南诸州。

茉莉　《纲目》卷一四：〔释名〕柰花。时珍曰：嵇含《草木状》作末利，《洛阳名园记》作抹厉，佛经作抹利，《王龟龄集》作没利，《洪迈集》作末丽。盖末利本胡语，无正字，随人会意而已。〔集解〕时珍曰：末利原出波斯，移植南海，今滇、广人栽莳之。参阅《汇编》，第164页；《劳费尔》，第154—159页。羡林按：梵文为mallikā，印度人很早就知道茉莉花。

素馨　《纲目》卷一四：茉莉条附录。时珍曰：素馨亦自西域移来，谓之耶悉茗花，即《酉阳杂俎》所载野悉蜜花也。枝干袅娜，叶似末利而小。其花细瘦四瓣，有黄、白二色。采花压油泽头，甚香滑也。参阅《汇编》，第176页。

郁金香　《纲目》卷一四：〔释名〕茶矩摩佛书。〔集解〕藏器曰：郁金香生大秦国。时珍曰：……杨孚《南州异物志》云：郁金出罽宾……又《唐书》云：太宗时，伽昆国献郁金香。

迷迭香 《纲目》卷一四：〔集解〕藏器曰：《广志》云：出西海。《魏略》云：出大秦国：

艾纳香 《纲目》卷一四：〔集解〕志曰：《广志》云：艾纳出西国。

兜纳香 《纲目》卷一四：〔集解〕珣曰：幸《广志》云：出西海剽国诸山。《魏略》云：出大秦国，草类也。

番红花 《纲目》卷一五：〔释名〕泊夫蓝（纲目） 撒法郎。〔集解〕时珍曰：番红花出西番回回地面及天方国，即彼地红蓝花也。

青黛 《纲目》卷一六：〔集解〕志曰：青黛从波斯国来。时珍曰：波斯青黛，亦是外国蓝靛花。参阅《汇编》，第164—165页；《劳费尔》，第195—197页。

螺子黛 唐冯贽《南部烟花记》：出波斯国。参阅《汇编》，第165页。

番木鳖 《纲目》卷一八：〔集解〕时珍曰：番木鳖生回回国。参阅《劳费尔》，第273页。

吉祥草 《纲目》卷二一：《本草拾遗》藏器曰：生西国，胡人将来也。

无风独摇草 《纲目》卷二一：《本草拾遗》珣曰：生大秦国及岭南。

陀得花 《纲目》卷二一：宋《开宝本草》志曰：生西域，胡人将来。

阿儿只　阿息儿　奴哥撒儿 《纲目》卷二一：《本草纲目》时珍曰：刘郁《西使记》云：出西域。

胡麻　《纲目》卷二二：〔释名〕时珍曰：按沈存中《笔谈》云：胡麻即今油麻，更无他说。古者中国止有大麻，其实为蕡。汉使张骞始自大宛得油麻种来，故名胡麻，以别中国大麻也。〔集解〕弘景曰：胡麻……本生大宛，故名胡麻。参阅《劳费尔》，第113–122页。

阿芙蓉　《纲目》卷二三：〔集解〕时珍曰：阿芙蓉前代罕闻，近方有用者……《王氏医林集要》言是天方国种红罂粟花，不令水淹头，七八月花谢后，刺青皮取之者。

豌豆　《纲目》卷二四：〔集解〕时珍曰：豌豆种出西胡，今北土甚多。

胡葱　《纲目》卷二六：〔释名〕蒜葱　回回葱。时珍曰：元人《饮膳正要》作回回葱，似言其来自胡地，故曰胡葱耳。

蒜　《纲目》卷二六：〔释名〕小蒜　茆蒜　荤菜。时珍曰：中国初惟有此，后因汉人得胡蒜于西域，遂呼此为小蒜以别之。《劳费尔》，第127页。

白芥　《纲目》卷二六：〔释名〕胡芥　蜀芥。时珍曰：其种来自胡戎而盛于蜀，故名。

胡荽　《纲目》卷二六：〔释名〕香荽　胡菜　蒝荽。时珍曰：张骞使西域始得种归，故名胡荽。今俗呼为蒝荽。参阅《劳费尔》，第122页。

胡萝卜　《纲目》卷二六：〔释名〕时珍曰：元时始自胡地来，气味微似萝卜，故名。参阅《劳费尔》，第276页。

莳萝　《纲目》卷二六：〔释名〕慈谋勒　小茴香。时珍曰：莳萝、慈谋勒，皆番言也。〔集解〕珣曰：按《广州记》

云：生波斯国。参阅《汇编》，第165页[70]。

菠薐　《纲目》卷二七：〔释名〕菠菜　波斯草　赤根菜。慎微曰：按刘禹锡《嘉话录》云：菠薐种出自西国。有僧将其子来，云本是颇陵国之种。语讹为波棱耳。时珍曰：按《唐会要》云：太宗时尼波罗国献波棱菜，类红蓝，实如蒺藜，火熟之能益食味，即此也。方士隐名为波斯草云。参阅《劳费尔》，第216页。

苜蓿　《纲目》卷二七：〔集解〕时珍曰：《杂记》言苜蓿原出大宛，汉使张骞带归中国。参阅《劳费尔》，第31页。

胡瓜　《纲目》卷二八：〔释名〕黄瓜。藏器曰：北人避石勒讳，改呼黄瓜，至今因之。时珍曰：张骞使西域得种，故名胡瓜。按杜宝《拾遗录》云：隋大业四年避讳，改胡瓜为黄瓜。与陈氏之说微异。

下面是果部。

巴旦杏　《纲目》卷二九：〔释名〕八担杏　忽鹿麻。〔集解〕时珍曰：巴旦杏，出回回旧地，今关西诸土亦有。参阅《汇编》，第166页；《劳费尔》，第230页。

庵罗果　《纲目》卷三〇：〔释名〕庵摩罗迦果　香盖。〔集解〕时珍曰：按《一统志》云：庵罗果俗名香盖，乃果中极品。种出西域，亦柰类也。

安石榴　《纲目》卷三〇：〔释名〕若榴　丹若　金罂。时珍曰：《博物志》云：汉张骞出使西域，得涂林安石国榴种以归，故名安石榴。〔集解〕颂曰：安石榴本生西域，今处处有之。参阅《劳费尔》，第101页。

胡桃　《纲目》卷三〇：〔释名〕羌桃　核桃。颂曰：

此果本出羌胡，汉时张骞使西域始得种还，植之秦中，渐及东土，故名之。参阅《劳费尔》，第79页。

阿月浑子 《纲目》卷三〇：〔释名〕胡榛子 无名子。〔集解〕珣曰：按徐表《南州记》云：无名木生岭南山谷，其实状若榛子，号无名子，波斯家呼为阿月浑子也。参阅《汇编》，第166—167页；《劳费尔》，第70页。

庵摩勒 《纲目》卷三一：〔释名〕余甘子 庵摩落迦果。〔集解〕珣曰：生西国者，大小如枳橘子状。

无漏子 《纲目》卷三一：〔释名〕千年枣 万年枣 海枣 波斯枣 番枣 金果 木名海棕 凤尾蕉。〔集解〕藏器曰：无漏子即波斯枣，生波斯国，状如枣。参阅《汇编》，第172—174页。

阿勃勒 《纲目》卷三一：〔释名〕婆罗门皂荚 波斯皂荚。〔集解〕藏器曰：阿勃勒生拂菻国。时珍曰：此即波斯皂荚也。参阅《汇编》，第167页；《劳费尔》，第244页。

摩厨子 《纲目》卷三一：〔集解〕藏器曰：摩厨子生西域及南海并斯调国[71]。

胡椒 《纲目》卷三二：〔释名〕昧履支。〔集解〕恭曰：胡椒生西戎。

葡萄 《纲目》卷三三：〔释名〕蒲桃 草龙珠。时珍曰：《汉书》言张骞使西域还，始得此种。〔集解〕宗奭曰：段成式言：葡萄有黄、白、黑三种。《唐书》言：波斯所出者，大如鸡卵。参阅《汇编》，第168—169页；《劳费尔》，第43页。

齐暾树 《酉阳杂俎》卷一八：齐暾树出波斯国，亦出拂林国。参阅《汇编》，第 170 页；《劳费尔》，第 240－244 页。

沙糖　《纲目》卷三三：〔集解〕恭曰：沙糖，蜀地、西戎、江东并有之。

石蜜　参阅本文第一节。《纲目》卷三三。

䤈齐　《纲目》卷三三：按段成式云：䤈齐出波斯国，拂菻国亦有之，名顿勃梨佗（顿音夺）。参阅《汇编》，第 174 页；《劳费尔》，第 189－193 页。

酒杯藤子　《纲目》卷三三：时珍曰：崔豹《古今注》云：出西域……张骞得其种于大宛。

下面是木部。

降真香　《纲目》卷三四：〔释名〕紫藤香　鸡骨香。时珍曰：俗呼舶上来者为番降，亦名鸡骨，与沉香同名。〔集解〕珣曰：生南海山中及大秦国。

熏陆香（乳香）　《纲目》卷三四：〔释名〕马尾香　天泽香　摩勒香　多伽罗香。〔集解〕珣曰：按《广志》云：熏陆香是树皮鳞甲，采之复生。乳头香生南海，是波斯松树脂也。禹锡曰：按《南方异物志》云：熏陆出大秦国。

没药　《纲目》卷三四：〔释名〕末药。时珍曰：没、末皆梵言。〔集解〕志曰：没药生波斯国。珣曰：按徐表《南州记》云：是波斯松脂也。参阅《汇编》，第 174 页；《劳费尔》，第 285 页。

没树　《酉阳杂俎》卷一八：没树出波斯国，拂林呼为阿縒。参阅《劳费尔》，第 286－287 页。

婆那娑树　**槃砮穑**　《酉阳杂俎》卷一八：出波斯国。

安息香　《纲目》卷三四：〔集解〕恭曰：安息香出西戎。

珣曰：生南海波斯国，树中脂也，状若桃胶，秋月采之。禹锡曰：按段成式《酉阳杂俎》云：安息香树出波斯国。参阅《汇编》，第177页；《劳费尔》，第291页。

苏合香　《纲目》卷三四：〔集解〕颂曰：……又云：大秦国人采得苏合香。参阅《劳费尔》，第282页。

龙脑香　《纲目》卷三四：〔集解〕颂曰：今惟南海番舶贾客货之。《酉阳杂俎》卷一八：龙脑香树出婆利国，婆利呼为固不婆律。亦出波斯国。参阅《汇编》，第178页。

紫铧（铆）　《酉阳杂俎》卷一八：紫铧树出真腊国。真腊国呼为勒佉。亦出波斯国。参阅《汇编》，第179页。

阿魏　《纲目》卷三四：〔集解〕颂曰：今惟广州有之……按段成式《酉阳杂俎》云：阿魏木，生波斯国及伽阇那国（即北天竺也）。参阅《劳费尔》，第178—189页，《汇编》，第181页。

卢会　《纲目》卷三四：〔集解〕珣曰：卢会生波斯国。参阅《汇编》，第179页[72]。

无食子　《纲目》卷三五：〔释名〕没石子　墨石子　麻荼泽。珣曰：波斯人每食以代果，故番胡呼为没食子。梵书无与没同音。今人呼为墨石、没石，转传讹矣。〔集解〕禹锡曰：按段成式《酉阳杂俎》云：无食子出波斯国，呼为摩泽树。参阅《汇编》，第180页；《劳费尔》，第193页。

诃黎勒　《纲目》卷三五：〔释名〕诃子。时珍曰：诃黎勒，梵言天主持来也。〔集解〕萧炳曰：波斯舶上来者，六路黑色肉厚者良。参阅《汇编》，第182页；《劳费尔》，第203页。

婆罗得　《纲目》卷三五：〔释名〕婆罗勒。时珍曰：婆罗得，梵言重生果也。〔集解〕珣曰：婆罗得生西海波斯国。参阅《汇编》，第182页；《劳费尔》，第310页。

乌木　《纲目》卷三五：〔集解〕时珍曰：……《南方草木状》云：文木树高七八丈，其色正黑，如水牛角，作马鞭，日南有之。《古今注》云：乌文木出波斯，舶上将来，乌文阑然。参阅《汇编》，第183页；《劳费尔》，第313页。

柯树　《纲目》卷三五：〔集解〕珣曰：按《广志》云：生广南山谷，波斯家用木为船舫者也。参阅《汇编》，第183页。

以上主要根据《本草纲目》介绍出自波斯或邻近地区的植物、果、木、矿物等物品。其余的请参阅《劳费尔》。

下面再根据元陶宗仪的《辍耕录》卷七：回回石头，介绍几种出自波斯的“石头”（矿物）：

红石头

刺

避者达

昔刺泥

古木兰

绿石头

助把避

助木刺

撒卜泥

鸦鹘

红亚姑

马思艮底

青亚姑

你蓝

屋朴你蓝

黄亚姑

白亚姑

猫睛

猫睛

走水石

甸子

你舍卜的

乞里马泥

荆州石

参阅《汇编》，第159–161页。

产自波斯或邻近地区的动植矿物就介绍这样多。这些东西传至中国时间不同，渠道不同。我虽然介绍了不少，但是决不是全部。仅仅这一些就能明白无误地告诉我们，中国同波斯在动植矿物方面的交流已经达到了多么惊人地频繁的程度。那么，波斯制石蜜的技术在唐代传到了中国的四川，不是非常顺理成章的吗？我在下面集中精力来探讨传入的途径问题[73]。

四　川滇缅印波交通道路问题

我在上面第三节谈中波交通时，曾说到，川滇缅印波这一条道路至关重要。为什么“至关重要”呢？从表面上看起来，通过新疆的丝绸之路对东西交通来说重要得多。上面谈到的从波斯传到中国来的动植矿物中很多可能是走的这一条路。但是，专就制造石蜜的技术而言，我总怀疑，传来的道路不是丝绸之路，而是川滇缅印波这一条路。最重要的是地理方面的原因。如果从丝绸之路传来，则不大可能首先在四川立定脚跟而且发扬光大。尽管在中世时敦煌与成都之间有一条交通要道[74]，但是四川离开中西交通的大动脉毕竟太远了。四川毗邻云南。众所周知，印度佛教直接传入云南，在滇西一带繁荣发展，佛教遗迹与传说到处皆是，为什么制造石蜜的技术不可能通过这一条道路传来呢？不能否认，这一条道路山高路险，瘴疠丛生，冒九死一生之险，受重驿劳顿之苦；但是，它毕竟是从波斯或印度到中国来的最短的道路。所以自古以来，商人或其他人物就往来不绝。造石蜜的技术有最大的可能性是通过这一条道路传入中国四川的。

古今中外的学者和僧人探讨这一条道路，颇不乏人。他们的看法我将在下面有关的地方加以引用或者评论，这里暂且不谈。

（一）可能性问题

有个别学者对这一条道路交通的可能性产生了某一些怀疑。因此，我觉得，有必要首先谈一谈这个问题。因为，如果这一些怀疑是正确的话，我下面的文章就用不着做了。

吕昭义[75]对《史记·大宛列传》那一段有名的关于张骞在

大夏时看到邛竹杖和蜀布的记载，提出了不同的解释。他说："无疑张骞的推测有一部分是正确的，即由中国前往印度，从蜀宜径，但是邛竹杖、蜀布是否真是由此捷径进入印度，当时是否存在川滇缅印商业道路，这却需要有确凿的史实来加以证明，而不能信而不疑地把张骞的主观推测作为立论的主要根据。"饶宗颐[76]也提到："或疑蜀布传至大夏，道途辽远，恐无可能。"

我们应该怎样看待这个问题呢？我觉得，这样的怀疑是不必要的。饶宗颐教授曾详尽地探讨过这个问题[77]。他首先根据考古发掘结果，论列中国稻米的种植实早于印度。云南洱海附近的居民很早就从事稻米种植了。他又引征巴基斯坦学者 A. H. Dani 的著作 *Prehistory and Protohistory of Eastern India*，说："（书中）指出有肩石锛及尖柄磨制石斧在印度东部分布的情况，前者似由华南沿海，以达阿萨姆、孟加拉，后者乃由四川云南经缅甸以至阿萨姆等地。这说明在史前时代，中国与东部印度地区已有密切的交往。"下面饶先生又讨论了海上交通以及东汉时掸国王雍由调受汉安帝封的事情。总之，滇缅交通以及川滇缅印之间有一条商业道路，是不容怀疑的，时间是非常久远的。

夏光南在所著《中川缅道交通史》[78]中也谈到了这个问题。他说："意者此等商队，凭借川康丰厚之物资，如铜铁盐布丝茶之属，贾于南中，与蛮夷贸易，获利倍蓰，亦如今日商民之走夷方者然；故虽禁令綦严，险阻艰难，而窃出往来如故。以其地适当东西交通之冲，得此运输商业上属于特殊地位，以成两川之富益，又以垄断商场利益计，不惜危言耸听，使闻者裹足不前，与西方古代腓尼基人之故智相同，故虽经千年，而民间犹谈虎色变也。”夏光南讲到“东西交通之冲”，指的就是这一条通往国外的商道。他的意见同饶宗颐完全相同。更证明这一条交通要道是无法怀疑的。

（二）国内交通

我现在进入本题。我想把这一条国际交通要道分割成两段来谈，这样眉目更清楚一些。

先谈国内的一段。

这一段内所有的道路都以四川为起点，有的直接通向云南，有的间接通过贵州，终点仍然是云南。所以有必要先谈一谈古代川滇的情况。

四川情况　中国古代典籍很早就有关于四川的记载，《书经》中已经有了。秦汉以后，巴（重庆）、蜀（成都）经济繁荣，文化发展，在历代的政治经济方面都占有相当重要的地位。四川矿藏丰富，铁、盐、铜都大量生产。对内和对外贸易都十分发达。《史记·货殖列传》：

> 蜀卓氏之先，赵人也，用铁冶富。秦破赵，迁卓氏……乃求远迁。致之临邛，大喜，即铁山鼓铸，运筹策，倾滇蜀之民，富至僮千人，田池射猎之乐，拟于人君。
>
> 程郑，山东迁虏也。亦冶铸，贾椎髻之民，富埒卓氏，俱居临邛。

晋左思《蜀都赋》：

> 市廛所会，万商之渊。列隧百重，罗肆巨千。贿货山积，纤丽星繁。都人士女，袨服靓妆。贾贸墆鬻，舛错纵横。异物崛诡，奇于八方。布有橦华，面有桄榔。邛杖传节于大夏之邑，蒟酱流味于番禺之乡。

从这两段记载中，可以看出巴蜀物产之丰富，商业贸易之繁荣，贸易中包括国外贸易。晋常璩《华阳国志》中的《巴志》和《蜀志》也有类似的记载，这里不再引用了[79]。

我在这里想谈一谈“蜀”的梵文译名问题。唐礼言集《梵语杂名》[80]列举了一些地名，其中有关中国的除了“汉国　支那泥舍 Cinadisa”，只有三个地名：京师　矩亩娜曩 Kumudana；吴　播啰缚娜 Paravada；蜀　阿弭里努 Amṛdu。西晋竺法护译《大宝积经》，卷一〇《密迹金刚力士令》第三之三：“其十六大国……吴、蜀、秦地。”我想提出两个问题：一个是，在唐代众多的中国地名中，为什么除京师外只提“吴”和“蜀”？第二个是，“蜀”的梵名为什么是 Amṛdu？岑仲勉[81]说：“吾人可设想蜀、吴两梵名远起于三国鼎峙之时，礼言只辑录旧文，故与唐代区域之划分，毫无关系。”这话有一部分道理，但不全面，不深入。晋左思的三篇赋：《蜀都赋》、《吴都赋》、《魏都赋》，表面上看起来，正相当于三国时代的三个国家；但是《吴都赋》刘渊林注说：“吴都者，苏州是也。后汉末，孙权乃都于建业，亦号吴。”所以，与其说左思为三国国都写赋，毋宁说是为三个地区。礼言书中提的三个地名，与左思几乎完全相当。他大概也讲的是三个地区，三个经济文化发展的地区，而不是三个都会。不管怎样，从汉到唐，蜀一直是经济文化发达的地区，名声早已远播天竺，所以才有资格被礼言收入书中，获得了一个梵名。至于“蜀”为什么是Amṛdu，我目前还没有去探讨。岑仲勉的对音解释等于文字积木游戏。岑先生博闻强记，著述等身，对学术至有贡献，但是对地名对音却完全是外行。在他笔下，严肃的对音问题，形同儿戏，是完全靠不住的。

下面再谈云南情况。

同四川比起来，中国古书对云南记载较少，这可能与地理条件有关。但是，云南土地肥沃，物产丰富，可与四川相埒。朱提（昭通）之银、丽水之金，久已蜚声全国。云南还有一个四川无法相比的特点，这就是对外关系密切。这当然与地理位置有关。乾隆尹继善《云南通志》记载了大量有关印度和佛教的事迹。第十五卷《寺观》记载着大理府太和县三圣寺有三像，相传自天竺得来。感通寺在城南圣应峰之半，中有三十六院，汉时摩腾、竺法兰由天竺入中国时建。类似的记载不胜枚举。《蛮书》卷六，银生城：“又南有婆罗门、波斯、阇婆、勃泥、崑仑数种外道。交易之处，多诸珍宝，以黄金麝香为贵货。”可见此地对外贸易之兴隆。至于所谓“波斯”，有不同解释[82]。此外，在《云南备征志》、范成大《桂海虞衡志》、元郭松年《大理行记》、《云南通志稿》、袁嘉谷《滇南释教论》、陈鼎《滇黔纪游》、陈垣《明季滇黔佛教考》、《云南丛书》、夏光南《云南文化史》，以及李华德（Walter Liebenthal）的论文中，还有大量类似的记载，我在这里无法一一列举了。

下面谈交通道路。

两省间的交通道路异常复杂，这是很自然的。根据多年的经验，逐渐形成了几条干道，约而言之，共有四条：

a．五尺道

b．夜郎道

c．朱提道

d．灵关道（零关道）

讲唐代的交通，为什么保留秦汉时代的名称呢？这是因为，交通干道受地理环境的影响；地理环境很难急剧改变，干道也从而改变很难。秦汉时代的名称已深入人心，又能标出干道特点，所以我就借用了。

因为这些条道路十分重要，所以，多少年以来，中外学者的研究文章非常多，探讨得非常细。但是，总起来看，多半把异常复杂的交通道路问题简单化了。我本着实事求是的精神，来重新加以叙述，不想有什么惊人的新发现，那是根本不可能的。我只想指出，在国内一段，川滇交通非常频繁；通向国外缅印波一段又相当便利，制造石蜜的技术通过此道从波斯传入，并非异想天开，如此而已。

a．五尺道

约当于近代的川黔公路。《史记·西南夷列传》：

> 秦时，常頞略通五尺道，诸此国颇置吏焉。十余岁秦灭。及汉兴，皆弃此国而开蜀故徼。巴蜀民或窃出

商贾，取其筰马、僰童、髦牛，以此巴蜀殷富。

所谓“略通”，不一定是完全开辟，只不过是对旧有的道路加以修整、扩大、勘定而已。《正义》引《括地志》：五尺道在郎州。郎州相当今天的遵义。所谓“五尺”，不过是形容道路之窄狭。

《华阳国志》卷四《南中志》：

（庄）跻，楚庄王苗裔也，以牂柯系船，因名且兰，为牂柯国分侯，支党传数百年。秦并蜀，通五尺道，置吏主之。

讲的同《史记》是一件事情[83]。

b．夜郎道

这是一条川黔及川滇交通的重要道路，自犍为（今四川宜宾）直达夜郎（今贵州盘县及云南平夷境）[84]，约当于近代的川滇东路。汉武帝元光五年（公元前130年），唐蒙所开。《史记·西南夷列传》：

建元六年（公元前135年），大行王恢击东越，东越杀王郢以报。恢因兵威使番阳令唐蒙风指晓南越。南越食蒙蜀枸酱。蒙问所从来，曰：道西北牂牁。牂牁江广数里，出番禺城下。蒙归至长安，问蜀贾人。贾人

> 曰：独蜀出枸酱，多持窃出市夜郎。夜郎者，临牂牁江，江广百余步，足以行船。南越以财物役属夜郎，西至同师，然亦不能臣使也。蒙乃上书说上曰：……诚以汉之强、巴蜀之饶，通夜郎道为置吏易甚。上许之。

这里面讲到川黔交通，也讲到开夜郎道的具体情节。下面还讲到司马相如。《史记·司马相如传》：

> 相如为郎数岁。会唐蒙使略通夜郎西僰中，发巴蜀吏卒千人。郡又多为发转漕万余人，用兴法诛其渠帅。巴蜀民大惊恐。上闻之，乃使相如责唐蒙，因喻告巴蜀民以非上意。

这里面讲到，唐蒙开夜郎道捅了娄子，汉武帝派司马相如出来安抚巴蜀的老百姓。《华阳国志·南中志》对于这件事有详细而系统的叙述，可参看。后魏郦道元《水经注》卷三六，沫水注中讲到李冰发卒凿平溷崖。赵一清引刘昭补注《蜀都赋》。注曰："鱼符津数百步，在县北三十里，县临大江岸，使山岭相连，经益州郡，有道广四五尺，深或百丈，錾凿之迹今存，昔唐蒙所造。然而溷崖之辟，为李冰始事而成于唐蒙也。"[85]这说明，夜郎道可能最先由李冰开辟。

夏光南指出[86]："更据有史以来四川通达滇黔程途之惯例言，自叙州南行，分为二道：一由叙州东南行，经赤水毕节至云南之宣威曲靖；一由叙州西南行，经高州筠连溯横江又南行，经昭通东川各属，以达昆明。唐蒙所开之道，属于前者。”

赵州师范《滇系》[87]卷一一之一，《旅途》有一段“乌撒入蜀旧路”，“乌撒”，现在的威宁。这一条路从交水开始，接着是松林驿－炎方驿－霑益州－倘塘驿－可渡驿－乌撒卫－瓦店－黑张－周泥－毕节卫－层台－赤水卫－摩泥－普市－永宁卫－永安驿－江门驿－大州驿－纳豁县，自交水至纳豁，共一千二百一十里。这一条道路同夏光南讲的第一条道路完全一样，实际上也就是古代的夜郎道。

《滇系》同卷还有一条“普安入黔旧路”，是指从云南昆明经过贵州普安等地而达湖南沅州（今沅陵）的道路，由此可见滇黔交通之一斑，可参考。

c. 朱提道

这也是一条川滇交通的重要道路，从四川成都经宜宾、盐津、昭通（古称朱提）、会泽到达昆明，再由昆明经安宁到达楚雄。《蛮书》卷一《云南界内途程》第一[88]：“从石门外出鲁望、昆州至云南，谓之北路。”下面对这一条路有详细的描绘。“从戎州（今宜宾）南十日程至石门……石门东崖石壁，直上万仞，下临朱提江流，又下入地中数百尺，惟闻水声，人不可到……石门外第三程至牛头山……第五程至生蛮阿旁部落。第七程至蒙夔岭……第九程至鲁望，即蛮汉两界，旧曲靖之地也……过鲁望第七程至竹子岭……第六程至生蛮磨弥殿部落……第九程至制长馆……凡从鲁望行十二程，方始到柘东（今昆明）。”关于以上诸地名，向达有详尽考证，在《蛮书校注》之末，附有“唐朝入云南交通路线图”，请参阅[89]。

d. 灵关道（零关道）

这同样是一条川滇交通的重要道路，从四川成都经邛崃、雅安、越嶲（古称灵关）、西昌、会理、姚安到达云南楚雄。《蛮书》卷一：

> 从黎州清溪关出邛部，过会通至云南，谓之南路。

这所谓“南路”，就是汉代的灵关道。到了唐代，是唐通南诏的主要道路，又称姚嶲道。

此道在汉代为司马相如所开。《史记·司马相如传》：

> 天子以为然，乃拜相如为中郎将，建节往使……司马长卿便略定西夷，邛、筰、冉、駹、斯榆之君，皆请为内臣。除边关，关益斥。西至沫若水，南至牂牁为徼。通零关道、桥孙水，以通邛都。还报天子，天子大说。

《史记·西南夷列传》：

> 蜀人司马相如亦言：西夷邛、筰可置郡。使相如以郎中将（百衲本原文如此）往喻，皆如南夷。

讲的也是同一件事。

《蛮书》卷一，云南界内途程第一，详尽地记录了从成都一直到云南大理的沿途各重要地名：府城（成都）－双流县二江驿－蜀州新津县三江驿－延贡驿－临邛驿－顺城驿－雅州（今雅安）百丈驿－名山县顺阳驿－严道县延化驿－管长贲关，奉义驿－雅州界荥经县南道驿－汉昌，属雅州，地名葛店－皮店－黎州潘仓驿－黎武城－白土驿－通望县木篢驿－望星驿－清溪关－大定城－达土驿－新安城－菁口驿－荣水驿－初里驿－台登城平乐驿－苏祁驿－嶲州（今西昌）三阜城－沙也城－俭浪驿－俄淮岭。下此岭入云南界。以上三十二驿，计一千八百八十里。云南蛮界：嶲州俄淮岭－菁口驿－芘驿－会川镇－目集馆－会川。从目集驿－河子镇，渡泸水－末栅馆－伽毗馆－清渠铺，渡绳桥－藏傍馆－阳褒馆，过大岭－弄栋城（姚州，今云南大姚）－外弥荡－求赠馆－云南城－波大驿－渠蓝赵馆－龙尾城（今下关）－阳苴咩城（今大理）。以上一十九驿，计千五十四里[10]。这是一段十分细致的记录。值得注意的是，张楠认为灵关道的终点是楚雄；但是，在这里，却从大姚直接到了祥云（云南城），然后经下关到达大理。

《滇系》卷一一之一，旅途，有一篇《建昌路考》，记录从云南治城昆明到四川荥经县沿途所经地名以及距离，也是一篇非常详尽的灵关道的记录。现在按照原书顺序把地名写出来：昆明－富民县－武定府－历乌龙洞、跃鹰村、高桥村－马鞍山－元谋县－黄瓜园－金沙江边－渡金沙江达姜驿－黎溪站－凤山营－会川卫（今会理）－大龙站－巴松营－白水－阿庸－禄马－建昌卫（古邛都，今西昌）－礼州所－泸沽驿－冕山－通相营－

越嶲卫－利滏驿－镇西驿－河南站－富林营（羡林按：这里有玄奘曝经石）－黎州－菁口驿－度邛崃山，达荥经县。自云南至荥经县，一千八百六十里，为建越路。这同上引《蛮书》的那一条路几乎完全相同，只是顺序正好相反，而且《蛮书》是从成都到大理，《滇系》却是从昆明到荥经。

现代中外学者对这一条路进行了一些探讨。法国伯希和（Paul Pelliot，上引书，第17页）谈到建昌赴大理一道，认为中国人误名此道为南路；并且指出，这是“三世纪时诸葛亮南征云南一役所循之途”。夏光南（上引书，第35页）、张楠（上引文，第216页）、陈茜（上引文，第172－173页）、桑秀云（上引文，第76页）都谈到此路。饶宗颐根据桑文撰写了上引文章。这些文章都可以参阅，这里不再引用了。向达《蛮书校注》后面所附地图，也可以参考。

（三）国外交通

上面谈了国内川滇黔交通的主要道路。现在以这些条道路的终点为起点来谈对国外的交通道路。从云南通向国外的交通要道粗略地看起来，可以分为三大条：

a. 通过缅甸到达印度和波斯——博南道

b. 通过西藏到达印度——吐蕃道

c. 从交趾通过云南到达缅甸——交趾通天竺道

下面分别加以论述。由于缅甸在中外交通史上地位重要，所以先谈一谈缅甸情况。

缅甸情况

不准备全面地谈，重点谈唐代和唐以前中缅往来和文化交流的情况。

缅甸历史悠久，民族复杂。各民族共同创造了缅甸古代文化。以后印度教和佛教相继传入，随之而来的印度文化与本土文化相结合，民族文化更繁荣发达。缅甸远古历史神话成分不少。最早见于中国正史可能是在汉代。《汉书·地理志》中那一段有名的记载里面有“谌离国”和“夫甘都卢国”两个地名，可能都在缅甸境内[91]。其后又以“掸国”之名见于中国正史。《后汉书》卷七六《哀牢夷》：

> （永元）九年（97年），徼外蛮及掸国王雍由调遣重译奉国珍宝，和帝赐金印紫绶。
>
> 永宁元年（120年），掸国王雍由调复遣使者诣阙朝贺，献乐及幻人．能变化、吐火，自支解，易牛马头，又善跳丸，数乃至千。自言：我海西人。海西即大秦也。掸国西南通大秦。

这说明，后汉时期，大秦已经通过缅甸同中国往来了。

公元一世纪，埃及希腊人某著《爱利脱利亚海周航记》（*Periplus of the Erythraean Sea*）讲到：“过克利斯国（Chryes）抵秦国（Thinae）后，海乃止。”这说明，那时已有人通过克利斯国（缅甸白古）到了中国[92]。

以后，缅甸又以骠国之名出现于中国史籍中。骠国名称什么时候出现的？对于这个问题，学者间有不同意见。Libenthal

以为骠国名称始于唐。饶宗颐则说："故骠国之名，在晋初实已出现，可无疑问。"[93]唐代，缅甸与中国来往频繁起来。缅甸音乐传入中国。唐代大诗人白居易有一首有名的诗《骠国乐》，就是描绘缅甸乐舞的[94]。

下面谈交通道路。

a．博南道

这一条道的路线是楚雄州南华－祥云－大理－永平（古称博南）－保山或腾冲－德宏－缅甸－印度。上面（二）"国内交通"，我讲了四条道路。前两条：五尺道和夜郎道是间接通向国外。后两条是直接通向国外，朱提道的终点是昆明或楚雄，灵关道的终点是楚雄或大理。从昆明，或楚雄，或大理，再往前走，一直走到缅甸，然后再往印度。这条道就是博南道。

从云南通缅甸的道路，中国许多古籍上已有记载，这里不细谈[95]。到了唐代，《新唐书》卷四三下《地理志》记录贾耽所记从边州入四夷道路七条，其六曰交趾通天竺道，这一条道从安南起始，到了云南，入缅道路分为两条：

> 自羊苴咩城西至永昌故郡三百里。又西渡怒江，至诸葛亮城二百里。又南至乐城二百里。又入骠国境，经万公等八部落，至悉利城七百里。又经突旻城至骠国千里。又自骠国西度黑山，至东天竺迦摩波国千六百里。又西北渡迦罗都河至奔那伐檀那国六百里。又西南至东天竺东境恒河南岸羯朱嗢罗国四百里。又西至摩羯陀国

> 六百里。一路自诸葛亮城西至腾充城二百里。又西至弥城百里。又西过山，二百里至丽水城。乃西渡丽水、龙泉水，二百里至安西城。乃西渡弥诺江水，千里至大秦婆罗门国。又西渡大岭，三百里至东天竺北界箇没卢国。又西南千二百里，至中天竺国东北境之奔那伐檀那国，与骠国往婆罗门路合。

贾耽对这两条道路的记述，可谓既具体又详尽。千百年来，道路的基本路线变动不大。近代现代中外学者对此仍然多所论列。法国学者伯希和[96]把第一条道路称为“西南一道”，第二条为“正西一道”，对地名作了一些考证，这里不再重复，请参阅。陈茜[97]、桑秀云[98]等，也都谈到这两条路，只不过是把古代地名改为当代地名，没有也不可能有什么新的发现。

贾耽讲的是唐代的情况。到了清代，师范撰《滇系》，仍然根据贾耽的记录[99]写了《入缅路程》一段，词句都基本上援用《新唐书》原文。但是，他在后面加了一段：

> 此则自腾越而西，由丽江进藏地，至东天竺国北界二千里。又千二百里至中天竺，仅三千二百里，视南道径一千九百里也。然则腾越正与天竺相对，中间为赤发野人所隔，迂道南行千七百里至缅甸，然后转而西，至东天竺，又西北至檀那，计三千八百里。迂道西行，然后转南，亦至檀那，计三千二百里。若使驱逐赤发野人，开通直路，自腾越达天竺，不过千八九百里。昔汉

武欲通西南夷，拓梁州之境，往接大夏，岂不伟哉！

这一段话讲到通过西藏到达印度的道路，下一段 b“吐蕃道”中还要谈到，这里不再细谈。我只想指出，清代魏源[100]引了师范《滇系》中这一段话。其中好像有点误解。《滇系》中的两道，系根据贾耽的两道，不包括最后提到的通过西藏到达印度的道路。魏源则认为，后者系两道之一，这与事实不符。

上面提到的《滇系》入缅路程一段，开头时讲的大概是清代的情况。先讲以腾越州（腾冲）为中心的交通道路，后来讲到“临灵（通向外国）之路则有五：一、腾北道－茶山界；腾西道－里麻界－孟养境。二、州南－南甸－千崖－盏达蛮哈山－蛮暮－猛密－缅甸－南海。三、腾南－南甸－陇川－猛密－缅甸；陇川东道－木邦－景线（古八百媳妇国）。四、腾东南道－蒲窝－芒市－镇康。五、阿瓦之道　出铜壁、铁壁、虎踞三关，皆可乘船赴缅。天马关－小滥－趸布－猛卡－蛮空－猛老－猛勒－蛮黑－猛密－不亚－章谷洞－尼孤凡－阿瓦。

清吴其祯《缅甸图说》[101]也讲到清代滇缅交通道路，内容同《滇系》差不多，只是更详细了。在“永昌、顺宁、普洱三府沿边道里”这一节里，作者以腾越厅（腾冲）为基础讲了许多条通往缅甸的道路。他首先讲到“由腾越厅西北二百里至马面关大塘隘、又二百里入茶山土司野夷界，通丽江怒夷入西藏”。这属于下一段 b“吐蕃道”，下面再谈。下面他讲到从厅西、厅西南、厅南，从南甸土司，从陇川，从铁壁关，从龙陵厅南，从龙陵西南，从龙陵东南，从保山县等等引出去的道路，最后终归到达缅甸，有的明确说是到达缅甸阿瓦。下面还有很长的记载，讲明云南通缅甸的道路，头绪纷杂，路途极多，这确实反映了实际交通情况，我们没有必要一一详尽论列，有兴趣的读者自己去参考吧。

道光《云南腾越州志》卷一，建置沿革考，讲到张骞，讲到贾耽，讲到云南通东天竺道路。清张煜南《海国公余杂著·推广瀛寰志略》，讲到"英人查缅甸云南通商道路"，说："缅甸，一名阿瓦，其都城距云南省三十八程。"李约瑟[102]讲到张骞，讲到在四川和印度之间，有一条通过云南和缅甸经阿萨密的道路。在这里，附带讲一件事：沈汝禄[103]讲到，明代王士性著《广志绎》一书，记有自湖南常德经过贵州、云南到达缅甸曼德勒的一条国际交通道路。桑秀云[104]讲到抗战以前由云南西部入缅甸的三条道路（由云龙：《滇录》卷一）：

1. 由维西，经茨开（旧菖蒲桶行政区域）至坎底。

2. 由泸水，经片马，至密支那。

3. 由腾冲，经千崖、蛮允，至八莫。

博南道的情况就讲到这里。实际情况比我讲的还要复杂得多。

b. 吐蕃道

顾名思义，吐蕃道就是通过吐蕃（西藏）到达印度的道路。这样的道路可能有三条：一条是从鄯城（今西宁市）或河州（今甘肃河州）出发，经过西藏到达印度；一条是从四川出发，通过云南，转至西藏，然后到达印度；一条是从四川出发，通过西康，进入西藏，再转印度。第一条的前一半与本文关系不大，我不多谈，只谈进入西藏后的那一半。

先谈第一条道

记载这一条道最详细的是唐道宣《释迦方志》卷上《遗迹篇》[105]和《新唐书》卷四〇《地理志》，鄯州鄯城那一条的注。先把《释迦方志》有关章节引在下面。

> 其东道者：从河州西北度大河，上曼天岭，减四百里至鄯州，又西减百里至鄯城，镇古州地也。又西南减百里至故承风戍，是随互市地也。又西减二百里至清海。海中有小山，海周七百余里。海西南至吐谷浑衙帐。又西南至国界，名白兰羌。北界至积鱼城。西北至多弥国。又西南至苏毗国。又西南至敢国。又南少东至吐蕃国。又西南至小羊同国。又西南度呾仓去（法）关，吐蕃南界也。又东少南度末上加三鼻关，东南入谷，经十三（二）飞梯、十九栈道。又东南或西南，缘葛攀藤，野行四十余日，至北印度尼波罗国（此国去吐蕃约为九千里）。

再把《新唐书》鄯城注引在下面：

> 仪凤三年置。有土楼山。有河源军，西六十里有临蕃城，又西六十里有白水军、绥戎城，又西南六十里有定戎（戍）城。又南隔涧七里有天威军，军故石堡城，开元十七年置，初曰振武军，二十九年没吐蕃，天宝八

载克之，更名。又西二十里至赤岭，其西吐蕃，有开元中分界碑。自振武经尉迟川、苦拔海、王孝杰米栅，九十里至莫离驿。又经公主佛堂、大非川，二百八十里至那录驿，吐浑界也。又经暖泉、烈谟海，四百四十里渡黄河，又四百七十里至众龙驿。又渡西月河，二百一十里至多弥国西界。又经犛牛河度藤桥，百里至列驿。又经食堂、吐蕃村、截支桥，两石南北相当。又经截支川，四百四十里至婆驿。乃度大月河罗桥，经潭池、鱼池，五百三十里至悉诺罗驿。又经乞量宁水桥，又经大速木桥．三百二十里至鹘莽驿。唐使入蕃，公主每使人迎劳于此。又经鹘莽峡十余里，两山相嶔，上有小桥，三瀑水注如泻缶，其下如烟雾，百里至野马驿。经吐蕃垦田，又经乐桥汤，四百里至阁川驿。又经恕谌海，百三十里至蛤不烂驿。旁有三罗骨山，积雪不消。又六十里至突录济驿。唐使至，赞普每遣使慰劳于此。又经柳谷莽布支庄，有温汤，涌高二丈，气如烟云，可以熟米。又经汤罗叶遗山及赞普祭神所，二百五十里至农歌驿。逻些在东南，距农歌二百里。唐使至，吐蕃宰相每遣使迎候于此。又经盐池、暖泉、江布灵河，百一十里渡姜济河，经吐蕃垦田，二百六十里至卒歌驿。乃渡臧河，经佛堂，百八十里至勃令驿鸿胪馆，至赞普牙帐，其西南拔布海。

两篇东西，详略不同，内容则是一致的。大概唐代入藏主要大道就是这样。日本学者足立喜六[106]画的那一幅详细的地图，完全与以上两篇东西相当。

宋志磐《佛祖统纪》卷三二所附地图[107]，有几句说明：

> 东土往五竺有三道焉……《西域记》云：自吐蕃至东女国、尼波罗、弗栗恃、毗离邪，为中印度。唐梵相去万里，此为最近，而少险阻。且云北来国命，率由此地。

说得虽不清楚，显然也是指的这一条道。

义净《大唐西域求法高僧传》中记载的和尚，有几个人走的是吐蕃尼波罗道。但是具体走法，有的说得不清楚；玄照是说清楚了，可他又不是从鄯城出发，他已经从新疆走到了今天阿富汗一带地方："途经速利，过睹货罗，远跨胡疆，到吐蕃国，蒙文成公主送往西天。"这显然不是正规的走法。这些问题与本文关系不大，这里不详细讨论了。

宋范成大《吴船录》记录了宋僧继业赴天竺行程。回国时走的道路是："自此渡河，北至毗耶离城，有维摩方丈故迹。又至拘尸那城及多罗聚落。逾大山数重，至泥波罗国。又至磨逾里，过雪岭，至三耶寺。由故道自此入阶州。"三耶寺，在拉萨。阶州，今甘肃武都。可见继业虽然也经过尼波罗和吐蕃，但是同《新唐书》卷四〇和《释迦方志》所记录的道路不完全一样，继业的终点是阶州。

梁启超[108]、高楠顺次郎[109]等都谈到过这一条道，请参阅。

黄盛璋[110]也讲到这条道。

现在谈第二条道。

这一条道的路线是川－滇－藏－印。记录这一条道最详细的是慧琳《一切经音义》卷八一[111]，《大唐西域求法高僧传·慧轮传》音义。原文是："于时有唐僧二十许人，从蜀川牂牁道而出。"音义是：

> ……此往五天路经（应作"径"），若从蜀川南出，经余姚（应作"姚州"）、越隽、不喜（应作"不韦"）、永昌等邑，古号哀牢玉（夷），汉朝始慕化，后改为身毒国，隋（随）王之称也。此国本先祖龙之种胤也。今并属南蛮，北接互羌杂居之西。过此蛮界，即入土蕃国之南界。西越数重高山峻岭，涉历川谷，凡经三数千里，过土蕃界，更度雪山南脚，即入东天竺东南界迦摩缕波国。其次近南三摩呾吒国、呵利鸡罗国及耽摩立底国等。此山路与天竺至近，险阻难行，是大唐与五天陆路之捷径也。仍须及时。盛夏热瘴毒虫，不可行履，遇者难以全生。秋多风雨，水泛又不可行。冬虽无毒，积雪沍寒，又难登陟。唯有正二三月乃是过时，仍须译解数种蛮夷语言，兼赍买道之货，仗土人引道，展转问津，即必得达也。

从这一段音义里可以看出来，前一半的路线相当于上面讲到的灵关道。后一半进入西藏以后，一个地名也没有提。只是描绘行路之难，具体而生动，对于我们了解当时的情况，很有帮助。上面 a“博南道”那一段里引用了两本书：《滇系》和《缅甸图说》，开始几句话讲的就是这一条道。

玄奘《大唐西域记》卷一〇迦摩缕波国：

> 此国东，山阜连接，无大国都，境接西南夷，故其人类蛮獠矣。详问土俗，可两月行，入蜀西南之境。然山川险阻，嶂气氛沴，毒蛇毒草，为害滋甚。

这里没有讲通过西藏，但是说“入蜀西南之境”，而没有说入蜀西境，看样子也是通过西藏和云南，最后到达四川。描绘旅途困难情况，可以同上引《一切经音义》的那一段对比。

义净《南海寄归内法传》卷一夹注[112]：

> 从那烂陀东行五百驿，皆名东裔，乃至尽穷，有大黑山，计当土蕃南畔。传云：是蜀川西南，行可一月余，便达斯岭。次此南畔，逼近海涯，有室利察呾罗国。次东南有郎迦戍国。次东有社和钵底国。次东极至临邑国。

这里也讲“蜀川西南”，估计情况可能与《大唐西域记》相同。

现代学者探讨这一条道的颇不乏人，比如伯希和（见上引书）、夏光南（见上引书）、桑秀云、陈茜（均见上引文）等等，这里都不赘述。饶宗颐（见上引书）也对此作出了贡献。他还引用了 Liebenthal（上引书，第 366 页）的意见，认为在唐以前“缅甸道的交通实无确证，故强调宜由牂牁路，经西藏以入印度”。Liebenthal 反对伯希和的说法。

现在谈第三条道。

这一条道的路线是：川－藏－印。这一条道同前两条不同。前两条有事实证明，汉代已经通行；而这第三条却在汉代只是汉武帝梦寐以求的一条道，至少在当时这一场梦是没能实现的。仔细玩味《史记·大宛传》等的记载，完全能够看出这一点来。张骞告诉汉武帝，他在大夏时看到了邛竹杖和蜀布，本地人说是从印度买来的。张骞说：“以骞度之，大夏去汉万二千里，居汉西南。今身毒国又居大夏东南数千里，有蜀物，此其去蜀不远矣。今使大夏，从羌中，险，羌人恶之；少北，则为匈奴所得；从蜀宜径，又无寇。”汉武帝听信了张骞的话，令张骞四道并出，寻找从四川到印度去的道路。寻找的顺序是从北向南：“出駹，出冉，出徙，出邛，僰，皆各行一二千里。”结果是：“其北方闭氐、筰，南方闭嶲、昆明……终莫得通。”《史记·司马相如传》：“邛、筰、冉、駹者近蜀，道亦易通。”从地望上来看，这四个民族都处在四川西面，可见汉武帝和张骞确实是想找一条从四川向西达到印度的道路，而不是想找从四川西南通过滇缅的道路。这一条道终于没能找到。

《华阳国志·南中志》也提到张骞：“武帝使张骞至大夏国，见邛竹、蜀布，问所从来，曰：‘吾贾人从身毒国得之。’身毒国，蜀之西国，今永昌是也。”这里讲身毒国就是云南永昌，这个说法颇为新奇。饶宗颐[113]引了这一段后写道：“这条最可注意的是说张骞所言的身毒国，即指汉的永昌郡。”王邦维《大唐西域求法高僧传校释》，《慧轮传》注中也谈到这个问题。看来这个问题还需要进一步加以探讨。

梁慧皎《高僧传》卷七《慧叡传》：[114]

> 常游方而学经。行蜀之西界，为人所抄掠，常使牧羊。有商客信敬者，见而异之，疑是沙门，请问经义，无不综达。商人即以金赎之。既还，袭染衣，笃学弥至，游历诸国，乃至南天竺界。音译诂训，殊方异义，无不必晓。

这一段话说得很含糊，“蜀之西界”，指什么地方？他后来是怎样到南天竺去的？是否仍然通过“蜀之西界”？都不清楚。看来他直接从四川到印度去的可能是不大可能存在的。

桑秀云[115]探讨了这一条道，文中称之为“西道”，也就是“从四川向西走，经西康、西藏至印度”。文章的结论是：“至少在汉武帝元狩年间是不可能的。”汉武帝以后怎样呢？文中没有说。章鸿钊《从宝石所得古代东西交通观》，《地学杂志》1930年第1期，讲到“由蜀经川边入西藏，抵拉萨，南出靖西关，过大吉岭至中印度一路”，可参看。伊本·鲁士大（Ibn Rusta）讲到天方通东方道路七条，其中之一是从西藏人中国。根据我个人的看法，这一条“西道”恐怕很早就有个别商人来往行走，我们不能低估古代商人活动的能量，不管多么艰难险阻的路，他们总会去尝试的。但是成为一条比较畅通的道路，恐怕到了唐代也还不行。贾耽列举了七条从边州入四夷的道路。却没有这样一条“西道”，这是很值得我们深思的。

c. 滇越问题

谈完了博南道和吐蕃道以后，还有一个重要问题，需要探讨一下，这就是滇越问题。

《史记·大宛列传》：

> 昆明之属无君长，善寇盗，辄杀略汉使，终莫得通。然闻其西可千余里，有乘象国名曰滇越，而蜀贾奸出物者或至焉。

同滇越有联系的还有很多国名，比如僄越、盘越、磐起（越之误写）、汉越、剽国、骠国、无论国、沙越等等，见于从魏至唐的诸多书中。滇越国究竟是什么地方呢？这个名称同上面列举的其他名称究竟有什么关系呢？这都是需要进一步研究的。

过去有不少学者在这方面做了一些工作，比如桑秀云[116]、饶宗颐[117]、张毅[118]等等。桑秀云认为滇越在今孟加拉。饶宗颐似乎认为滇越就等于盘越国、无论国、剽国、僄越、磐起、槃越、骠国，就是缅甸，缅语是 Pyū，Prū，Prome。张毅认为滇越是梵文 Dānava 的对音，指的是唐代的迦摩缕波国（Kāmarūpa），今之阿萨姆。

我个人对于这个问题没有深入研究，在写这一篇文章的过程中有过一些考虑，觉得以上诸家学说，虽然各有其独到之处，但是都遗留了一些不周之处，需要进一步深入探讨。因此不揣谫陋，把自己一些想法写在下面。

桑文论点取自其他学者，对音问题纯属虚构，完全不能成立，我在这里不去细谈。饶文繁征博引，有极大的说服力。他论证剽国、骠国、僄越、槃越等等相当于缅语的 Pyū，Prū，Prome，我看是能成立的。但是，如何把滇越在对音方面同上引诸名称联系起来，饶先生没有作进一步的交待。因此，留给人的印象就是不够踏实。张文具有创新精神，值得重视。他说，传说中的迦摩缕波第一个国王即名为 Mahāranga Dānava，也有启发意义。但是，还有几点必须说清楚：第一，张守节《史记正义》："昆、郎等州，皆滇国也。其西南滇越、越巂，则通号越。"可见在中国古代典籍中，滇越都是地名，不可译自 Dānava。如果说 Dānava 译自滇越，则解释又需煞费周章。第二，Dānava 在印度古代史诗中多同一些小神灵并列，比如在《罗摩衍那》1，14，13：与乾闼婆、夜叉、罗刹并列；1，19，21：与天神、乾闼婆、夜叉并列；3，30，18：与天神、乾闼婆、毕舍遮、飞鸟、大蛇并列； 4，39，3：与底提耶并列；5，1，71：与天神、乾闼婆并列，它从来不是一个民族的名称。第三，越字古音是 vat，不是 va。

总之，我认为滇越问题还没有真正解决，有待于学者们进一步的努力。

（四）印度通波斯道

上面我讲了从中国四川，通过云南或者西藏到达缅甸和印度的道路。还有一段道路，从印度到达波斯（安息、伊朗等）的道路，必须讲一讲，只有这样，才能全部追踪从四川到达波斯的交通道路。对于印度通波斯道，我不准备，也没有必要详细讨论。印波自古以来就在陆路和海路两个方面有频繁的往来。随便找一本有关的历史书或地理书，就能够找到这方面的记载。倘我现在再加论证，则适成蛇足，贻笑学人。我在这里只想从中国古代正史中举出一两个地方，说明在中国人眼中印度和波斯有一种什么样的关系。《梁书》卷五四扶南国："其西界接天竺、安息。"同书，中天竺国："其西南与大秦、安息交市海中，多大秦珍物。"可见中国人很早就知道波斯（安息）和印度通商贸易的情况。《梁书》以后的许多中国史书中，这样的记载不胜枚举。

五 唐代流寓蜀川的波斯人

最后，我还想谈一谈唐代流寓四川的波斯人。我感觉到，这同我在本文企图论证的问题有某一些联系。

波斯人移居中国，由来已久，几乎同西极石蜜传入中国同样地早。后汉、三国时期，已有波斯佛徒移来中国。《高僧传》中有一些这样的记载，其中最著名的有安世高、康僧会等等。这些都是众所周知的事实，用不着引证了。

到了唐代，中波交通更加频繁，从上面第三节 a"交通年表"中明确可见。而且此时唐王朝国势显赫，在中亚一带，开疆拓土，与波斯帝国直接接壤。《新唐书》卷四〇《地理志》：

安西大都护府，初治西州。显庆二年（657年）平贺鲁，析其地，置濛池、昆陵二都护府，分种落，列置州县，西尽波斯国，皆隶安西，又徙治高昌故地。[119]

这样一来，中波交通更加轻而易举，人员往来和物资交换也更加容易了。

在这样的情况下，波斯人移居中国者有所增加，其中不少的人移居四川。据陈寅恪先生的意见，唐代大诗人李太白即由西域迁居蜀汉之胡人[120]，是否是波斯人，还有待于进一步探讨。有一件事情是明确的：唐代西域胡人流寓中国后，大都改姓李，这可能与大唐皇帝赐姓有关，因为唐王室自称李姓。这样的例子很多，我在下面举出几个：

《册府元龟》卷九七一载，天宝五载（746年）七月，波斯遣呼慈国大城主李波达仆献犀牛及象各一。乾元二年（759年）八月，波斯进物使李摩日等来朝。

《旧唐书》卷一四四《李元谅传》：

李元谅，本骆元光，姓安氏，其先安息人也。少为宦官骆奉先所养，冒姓骆氏。

《新唐书》卷一五六《李元谅传》，基本相同。《旧唐书》卷一七一《李汉传》：

> 敬宗好治宫室。波斯贾人李苏沙献沉香亭子材。

以上这几个例子都说明，波斯人到中国后改为李姓。其他西域胡人冒姓李者还很多，这里不一一列举了。

还有一家波斯人，归化中国后改为李姓，流寓四川。这一家人颇有名声，必须在这里谈一谈。宋黄休复《茅亭客话》卷二：

> 李四郎，名玹，字廷仪，其先波斯国人，随僖宗入蜀，授率府率。兄珣有诗名，预宾贡焉。玹举止温雅，颇有节行，以鬻香药为业。善弈棋，好摄养，以金丹延驻为务。暮年以炉鼎之费，家无余财，唯道书药囊而已。

后蜀何光远撰《鉴戒录》：

> 宾贡李珣，字德润，本蜀中土生波斯也。少小苦心，屡称宾贡，所吟诗句，往往动人。弟玹，以鬻香药为业。妹舜弦，酷有词藻。

《全唐诗》第十一函第十册，有李舜弦诗三首[121]。舜弦为蜀王纳为昭仪。这样一家人，贩卖香药，同他们的出身于波斯有关系。我在上面第三节（二）中曾谈到波斯产的香药大量传入中国。至于李珣和李舜弦酷爱词章，则可以看出他们汉化之深，中国文化修养之高。如果李太白果然系出西域胡人（甚至有可能是波斯人，他也姓李），对于他的诗才和中国古典文化知识也就用不着吃惊了。这里还有一件事必须交待清楚。还有一个李珣，是《海药本草》的作者。李时珍说他是肃宗、代宗时人。想必是偶尔同名吧！

介绍了以上那一些流寓中国四川的波斯人以后，我还想再介绍几位在中国四川出家当和尚的波斯人。《续高僧传》卷二五《隋蜀部灌口山竹林寺释道仙传》：

> 释道仙，一名僧仙，本康居国人，以游贾为业，往来吴蜀，江海上下，集积珠宝．故其所获赀货，乃满两船。[122]

这里有几点值得注意。第一，一个康居商人（广义的波斯人），做买卖发了财，最后在四川当了和尚。第二，道仙“往来吴蜀”，可见吴蜀在当时经济发达，是做生意的好地方。这一点我在上面第四节（二）中已经谈到过。陈寅恪先生根据道仙的材料和其他一些材料说：“据此，可知六朝、隋唐时代蜀汉亦为西胡行贾区域。其地之有西胡人种往来侨寓，自无足怪也。[123]

《续高僧传》卷五〇《梁蜀部沙门释明达传》：

> 释明达，姓康氏，其先康居人也……以梁天监初，来自西戎，至于益部。

明达的情况同道仙差不多，用不着再做什么解释。另外还有一个和尚，情况不明。《宋高僧传》卷二〇《唐西域难陀传》：

> 释难陀者，华言喜也。未详种姓何国人乎。其为人也，诡异不伦，恭慢无定。当建中年中，无何至于岷蜀。[124]

这个和尚来自何国，不清楚。再有一个和尚，原是波斯人，但与四川无关，我也附在这里。《续高僧传》卷一一《唐京师延兴寺释吉藏传》：

> 释吉藏，俗姓安，本安息人也。祖世避仇，移居南海，因遂家于交广之间。[125]

我在这里想附带讲一个情况：到了宋代，仍然有波斯人到四川来学道。陈垣《元西域人华化考》：

> 宋末有安世通。安世通疑为安息人。以安息人而入青城山学道，不可谓之不奇也。《宋史·隐逸传》有《安世通传》曰：青城山道人安世通者，本西人。

流寓四川的波斯人，其中包括和尚和道士，他们的情况就介绍到这里。关于西域人华化的问题，过去有许多中外学者都探讨过，比如刘盼遂《李唐为蕃姓考》，见《女师大学术季刊》第 1 卷第 4 期；陈寅恪《李唐氏族之推测》、《李唐氏族之推测后记》、《三论李唐氏族问题》，见《金明馆丛稿二编》；冯承钧《唐代华化蕃胡考》，见《东方杂志》第27卷第17号；向达《唐代长安与西域文明》；日本桑原陟藏《隋唐时代来往中国之西域人》，见《内藤博士还历纪念支那学论丛》等等，请参阅，我不一一引用了。

我在本节开始时曾说过，这里讨论的问题与本文企图论证的主题有某一些联系。我的意思无非是说，石蜜制造技术传布的方向，一端是波斯，一端是中国四川。那么多波斯人流寓四川正证明了这两端关系之密切。看样子，那一些流寓四川的波斯人绝大多数都是经过西域到中国来的，有的来到了四川。是否也有一些人通过川滇缅（藏）印波道而来的呢？确凿的证据我们还没有。但是，既然中国和尚能从蜀川牂牁道而出，为什么不能通过同一条道而入呢？所有这一切都有待于将来进一步的探讨。

六　结束语

写这一篇论文的用意，我在开头时已经交待过了。现在论证结束，再归纳起来，说上几句。

中国利用蔗浆制糖的技术，到了唐代，已经有了一些基础。但这并不妨碍我们向外国学习更先进的技术。唐太宗时，曾向印度学习过。过了一百多年，到了大历年间，我们又向波斯学习。前一件事情，见于中国正史，是确凿可靠的。后一件事情则是我的揣测。我在这里说的是制糖（石蜜）技术，而不是糖（石蜜）本身。因为“西极（国）石蜜”在后汉三国时期已经传入中国了。

唐孟诜等人也说有石蜜来自波斯，劳费尔有同样的意见[126]。我在本文内从各方面论证了唐代中国同波斯的关系，而重点则在交通方面。为什么把重点放在中波交通道路上呢？这与我整个的构思有关。我的构思简而言之就是：四川制造石蜜的技术至少一部分是来自波斯，传来的道路不是通常的丝绸之路，而是川滇缅印波道。我繁征博引，就是想说明，这一条道是畅通的，尽管艰难险阻极多，仍然是一条捷径。商人和僧侣是不怕任何困难的。如果邹和尚是一个神话人物，这个神话背后的历史事实是确凿可靠的。如果实有其人，这一个“西僧”就很可能来自波斯。我整篇构思，不能说没有一点幻想成分。但是我并非胡思乱想；我相信，将来会有切实可靠的资料证明我的想法，把幻想变为历史事实。

1987 年 8 月 23 日写毕

注释：

1 《学津讨原》第 15 集第 10 册。李时珍《本草纲目》引。

2 《玄览堂丛书续集》。

3 有人主张，邹和尚是中国人，见李治寰《从制糖史谈石蜜和冰糖》，《历史研究》，1981 年第 2 期，第 149 页引钟广言的说法。

4 见所著《唐本草》。苏恭，唐高宗显庆中充右监门长史，修订《唐本草》五十四卷。

5 见所著《本草音义》。一作孔志约。

6 见所著《食疗本草》。

7 见所著《图经本草)》。苏颂，宋哲宗丞相。

8 《本草纲目》。

9 Lippmann，第 63—64 页。

10 Deerr，第 13 页。

11 Lippmann，第 4 章，“甘蔗向西方的传布和炼糖术的发明”，第 158 页 ff。

12 《一千零一夜》也有这个故事。

13 参阅张星烺《中西交通史料汇编》第 4 册，《古代中国与伊兰之交通》。

14 我甚至想到，中国后汉至晋初出现的“西国（极）石蜜”，也可能与波斯有关。从我们目前的水平来看，这是更难回答的问题。

15 《新唐书》卷二二一下《西域传》；《册府元龟》卷九六六没有记载。

16 《旧唐书》卷一九八《西戎传》；《册府元龟》卷九六六。

17 《册府元龟》卷九六六。

18 同上书、卷。

19 同上书，卷九七〇。

20 同上书、卷。

21 同上书，卷九九九。

22 同上书、卷。

23 《旧唐书》卷一九八《西戎传》。或有错误。

24 《新唐书》卷二二一下《西域传》。此记载正确。

25 《册府元龟》卷九七〇。

26 同上书、卷。

27 《旧唐书》卷一九八《西戎传》。

28 《册府元龟》卷九七一。《新唐书》卷二二一下《西域传》：“开元天宝间，遣使者十辈，献玛瑙床，大毛绣舞筵。”参阅《旧唐书》卷一九八《西戎传》。

29 《册府元龟》卷九九九。

30 同上书，卷九七一。

31 同上书，卷九七五。

32 同上书、卷。

33 同上书，卷九七一。

34 同上书，卷九七五。

35 同上书，卷九七一，又见卷九七五。

36 同上书，卷九七一。

37 同上书，卷九六五。天宝一般都用“载”。

38 同上书，卷九七一。

39 同上书，卷七。

40 同上书，卷九七一。

41 同上书、卷。

42 同上书，卷九六五。

43 同上书，卷九七一。

44 同上书、卷。

45 同上书，卷九七五。

46 同上书，卷九七一。

47 同上书，卷九七二。

48 同上书、卷。宝应无六年，此处有误。

49 《旧唐书》卷一九八《西戎传》。《新唐书》卷二二一下《西域传》：

“大历时，复来献。”

50 在这一方面，可资参考的文章非常多，我只举一篇：梁启超《中国印度之交通》，见《饮冰室合集》第一四。

51 《大正新修大藏经》（以下简略为㊅），51，950c。

52 ㊅，51，952b。

53 ㊅，49，314。

54 ㊅，51，867ff。

55 ㊅，51，1 ff。

56 ㊅，54，204ff。

57 ㊅，51，975ff。

58 ㊅，51，979ff。

59 根据西方古代一些地理学家的记述，很可能很早就有一条从印度或缅甸通过西藏到达中国内地的道路。这里不详细讨论。

60 ㊅，24，477c，《根本说一切有部百一羯磨》卷五夹注。

61 关于唐代广州成为中西海上交通的唯一要地，参阅向达《唐代长安与西域文明》，第 34 页。

62 唐以后的书籍这里没有谈，其数量是很大的，比如元陶宗仪的《辍耕录》之类。明李时珍的《本草纲目》更是闻名世界的。

63 *Sino-lranica, Chinese Contributions to the History of Civilization in Ancient lran*, Chicago 1910. 汉译本《中国伊朗编》，林筠因译，商务印书馆，1964 年。此外，我还参考了陈竺同的《两汉和西域等地的经济文化交流》，上海人民出版社，1957 年。还有张星烺的《中西交通史料汇编》。《辍耕录》中提到的波斯物品，我也一并采入。

64 我把《本草纲目》缩略为《纲目》，下同。后面数字为卷数。

65 缩略为《劳费尔》，下同。

66 缩略为《汇编》，下同。

67 《纲目》卷八，铁。〔集解〕时珍曰：西番出宾铁尤胜。没有出自西戎或波斯。实际上，中国正史记载，镔铁出自波斯，见《周书》卷五〇，《隋书》卷八三。参阅《劳费尔》，第 344 页。

68 《纲目》卷九，丹砂。〔集解〕时珍曰：云南、波斯、西胡砂，并光洁可用。《汇编》和《劳费尔》都没有丹砂一项。

69 “东”字疑“西”之讹。或为“东安（国）”之讹。参阅《新唐书》卷二二一下《西域传》及玄奘《大唐西域记》卷一唱捍国。

70 《纲目》卷二六，草豉。〔集解〕藏器曰：生巴西诸国。《汇编》，第 166 页：巴西即波斯。

71 《纲目》卷三一，橄榄。〔集解〕志曰：又有一种波斯橄榄，生邕州。色类相似，但核作两瓣，蜜渍食之。同卷：无花果。〔释名〕映日果　优昙钵　阿驵（音楚）。时珍曰：无花果凡数种，此乃映日果也，即广中所谓优昙钵，及波斯所谓阿驵也。参阅《汇编》，第 171 页；《劳费尔》，第 235—239 页。

72 苏合香，《纲目》卷三四，只讲到出苏合国或大秦国，没有讲到波斯。《魏书》、《隋书·波斯传》讲到出波斯国。参阅《汇编》，第 184 页；《劳费尔》，第 282 页。青木香，《魏书》、《隋书·波斯传》说是出波斯。《劳费尔》，第 289 页讲到青木香；《汇编》，第 184 页也讲到。《纲目》似缺。

73 中国传入波斯的东西，参阅《劳费尔》。

74 参阅陈祚龙《中世敦煌与成都之间的交通路线—— 敦煌散策之

一》，见香港新亚研究所《敦煌学》第1辑《戴密微先生八秩大庆祝寿专号》。

75 《邛竹杖、蜀布是怎样输入印度的？——〈川滇缅印古道初探〉质疑》（讨论稿），云南省历史研究所南亚研究室，1981年5月，第3页。

76 《蜀布与cīnapaṭṭa》，见《选堂集林·史林》上册，第383页，中华书局香港分局，1982年1月。

77 上引文。第380—386页。1983年6月1日《北京晚报》有短文谈到：稻米原生云南，后西传至缅甸。

78 中华书局，1948年8月，第8页。

79 关于巴蜀古代文化，参阅徐中舒（《论巴蜀文化》；邓少琴《巴蜀史迹探索》，四川人民出版社，1981年。

80 ㊅，54，1236b。

81 《蜀吴之梵名》，见所著《中外史地考证》，中华书局，1962年，上册，第108—114页。

82 参阅向达《蛮书校注》，中华书局，1962年，第164—165页。

83 参阅夏光南《中印缅道交通史》，中华书局，1948年，第6—7页；桑秀云：《蜀布邛竹传至大夏路径的蠡测》，中央研究院历史语言研究所集刊，第41本，第1分册，第76页。

84 关于夜郎的地望问题，学者探讨甚多，争论不少，请参阅夏光南，上引书，第11页。

85 夏光南，上引书，第9—10页，认为《水经注》所记。查《水经注》并无此段文字，恐夏氏误记。

86 上引书，第12页。

87 《云南丛书·史部》之九，云南图书馆，甲寅。

88 向达《蛮书校注》，中华书局，1962年，第19—32页。

89 请参阅张楠《通往身毒的古道》，见《南诏史论丛》，一下，第216页，云南省大理白族自治州南诏史研究学会编印。伯希和著，冯承钧译《交广印度两道考》，第17页，提到的宜宾（叙州）东川昆明一道，即朱提道。

90 陈茜《川滇缅印古道初探》，见《中国社会科学》，1981年第1期，第161—180页。第172—173页，引了《蛮书》这一段的全文，可惜有错字及漏字、漏句情况。桑秀云上引文中，也有这样的现象。在这里，引者任意删节原文，不加说明，引《史记》，连卷数都写错，这不能说是认真严肃的态度。向达《蛮书校注》对这一条道路的地名有详细考证，请参阅。

91 中外学者对这一段话进行了大量的考证工作，但是对于一些地名至今仍争议不休。参阅朱杰勤《汉代中国与东南亚和南亚海上交通路线试探》，见暨南大学《东南亚历史论文集》，1980年，第1—9页。其他可参考的论文极多，无法一一列举。

92 参阅张星烺《中西交通史料汇编》第1册，古代中国与欧洲之交通，第35—36页。

93 饶宗颐，前引文。第366、387页。

94 参阅哈威（G. E. Harvey）原著，姚楠译注《缅甸史》，商务印书馆，1947年，上卷，第8—9页。

95 方国瑜：《十三世纪前中国与缅甸的友好关系》，见《人民日报》，1965年7月27日，说公元前四世纪或更早的时期，中缅已有往来。

96 前引书，第36—40页。

97 前引文，第172—173页。

98 前引文，第78—79页。

99 没有声明取自此书，只在前面加了“唐时”。

100 《海国图志》卷二一《魏源〈西藏后记〉》。

101 见《小方壶斋舆地丛钞》，再补编，第十帙。

102 《中国科学技术史》，第1卷，第2分册，第76页。

103 《湘西国际道上的蚕丝传播》，见《丝绸史研究》，1987年，1—2，第85—97页。

104 前引文，第78页。

105 ㊅，51，950c。

106 《大唐西域记之研究》，法藏馆，1942年，《后编》，第5《唐代之吐蕃道》。

107 ㊅，49，314。

108 《饮冰室合集·专集第十四册》，《中国印度之交通》第31页讲到的“吐蕃尼波罗路”，指的是青海入西藏的道路。

109 《史学杂志》第14编第四号：《关于以唐为中心的外国交通特别是海上交通》。这里讲到了吐蕃道。

110 《关于中国纸和造纸法传入印巴次大陆的时间和路线问题》，见《历史研究》，1980年第1册。

111 ㊅，54，835a。

112 同上书、卷，205b。

113 见前引文，第361页。

114 ㊅，50，367a—b。

115 见前引文，第74页。

116 前引文，第 77—78 页。

117 前引文，第 361—367 页。

118 《滇越考》，见《中华文史论丛》，1980 年第 2 辑，第 61—66 页。

119 参阅陈寅恪：《李太白民族之疑问》，见《金明馆丛稿初编》，第 277—278 页。

120 同上，第 279 页。

121 《全唐诗》第 12 函，第 10 册，有李珣诗五十四首。

122 ㊅，50，651a。法国学者谢和耐著、耿昇译：《中国五—十世纪的寺院经济》，甘肃人民出版社，1987 年第 1 版，第 6 页，引了道仙的故事。

123 前引文，第 279 页。

124 ㊅，50，837c。参阅同书卷三五《唐慧岸传》。

125 ㊅，50，513c。

126 前引书，第 202 页。

第九章　白糖问题

“白糖”就“白糖”完了，为什么还要“问题”？因为，无论是“白糖”这个词儿，还是这个词儿所代表的实物，都非常复杂，非把它作为一个“问题”不行，非列这样一个专章来论述不可。

关于白糖，在上面的许多章里已经多次提到过。读者对于白糖在中国熬制的过程，相信已经有了一些了解。但是，在中国制糖史上，白糖的熬制毕竟是一个复杂的过程，它的出现是一件重要的事情，同它有关联的问题很多。因此，我必须在上面叙述的基础上再立此专章，加以综合叙述，把熬制过程系统化，条理化，期能找出一个比较清晰的发展线索，并指出其重要意义。由于论述的对象相同，只是论述的方法有别，所以在材料使用方面难免有一些重复。但是我将努力避免重复的现象，把它减少到最低限度。

中外一些治糖史的学者也对白糖加以专文或专章论述，比如：

一、于介《白糖是何时发明的？》，《重庆师范学院学报·哲学社会科学版》，1980 年第 4 期，第 82—84 页。

二、李治寰《从制糖史谈石蜜和冰糖》，《历史研究》，1981 年第 2 期，第 146—154 页。

三、李治寰《中国食糖史稿》，农业出版社，1990 年，第六章，六　白沙糖——明代引进脱色法制糖。

四、日本洞富雄《石蜜·糖霜考》，《史观》，第六册，第 95—112 页。

五、E. O. von Lippmann, *Geschichte des Zuckers*, Berlin 1929，没有集中讲白沙糖，但很多地方都提到，比如 p.108、111、113，特别是第四章：pp. 158—172。

六、Noel Deerr, *The History of Sugar*, London Chapman and Hall Ltd. 1949, vol. one. Ⅳ China and the Far East; vol. two ⅩⅩⅧ Refining。

以上只是几个例子，并不是没有遗漏。这些专著和论文的内容，将在下面的叙述中在适当的地方加以征引和评论，这里不加介绍。

我在下面叙述一下有关白糖的一些情况，叙述的顺序如下：

一、“白糖”这个词儿的出现。

（一）在印度

（二）在中国

二、糖颜色的重要意义：其产生根源与外来影响的关系。

三、明代中国白糖的熬制方法。

——黄泥水淋脱色法是中国的伟大发明。

四、明代中国白糖的输出。

一 “白糖”这个词儿的出现

（一）在印度

印度制糖有非常悠久的历史，而且与中国制糖史有千丝万缕的关系（参阅本书第二编第四章：《从佛典的律藏中看古代印度的甘蔗种植以及沙糖和石蜜的制造和使用》），所以我现在先谈“白糖”这个词儿在古代印度出现的情况。

在印度古代的典籍中，糖的名称不同，种类数目多少不同，排列的顺序也不同。排列顺序决不是任意为之的，而是有确定的意义。正如Deerr指出的那样，层次越往下排，纯洁度（purity）越高[1]。什么叫做“纯洁度”？下面有解释。既然各书的排列方法和顺序都不同，我现采用《利论》（*Artha śāstra*）[2]和《妙闻本集》（*Suśruta-saṃhita*）[3]的排列顺序，把糖的名称写在下面：

phāṇita

guḍa

matsyaṇḍikā 或 matsyaṇḍī

khaṇḍa

śarkarā

专就这五种糖而论，phāṇita的纯洁度最差，而śarkarā最高。

纯洁度表现在什么地方呢？Rai Bahadur[4]做了一次化学分析，简述如下：

Phāṇita　颜色似蜜，香，甜。其成分因蔗浆质量和浓缩程度之不同而不同。根据Caraka[5]的说法，浓缩到蔗浆的四分之一至二分之一，含糖量百分之四十至五十。

guḍa　印度很多地方都生产。颜色是淡黄的（straw-coloured），柔软，微湿，有生糖的特有的香味。Rai Bahadur选了一种，做了化学分析，其成分是：蔗糖78，转化糖16，其他有机物8，灰1.8，水3.4。

matsyaṇḍi　Rai Bahadur 选了一种，做化学分析。其成分是：蔗糖 76.3，转化糖 7.2，其他有机物 1.2，灰 1.8，水 13。颜色是淡黄的，颗粒细小。

Khaṇḍa　Rai Bahadur 分析的结果是：蔗糖 88.4，转化糖 9.5，其他有机物 0.1，灰 0.8，水 1.2。

śarkarā　Rai Bahadur 分析的结果是：蔗糖 97，转化糖 1。颜色比较洁白。

以上五种糖是古代印度以及现代印度最常见的。十六世纪的医书 Bhāvaprakāśa 的说法是："把蔗浆熬煮，形成稠糖浆，这就是 phāṇita。继续煮下去，形成掺有一点液体的固体，这就是 matsyaṇḍī。之所以这样叫，因为从中可以慢慢地滴出一种似液体的糖浆。如果把稠糖浆熬炼成固体的块状，这就是 guḍa。但是，在 Gauḍa 地区，人们用这个名来称呼 Matsyaṇḍī。khaṇḍa 像是砂粒，色白。śarkarā 也称做 sitā（意思是"白"）[6]。

非常值得注意的是，Bhavaprakāśa 在五种之外又增添了两种：puṣpasitā 和 sitopalā。Rai Bahadur 在谈到 puṣpasitā 时，说它是孟加拉的 padma-cīnī，phul-cīnī 和 bhurā。又说当时售卖的 kāśi-cīnī（贝拿勒斯的 cīnī）就是过去的 cīnī puṣpasitā。这种糖粒细小，颜色洁白浅淡。在谈到 sitopalā 时，说它产自西孟加拉，又名 Misri。puṣpasitā 的成分是：蔗糖 99，转化糖 0.3，灰 0.2，水 0.5；sitopalā 的成分是：蔗糖 99，转化糖 0.5，灰 0.2，水 0.2。[7]

Rai Bahadur 没有解释，也无法解释一个语言现象：为什么 puṣpasitā 同 cīnī 联系在一起，而 sitopalā 又同 misri 联系在一起？ cīnī，意思是“中国”，misri 来自“埃及”。关于 cīnī 我曾在两篇论文[8]中加以阐述，我的结论是：中国制造白沙糖的技术，于公元十三世纪后半传入印度，而传入的地点是孟加拉。我的证据是无可辩驳的。因此，puṣpasitā 出现在十六世纪的 Bhāvaprākāśe 中是完全顺理成章的。至于埃及问题，我没有专门研究。反正埃及制糖术，特别是制造白沙糖的技术，也在十六世纪以前传入印度，学者间没有疑义。

现在我们可以来回答纯洁度表现在什么地方这个问题了。我认为，这个问题可以从两个方面来回答。第一是糖的质量，这主要表现在蔗糖的含量上。phāṇita 不明确。guḍa 是 78，matsyaṇḍī 是 76， kaṇḍa 是 88.4，śarkarā 是 97，puṣpa-sitā 是 99，sitopalā 是 99。总的情况是，越往下含蔗糖量越高。第二是糖的颜色是由褐色到淡黄，由淡黄到洁白，越来越白。这一点对我们来说是非常重要的。śarkarā 另一个名是 sitā“白”。puṣpasitā 和 sitopalā 都是 sitā 这个字眼，表示它们是“白”的。sitopalā，直译是“白石”，可能是既白且硬如石[9]。

现在我介绍一下《鲍威尔写卷》[10]中有关白糖的论述。原书在中国找不到，我暂时只能根据 Deerr[11] 书中的叙述来介绍。根据 M. Winternitz 的意见[12]，这个写卷约写于公元四世纪后半。卷中所记述的情况自然就是在这之前的。在这里，糖一般被称为 sarkara[13]。有时带形容词，被称为 phanita，guda，matsyandika。 sarkala 本身被提三十七次，它的派生词十四次。加上形容词 sita（白），三次。sita-sarkara-churna（白沙糖）只出现一次。sita 单独表示糖，六次。sita-churna 二次。sitopala[14]，“白石糖”，三次。phanita 二次，guda 三十三次，matsyandika 只有一次。ikshu（甘蔗）三次。ikshumula（甘蔗根）二次。ikshurasa（蔗浆）七次。ikshusvarasa（鲜蔗糖）一次。

现在介绍一下 Harṣacarita[15]（《戒日王传》）中关于白糖的记述。这里面讲到不同种类的糖。pāṭalaśarkarā 和 karkaśarkarā 同时并用。前者指颜色淡红的糖，后者指颜色白的糖。前者似乎是一种炼得不够精的糖，后者则是熬煮 khāṇ，撇掉一些脏东西熬成的糖，由于杂质少，所以颜色白，最后把它制成沙粒状。

在印度古代著名的字典 Amarakosá[16] 中，sitā 是 śarkarā 的同义词。可见 śarkarā 的颜色是白的，这毫无疑义。

根据我在上面所作出的简略的介绍，印度古代糖种类很多。我介绍了五种或者七种，这并不全面。但是，仅从这五种或者七种中，我们就能体会到，糖种类之所以不同，关键就在于熬炼的水平不同。那么，印度古代的熬糖的方法是怎样的呢？

我现在根据 Rai Bahadur 的描述[17] 来简略地介绍一下。他首先说："我们现在不知道古人是怎样澄清糖浆的，是怎样净化他们的糖的。他们使用的方法很可能同今天孟加拉和其他地区使用的相似。"下面他就介绍了他所知道的方法。在孟加拉有两种糖：一种叫 daluā，一种叫 bhurā；前者低级，后者高级。人们把低级的 daluā 卖给糖果制造商人。商人们把它熬炼成颜色较白的高级糖。熬炼过程是：先把 daluā 放在锅中，用水溶化；然后把锅烧开，糖水滚动，浮沫升起，把浮沫撇掉，把新鲜牛奶用水冲淡，浇在滚开的糖水边上，奶中的蛋白受热凝结起来，把许多杂质（impurities）裹在里面，把它撇掉，杂质就减少了一些。就这样，一直煮下去，再煮再撇，一直到再没有浮沫升起为止。没有牛奶，椰浆也可以，效果相同。糖浆凝固以后，变成颗粒状。颗粒细碎，颜色较 daluā 白。这样制成的糖，孟加拉文叫 bhurā，梵文叫 puṣpa-sitā，是古代最高级的糖。Rai Bahadur 最后加上一句："了解到印度工业进展得是多么迟缓，就没有理由去假设，现在的制成品同古代有什么差别。"他的意思是说，根据现在完全可以推测过去。

把上面所说的归纳起来，我的结论是：糖之所以不纯，所以品位低，是因为有杂质。颜色之所以不白，也是因为有杂质。杂质一去掉，则糖就纯（pure）了，品位也高了，颜色也变白了。熬炼的过程，实际上就是逐渐去掉杂质的过程。此外，Rai Bahadur 描述 bhurā 或者叫 puṣpa-sitā 的制造过程，是异常重要的。我在上面已经说到，puṣpa-sitā 同 cīnī 有密切联系。cīnī 是从中国传入印度孟加拉地区的白沙糖，连同制造技术也传了过去。Rai Bahadur 所描写的熬炼方法，难道就是从中国传过去的方法吗？下面我还要谈这个问题。

（二）在中国

在中国，"白糖"这个词儿出现得也比较早。但是，它的含义比较模糊，人们从中得不到一个明确的概念。

我现在根据我在上面引书的顺序，把有关"白糖"的地方抄下来。"石蜜"一词儿，唐代梵汉字典中用来译 śarkarā 的，也属于"白糖"一类；但毕竟没有用"白糖"这个词儿，所以略而不录。

我从唐代开始。

孙思邈《千金要方》 卷九 前胡建中汤 白糖六两 卷一六 治吞金银环及钗等 白糖二斤 卷一七 治肺寒等 白糖 卷一八 治欬嗽上气方 白糖五分 卷一九 前胡建中汤 白糖六两 人参汤 白糖 卷二三 小槐实汤 白糖一斤

孙思邈《千金翼方》 卷四 石蜜，可作饼块，黄白色（羡林按：因为提到石蜜的颜色，所以我抄了下来） 卷一五 人参汤 白糖 卷一八 前胡建中汤 白糖 卷二四 治疥癣 白糖八两

王焘《外台秘要》 卷八 治误吞银钗等 白糖 卷九 治卒欬嗽方 白糖一斤 疗气嗽煎方 白糖五合 卷二六 《千金》小槐实丸 白糖二斤 卷三〇 深师疗癣秘方 白糖一两

下面的敦煌卷子中只有石蜜和沙糖，而没有白糖。《大唐西域记》同。《南海寄归内法传》只有沙糖。《续高僧传·玄奘传》只有石蜜。《唐大和上东征传》只有蔗糖和石蜜。《梵语杂名》只有沙糖。《经行记》只有石蜜。

到了宋代，“白沙糖”这个词儿开始出现。

《宋史》 卷四八九 三佛齐国 白沙糖 卷四九〇 大食 白沙糖。《宋会要辑稿》第197册第

7759页　大食　白沙糖。第7761页　蒲端　白沙糖。《证类本草》引《子母秘录》白糖，引《衍义》：“沙糖又次石蜜，蔗汁清，故费煎炼，致紫黑色。”（羡林按：这里讲出了沙糖的颜色。）《糖霜谱》中，只有沙糖，没有白沙糖。《太平寰宇记》卷八二，剑南东道　沙糖。卷一〇〇，江南东道十二　福州　干白沙糖今贡（羡林按：“干白沙糖”这个词儿非常值得注意）。　《诸蕃志》阇婆国：“蔗糖其色红白，味极甘美。”（羡林按：这两句话又见下面的《岭外代答》。“红白”，含义含混）。大食国只讲“糖”。《滇海虞衡志》卷一〇　志果：“临安人又善为糖霜，如雪之白，曰白糖，对合子之红糖也。”（羡林按：这几句话非常值得注意，糖而能“如雪之白”，其白可见。但是，按照中国制糖发展的阶段，当时还不可能达到这个水平。我目前还无法解释。）《文献通考》卷三三九　大食　白沙糖。

元代，在中国制造白糖或白沙糖的历史上恐怕是一个转折点。

《饮膳正要》　第二卷　木瓜煎　白沙糖十斤炼净　香圆煎　白沙糖十斤炼净　株子煎　白沙糖五斤炼净　紫苏煎　白沙糖十斤炼净　金橘煎　白沙糖三斤　樱桃煎　白沙糖二十五斤　石榴浆　白沙糖十斤炼净　五味子舍儿别　白沙糖八斤炼净

《岛夷志略》　苏门傍“贸易之货，用白糖”；大八丹　白糖

《马可波罗游记》一五四章福州国有非常重要的关于制造白沙糖的记载，请参阅上面第七章：《元代的甘蔗种植和沙糖制造》。在这里有关于温敢（Unguen）城的一段记载，因为非常重要，我再抄录一段：

> 此城制糖甚多，运至汗八里城，以充上供。温敢城未降顺大汗前，其居民不知制糖，仅知煮浆，冷后成黑渣。降顺大汗以后，时朝中有巴比伦（Babylonie，指埃及[18]）地方之人，大汗遣之至此城，授民以制糖术，用一种树灰制造。

这在中国制糖史上是一件十分重要的事情。“用一种树灰制造”，特别值得注意。

下面我又引用了 Marsden 引 P. Martini 的话：On fait dans son territoire une tré sgrande quantité de sucre fort blanc〔在（福州）境内，人们制造极大量的非常白的糖〕。“非常白”fort blanc，这个关于糖的颜色的描述非常值得重视。

A. C. Moule 和伯希和（Paul Pelliot）的《马可波罗游记》的新版本中，与上面引的那一段话相适应的一段话也很值得注意。为了对比起见，我也抄在下面：

> 在被大汗征服以前，这里的人不知道怎样把糖整治精炼得像巴比伦（Babilonie）各部所炼的那样既精且美。他们不惯于使糖凝固粘连在一起，形成面包状的

> 糖块，他们是把它来熬煮，撇去浮沫，然后，在它冷却以后，成为糊状，颜色是黑的。但是，当它臣属于大汗之后，巴比伦地区的人来到了朝廷上，这些人来到这些地方，教给他们用某一些树的灰来精炼糖。

从白沙糖制造的观点上来看，继元代之后，明代又是一个转折点。明代典籍中提到白沙糖或白糖的地方多了起来。《本草纲目》说白沙糖就是石蜜。《普济方》中多次提到白糖或白沙糖，比如748，64，739上；752，157，306下；752，157，308下；752，158，319下；752，158，337上；752，159，344下；752，161，400上；752，161，410上；752，162，420下；752，163，469上；754，228，648下；754，230，711上；755，267，816上下；756，293，667上；756，295，729下。《赤水玄珠》766，484上　白糖霜。《先醒斋广笔记》775，255下、《景岳全书》778，448下　白糖。《瀛涯胜览》榜葛剌国　白糖（与沙糖、糖霜并列），《西洋番国志》榜葛剌国与《瀛涯胜览》同。《咸宾录》大食　白沙糖。《裔乘》三佛齐　白砂糖、苏门答剌　白沙糖。《闽书南产志》　白糖（与黑糖并列）。《沙哈鲁遣使中国记》　白糖。《中国志》　白糖。《东印度航海记》　白糖。《物理小识》　造白糖法。《遵生八笺》871，629上　白糖；871，631下　白糖；871，632上　白糖；871，663下　卷一三　起糖卤法；871，664上　白糖卤；871，836上　卷一七　白沙糖；871，844下　卷一八　白糖霜，871，845上　白糖霜；871，874下　白糖霜。《竹屿山房杂部》871，128上　白糖；871，134下　白砂糖。从此处至871，147上，有很多“白沙糖”，不具录，请参阅我的原文。871，196下，有造赤砂糖、白砂糖法，很值得注意。皮糖也用白砂糖熬制。从871，197下至871，210上，又有一些“白砂糖”，不具录。《泉南杂志》卷上　造白沙糖法；《天工开物》中有专节讲“造糖”、“造白糖”、“造兽糖”等；《农政全书》中有煎熬法，是抄元代的《农桑辑要》。

从唐代到明代“白沙糖”或“白糖”这两个词儿出现的情况，就讲到这里。

总起来看，“白糖”这个词儿的含义是相当模糊的。唐代出现的“白糖”，从熬炼发展的观点上来看，不可能真正地白。同黑糖或赤糖比较起来，不过略显得光洁而已。清代《滇海虞衡志》中的“白糖”明言“如雪之白”，对它白色不容怀疑。从中国炼糖史来看，这是毫无问题的。这本来应在下一章再谈。但它把颜色提得这样鲜明，值得注意，因此我提前说几句。至于从宋代起开始出现的“白沙糖”，多半同大食或南洋的什么地方相联系。这种糖的“白”而且“沙”，是不容怀疑的。我在下面还要探讨这个问题，这里暂且不谈。

二　糖颜色的重要意义：其产生根源与外来影响的关系

人类对自己所使用或食用的物品，总是要求越来越精。而精的表现方式则因物品的不同而不同。专就糖而论，精就表现在颜色上，颜色越鲜白越精。糖的颜色之所以黑，主要原因就是有杂质。杂质越少，则颜色越白。一部炼糖史就表现了这种情况。炼糖技术的主要目的或主要功用，就是去掉杂质。要做到这一步，也并不容易。要经过长期的反复的试验，才能做到。在这里，本国的经验是重要的，外来的影响也是重要的。这个问题将在下一节详细讨论。

颜色越白越好，并不能适用于一切糖的品种，具体地说，它只适用于白沙糖。对于糖霜，就不适用。“糖霜”这个词儿是一个多义词。专就宋代王灼《糖霜谱》中所说的“糖霜”而言，原书中就说过：“凡霜一瓮中品色亦自不同。堆积如假山者为上，深琥珀次之，浅黄色又次之。”并不是颜色越淡越好。

三　明代中国白糖的熬制方法
——黄泥水淋脱色法是中国的伟大发明

这是本章讨论的主要问题。

从我在上面几章中征引的典籍来看，唐以前的制糖方法有两种：一是熬，二是曝，就是在太阳下晒。

唐代已经有了熬糖方法的具体记载，这就是那一张敦煌残卷[19]。残卷中所记述的方法，根据我的猜想，很可能就是唐太宗派人到摩揭陀学习的方法。总起来看，这个方法还是比较粗糙的。至于邹和尚传入的方法，文献上没有讲，我们无从臆测。

到了宋代，王灼《糖霜谱》中记载了造糖霜的技术，具体而细致，在中国制糖史上是一个进步。宋代最值得重视的一件事是大食白沙糖的传入。大食（阿拉伯国家）制糖，历史颇为悠久。唐杜环的《经行记》已经提到大食的石蜜。但是大食熬制白沙糖的技术如何？为什么只有大食能造白沙糖？这些问题我们还都不十分清楚。我还怀疑，南洋一带有白沙糖，从地理环境上来看，从交通情况来看，也可能与大食的影响有关，中国所谓“近水楼台先得月”者就是。这些问题我将在下面第二编中有关的章节中去讨论，这里暂且放下。

在元代，《农桑辑要》中有关于熬糖法的记载，方法也还是比较粗糙。但是，《马可波罗游记》中的记载，却是异常重要的。原文我已经引在上面，请参阅。这里炼制的肯定已经是白沙糖。值得注意的是：一、熬炼过程中，向锅里投入某一种树的灰（肯定是燃烧后的）；二、这种技术是从“巴比伦”人那里传来的。不管“巴比伦”指的是什么地方，反正不出阿拉伯，也就是大食的范围。这样一来，就同宋代大食进贡的白沙糖联系起来了。看了我在上面的论述，必然会认为，这是很有意义的一件事。

明代，在唐、宋、元三代已经达到的水平的基础上，进一步发展了熬糖的技术。特别是在福建一带，这现象更为突出。这明确地证明了马可波罗记述之不诬，从中也可以看出其渊源关系。《闽书南产志》细致具体地描述了炼白沙糖的过程。煮甘蔗汁，搅以白灰，成为黑糖。置之大瓮漏中，等水流尽，覆以细清黄土，凡三遍，其色改白。结果产生出三等糖：上等白名清糖，中白名官糖，下者名奋尾。再取官糖，加以烹炼，劈鸡卵搅之，使渣滓上浮。再置之瓮漏中，覆土如前，其色加白，名洁白糖。这种糖再烹炼，可以炼成糖霜和蜜片。请注意：烹炼的目的就是使糖越来越白，使用的材料有白灰、细清黄土和鸡卵清。

方以智的《物理小识》中讲的炼糖过程，同《闽书南产志》讲的几乎完全一样。在本书卷六中有“造白糖法”：“煮甘蔗汁，以石灰少许投调，成赤沙糖。再以竹器盛白土，以赤糖淋下锅，炼成白沙糖。劈鸭卵搅之，使渣滓上浮。”紧接着，方以智又叙述了他的座师余赓之的话，讲到了造糖霜的技术：“十月，滤蔗，其汁乃凝入釜，煮定，以锐底瓦罂穴其下而盛之，置大坻中，俟穴下滴，而上以鲜黄土作饼盖之，下滴久乃尽。其上之滓于是极白，是为双清。次清屡滴盖除而余者近黑，则所谓瀵尾，造皮糖者。”这里讲的同《闽书南产志》完全相同。《闽书南产志》讲的材料，这里全有。稍有不同者，前者为鸡卵，这里为鸭卵，其作用是完全相同的。前者中的“奋尾”，这里则名“瀵尾”，音同字不同而已。

高濂撰《遵生八笺》卷一三有“起糖卤法”。我讲一讲大体过程，原文中的分量一概省掉，因为这与我要讲的关系不大。把白糖放于锅内，加水搅碎，微火一滚，用牛乳调水点之。如无牛乳，鸡卵清调水亦可。水一滚，即点却。然后抽柴熄火，盖锅闷一顿时，揭开锅，在灶内一边烧火。待一边滚，但滚即点，数滚数点，糖内泥泡沫滚在一起，用漏勺将沫子捞出。第二次再滚的泥泡沫仍用漏勺捞出。第三次，用紧火煮，把同牛乳滚在一起的沫子捞掉，捞得干净，黑沫去尽白花方好。简略地说，情况就是这样。原书注：此是内府秘方。据我看，虽曰起卤，实类熬糖。用的材料完全一样，即牛乳和卵清，目的非常明确，就是使糖水变白，越白越好，不厌其白。虽然用的原料就是白糖；

但是看来里面黑色的杂质还有不少，所以必须再熬，才能满足宫廷中皇帝老子一家人的需要。

宋诩撰《竹屿山房杂部》卷六有制赤砂馐、白砂馐、馐霜、皮馐等的方法。对我要研究的问题来说，制白沙糖法是关键，所以我只介绍这个方法。其余的请参阅本书第八章有关的论述。这里描述的制白沙糖法非常简单。把赤沙糖加上等量的水，匀和，先以竹器盛山白土，用糖水淋下，滤洁，入锅煎凝成白沙糖。这里有一个夹注，值得注意："闽土则宜。"为什么偏偏是福建土呢？下面又简略地提到了炼糖程序：浆水→赤沙糖→白沙糖→糖霜。

陈懋仁撰《泉南杂志》中有"造白沙糖法"，很简单："用甘蔗汁煮黑糖，烹炼成白。劈鸭卵搅之，使渣滓上浮。"这里用的是鸭卵。

到了宋应星的《天工开物》，明代中国造白沙糖法算是得到了一次总结。本书"甘嗜第四"，专门讲甜东西，讲到蔗种、蔗品、造糖、造白糖、造兽糖、饴糖等等。我在这里只谈造白糖法。宋应星首先点出熬制地点：福建和广东。用的是"终冬老蔗"。榨出浆水后，放入缸内，加火烹炼。"看水花为火色"，其花煎至细嫩，用手捻拭，粘手就是"信"来了，换句话说，就是"熟"了。此时糖浆尚黄黑色，盛在桶中，凝成黑沙，然后把上宽下尖的瓦溜放在缸上，溜底有小孔，用草塞住，把桶中黑沙倒在溜内，等黑沙凝固，然后拿掉孔中塞的草，用黄泥水淋下。其中黑滓入缸内，溜内尽成白霜。最上一层厚五寸许，洁白异常，名曰西洋糖。这里有一个夹注："西洋糖绝白美，故名。"

下面的稍黄褐[20]。这里有两件事情值得注意：一件是黄泥水；一件是名曰西洋糖。黄泥水是明代炼白沙糖不可缺的材料。“西洋”，不是今天的西洋，而是明代的西洋，所谓郑和下西洋就是。这一个名称就把中国的白沙糖同阿拉伯国家（大食）和南洋群岛的某些地区联系起来了。

我本来期望，徐光启的《农政全书》会把西方的炼糖术介绍过来。然而徐光启只抄录了元代的《农桑辑要》。最后加了一句：“熬糖法未尽于此。”宛如神龙见首不见尾，成为千古不解之谜。也许当时西洋的炼糖术还不发达。反正欧洲不产甘蔗（西班牙南部可能除外），最早的炼糖术不大可能是用蔗浆。

上面我介绍了中国熬糖的历史，重点是明代的白沙糖。

在上面的介绍中，我曾提到印度和大食（阿拉伯），对印度熬制白沙糖的方法也作了简要的介绍。看来中国明代炼制白沙糖的技术之所以能够发展到那样的水平，不出两个原因：一个是中国内部实践经验产生的结果，一个是外来的影响，特别是大食的影响。我现在想把中国的技术同外国的加以对比，蛛丝马迹，能够看出其间相互的影响。我想先介绍一下欧洲的炼制方法，以资对比。至于大食（阿拉伯）的方法则留待本书第二编有关章节中去介绍。

我现在根据德国学者Oskar von Hinüber的论文[21]中引用的一部旧百科全书中的词条加以介绍。这部百科全书名叫*Grosses vollständiges Universallexicon aller Wissenschaften und Künste*, Band 63 ZK-Zul, Leipzig und Halle 1750, Spalte 1037 ff，词条名叫糖（Zucker）。内容大体如下：将甘

蔗压榨，榨出浆水，注入盆或大锅中，按照蔗浆的性质，搀入灰或石灰粉。蔗浆变绿变稠时，人们把一品脱（羡林按：法国旧时容量单位，合0.93升）倒入锅中。当浆水变得棕褐、坚硬而且粘时，散发出一种香气——这是它最优良的特点，人们投入一chopine（半升）灰，三分之一石灰。当蔗糖变黑而稠时，这就表明，它是“熟”（alt）了。人们再投入一品脱灰和一chopine石灰。这两种调料混入蔗浆中，作用是把蔗浆净化，把聚在大锅上部的稠东西分开来，这些稠东西，一旦加热，就变成泡沫。泡沫把蔗浆完全遮住，人们就把泡沫撇出，而且越快越好，不让它再煮下去，因为怕水泡上腾时，泡沫会同蔗浆混在一起。大锅中的泡沫充分撇掉，把蔗浆用勺子舀入另一个锅中，而且要尽快舀，不让留在大锅中的东西烧糊。这是常会发生的事。锅空了，再倒入新蔗浆，其中再投入新灰和新石灰，当另一口锅需要撇沫时，要细心地把沫撇掉。为了能把沫尽快撇完，要注入碱液。从另一只锅中把蔗糖倒入碱液中，也就是说，倒入第三只或第四只锅中，全看制糖车间中锅的数目而定；这样依次把糖浆倒进去。如果车间有六口锅，就是最后两口，糖浆倒完后，看到糖浆变稠了，变绿了，就把石灰水倒在上面，其中掺有明矾，多少视糖浆的量而定，决不能过多。有人不放明矾，而放石膏粉，这完全是骗局，因为石膏破坏糖浆。

1750年的这一个词条，细致，流于啰嗦，里面有古字和法文，不大容易懂。但是，内容还是清楚的。这里也用灰、石灰，再加上明矾，但是用的时机却很不同。这值得注意。这里没有提到卵清，也值得注意。

印度近代当代的熬糖法，我在上面已经根据Rai Bahadur的叙述稍加介绍了。现在我再根据佛典介绍一下印度古代的熬糖技术[22]。按时代先后来说，最古的当然是巴利文《律藏》I 210，1–12 的记载：

> Addasa kho āyasmā kankhārevato antarā magge guḷa kara ṇa ṃ akkamitvā guḷe piṭṭham pi chārikam pi pākkhipante（具寿甘迦里婆陀，当他转向一个糖作坊时，在路上看到（制糖者）把面（米）粉和灰掺入guḷa 中。）

在这里，关键词儿是piṭṭham（英文flour），chārikam（英文是ashes）和pakkhipante（梵文pra+√kṣip，英文是put down into）。piṭṭha 有人解释为"石灰"[23]。

现在，中国、印度和欧洲三个地带的制糖方法，能介绍的都介绍了，读者已经能从中得到一个大体的轮廓了。我想在下面把三者加以对比，对比从下列几个方面来进行：

（一）熬炼过程

从我上面的介绍中，可以看出，三者之中欧洲的熬炼过程最为奇特。尽管看上去非常细致，甚至非常复杂，要用到六口锅，蔗浆里面也加灰和石灰，但是却没有谈到"反复地煮"和"撇掉泡沫"，而这两件事又是熬糖必不可缺的[24]。

至于中国和印度，则是大同小异。印度我只举了一种做法，估计还会有不少不同的做法的。中国我举了很多种，尽管其间也有差异，但大体上是一致的，特别是我在上面刚刚提到的那两个不可或缺的过程，诸书都有。

（二）熬炼时投入的东西

欧洲	灰，石灰	
印度	鲜牛奶或椰子汁	面粉、灰或石灰
中国	《闽书南产志》	白灰，黄土，卵清
	《物理小识》	石灰，白土，卵清
	《遵生八笺》	牛乳，卵清
	《竹屿山房杂部》	白土
	《泉南杂志》	鸭卵清
	《天工开物》	黄泥水

以欧洲为一方，中国和印度为另一方，加以对比，确有相同之处；但是，相异之处也颇突出。西方（欧洲）投入的东西是石灰和灰，都算是人力加过工的，而东方（中国和印度）投入的东西，除了加过工的石灰和灰以外，还有根本不加工的牛乳、椰汁和卵清。这可能表现出西方工业化的倾向，东方自然经济仍占上风。

顺便谈一点 v. Lippmann[25] 对东方制糖技术的意见，意见简略地说就是：尽管在最早期的中世纪时期，东方制糖量极大，但是，在技术方面，同欧美（羡林按：美，恐有语病）比较起来，远远落后（auf sehr tiefer Stufe stehen）。这一番话不无一点真理，但主要却是偏见。

至于东方在炼糖时投入的东西的作用，下面再谈。

（三）熬炼的糖的种类

欧洲只讲了一种，不必细说。

印度的种类就很多了。我在上面只讲了五种，另外介绍了许多糖的名称。它们之间含义也有矛盾。各书的说法以及这五种糖排列的顺序，也不一致。想要弄得十分清楚，几乎是不可能的。时代不同，地域不同，产生这种现象是不可避免的。

到了中国，在唐代，从《梵语千字文》和《梵语杂名》等梵汉字典来看，印度许多糖的梵名只剩下了两个：guḍa（guṇa）和 śarkarā。前者汉译为“糖”，后者汉译为“石蜜”、“煞割令”、“舍嘌迦罗”。这可能反映出中国当时制糖的水平，大概只能制两种糖。至于兽糖之类，那只不过是糖成形的型式，与糖的本质无关。在我翻检到的巴利文、佛教混合梵文和梵文的佛典中，只有 guḍa（guḷa），śarkarā 和 phāṇita 三个字，kaṇḍa 虽有而含义不同，matsyaṇḍī 或 matsyaṇḍikā 则根本不见。在汉译佛典中，对三个字的译文也只有“糖”和“石蜜”两个词儿，phāṇita 则或译“糖”，或译“石蜜”。详情比较复杂，如有兴趣，可参阅拙著《一张有关印度制糖法传入中国的敦煌残卷》[26]和《古代印度沙糖的制造和使用》[27]。

我在上面谈到，在印度古代生产的糖的五种品种中，śarkarā 颜色最白，也就是最精。糖的颜色尚白，我已经谈过了。但是 śarkarā 究竟白到了什么程度呢？在制糖史上，这是一个重要问题，我们必须弄清楚，E. O. von Lippmann 似乎非常重视这个问题，在他的《糖史》中，他多次提到。我只举几个例子：śarkarā 是淡色的[28]；śarkarā 颜色是淡的[29]；等等。von Lippmann

从来没有使用“白”（weiss）这个字来形容 śarkarā。可见 śarkarā 虽然在印度五类糖中，被认为是最精的，颜色是最淡的，可还不能说是纯白。我在上面引用的中国古代典籍中讲到的“白糖”或“白沙糖”，在明代后期以前，都只不过是表明颜色比黑糖或赤糖要淡（hell），要鲜亮（licht）而已，决不会是纯白的。

我在上面多次提到 sitā，现在我对这个字作一点阐释。许多梵文字典都把 sitā 这个梵文字解释为“白”，但同时又加上“淡色”等等，足见 sitā 的原义不专是“白色”。Lippmann[30] 在一个地方说，sita 是黄米（Hirse 小米）的另一个名称，可见不是纯白。我新收到的美国梵文学者 Alex Wayman 的著作 *Abhidhāraviśvalocanam of Śrīdharasena* 收有 sitā 这个字，解释是 ground sugar（śarkarā），也收有 sitam 这个字，解释是 pure white（śveta）[31]。śarkarā 这个字也被收入，解释之一是 ground or kandied sugar（kaṇḍakrti）[32]。这解释与 Lippmann 是有出入的。

中、印、欧三方对比之后，还有几个问题要集中解答一下：

1. 中国熬糖投入的鸡卵清或鸭卵清起什么作用？据我所知，这个问题过去任何典籍都没有提出来过，当然更谈不到解决。我自己最初也没有意识到。我读到了《闽书南产志》提到鸡卵清，《物理小识》提到鸭卵清，《遵生八笺》提到鸡卵清，《泉南杂志》提到鸭卵清，等等，并没有认真思考为什么的问题。我读了印度 Rai Bahadur 的文章以后，注意到了他的解释：牛奶中的蛋白质受热凝结，把许多杂质裹在里面，一经撇出，杂质就减少，糖质就变得更为纯洁，我恍然大悟：牛奶的蛋白质能起这个作用，鸡卵清和鸭卵清中的蛋白质难道不能起同样的作用吗？原来我在潜意识中认为鸡卵清和鸭卵清会变成熬好了的糖的一部分，是完全不正确的。

2. 加不加面粉？这是von Hinüber提出来的问题。他说："巴利文《律藏》中提到了面粉，这才是真正的困难之所在。无论是净化蔗浆，还是使蔗浆变稠，我认为，在任何一个地方都用不上面粉。……或者人们可以假设，一个对制糖技术不熟悉的观察者犯了一个错误，把石灰误认为是面粉。"[33]他这个说法是不能成立的。许多巴利文和梵文佛典，还有中国的典籍，都证明，古代印度熬糖时是投入面粉或者其他粮食的。我举几个例子：

> 《五分律》卷二二："我见作石蜜时捣米着中。"[34]
>
> 《四分律》卷一〇："见作石蜜以杂物和之。"[35]
>
> 《根本萨婆多部律摄》卷八："作粆糖团，须安麨末。"[36]
>
> 《十诵律》卷二六："长老疑离越见作石蜜，若面，若细糠，若焦土，若㚖煤（堠）合煎。"[37]

中国唐代高僧义净也有同样的意见：

> 然而西国造沙糖时，皆安米屑。如造石蜜，安乳及油。[38]

这些例子讲得非常清楚，造沙糖、石蜜时要"安"（投入）捣碎了的米、麨末、米屑。而且《十诵律》明确无误地提到了“面”。

仔细分析一下上面的例子，还有很多我没有举的例子，我们会发现：米屑等粮食所起的作用不是一个；一个是“安入”沙糖或石蜜中，与之混合；一个是粘在外面，不与之混合。

把上面说的归纳起来，我可以肯定地说：做沙糖时，是加面粉的。von Hinüber 的怀疑是没有根据的，也没有哪一个“观察者”会把石灰看成是面粉。

3. 加上面粉究竟起什么作用呢？目前我还说不十分清楚。以常识论，加面粉能够使糖变稠。但是，把蔗汁或糖汁反复熬炼的目的，不是使糖变稠，而是使糖变白。这一点我在上面已经反复讲过。面粉含有淀粉，淀粉是否也能起到蛋白质那样的作用呢？我缺乏炼糖的实践知识，不敢瞎说，只有请专家来指正了。

4. 现在要谈一个异常重要的问题，即黄泥水淋脱色法。

在中国，在明以前直至明中后期，熬糖脱色，主要靠反复熬炼和撇去浮沫。但这只能使糖的颜色变淡，变浅，而不能真正变白。宋代典籍上提到的“白沙糖”，多来自外国。其所以“白”（仍然只是相对地白），大概用的就是马可波罗提到的使用某一种树烧成的灰的方法。这种方法也传入了中国福建。但是，中国明代的典籍中却提到另外一种方法：

（1）《闽书南产志》

其法先取蔗汁煮之，搅以白灰，成黑糖矣。仍置之大瓷漏中，候出水尽时，覆以细滑黄土，凡三遍，其色改白。

（2）《物理小识》

煮定，以锐底瓦罂穴其下而盛之，置大瓨中，俟穴下滴，而上以鲜黄土作饼盖之，下滴久乃尽。其上之滓于是极白。

（3）《竹屿山房杂部》

每赤砂饄百斤，水百斤，匀和。先以竹器盛山白土，用饄水淋下，滤洁，入锅煎凝白砂饄闽土则宜。

（4）《天工开物》

凝成黑沙。然后以瓦溜置缸上。其溜上宽下尖，底有一小孔，将草塞住. 倾桶中黑沙于内。待黑沙结定，然后去孔中塞草，用黄泥水淋下。其中黑滓入缸内，溜内尽成白霜。

这几个例子已经很够了。脱色时，黄泥水起了关键性的作用。

现在我谈的是明代。在这里我还想从清初的笔记中举一个例子。书虽成于清初，事情却发生于明代，与本文体例毫无扞格之处。

刘献廷《广阳杂记》：

> 嘉靖（1522—1566年）以前，世无白糖，闽人所熬皆黑糖也。嘉靖中，一糖局偶值屋瓦坠泥于漏斗中，视之，糖之在上者色白如霜雪，味甘美异于平日，中则黄糖．下则黑糖也。异之，遂取泥压糖上，百试不爽。白糖自此始见于世云。

还有几部清代的书，讲的事情却是清代以前的。我也抄一点资料。清黄任、郭赓武《泉州府志》卷一九物产，货之属，“糖”说：

> 凡甘蔗汁煮之为黑糖，盖以溪泥，即成白糖。……初，人不知盖泥法。相传元时南安有一黄姓，墙塌压糖，而糖白，人遂效之。

清鲁曾煜《福州府志》卷二六物产，货之属，“糖”说：

> 先取蔗汁煮之，搅以白灰，成黑糖矣。仍置之大磁漏中，候出水尽时，覆以细滑黄土，凡三遍，其色改白。……初，人莫知有覆土法。元时，南安有黄长者，为宅煮糖，宅垣忽坏，压于漏端，色白异常，因获厚赀，后人遂效之。

这像是一个故事，不可尽信，也不可不信，在科学技术史上，由于偶然机会而得到的发明成果，过去是有过的。据说盘尼西林就是由偶然性而被发现的。这都不重要，重要的是，我们有了用黄泥脱色的炼糖技术。

还可以再举一部明代的书：

《兴化府志》，明周瑛、黄仲昭同纂，同治十年（1871年）重刊。共五十四卷。北大图书馆藏善本。

卷一二　货殖旁考

黑糖，煮蔗为之。冬月蔗成后，取而断之，入碓捣烂，用大桶装贮。桶底旁侧为窍。每纳蔗一层，以灰薄洒之，皆筑实，及蒲用热汤自上淋下。别用大桶自下承之。旋取入釜烹炼。火候既足，蔗浆渐稠，乃取油滓点化之。别用大方盘挹置盘内，遂凝结成糖。其面光洁如漆，其脚粒粒如沙，故又名沙糖。又按宋志，以今蔗为竹蔗，别有荻蔗，煎成水糖，今不复有矣。白糖，每岁正月内炼沙糖为之。取干好沙糖，置大釜中烹炼，用鸭卵连清黄搅之，使渣滓上浮，用铁笊篱撇取干净。看火候正，别用两器上下相乘，上曰图（胡困切），下曰窝，图下尖而有窍，窝内虚而底实。乃以草塞窍，取炼成糖浆置图中，以物乘热搅之，及冷，糖凝定，糖油坠入窝中。三月梅雨作，乃用赤泥封之。约半月后，又易封之，则糖油尽抽入窝。至大小暑月，乃破泥取糖。其近上者全白，近下者稍黑。遂曝干之，用木桶装贮。九月，各处客商皆来贩卖。其糖油乡人自买之。彭志云：旧出泉州。正统间，莆人有郑立者，学得其法，始自为之。今上下习奢，贩卖甚广。

我还想再补上一点有关台湾的资料。清黄叔璥撰《台湾使槎录》，卷三“蔗苗”一节也谈到用泥土制白糖的方法。文长不具录，请参阅第十章《清代的甘蔗种植和制糖术》。

黄土脱色法就讲这样多。

接着就来了问题：这个技术是中国本国产生的呢，还是受了外来影响？李治寰先生首先假定是外来影响。他说：“可能有人在西洋某地见到‘黄泥水淋’瓦溜脱色制白沙糖的技术，把它传回国内。”接着他用比较长的论证否定了印度来源说，又否定了埃及和巴比伦来源说，最后的结论是，这个技术来源于哑齐，即苏门答剌国[39]。

在当时中外交通的情况下，设想一个外国来源，是完全可以理解的。我在“大胆的假设”时，心里也有类似的活动。但不幸的是，缺少根据。我不敢说把中外制糖的书籍都看遍了，重要的我应该说都涉猎了。无论是在von Lippmann和Deerr的著作中，还是在外国旅行家的游记中，阿拉伯制糖和波斯制糖，都没有讲到黄泥水淋的技术，李治寰先生所说的“西洋某地”好像是根本不存在的。《东西洋考》中关于哑齐的那一段，也只有“物产”项下列了“石蜜”，仅此而已。由此而得出结论：黄泥水淋即源于此地，实在是太过于“大胆”了。

远在天边，近在眼前，只有中国有这种技术，为什么还要舍近而求远呢？我个人认为，我想别人也会同意：这种技术是中国发明的。在近代工业制糖化学脱色以前，手工制糖脱色的技术，恐怕这是登峰造极的了。这是中国人的又一个伟大的科技贡献。

我在这里顺便讲一讲 von Lippmann 和 B. Laufer 的一段纠葛。von Lippmann 似乎非常强调，沙糖的精炼技术（Raffination）是波斯人在萨珊王朝时期在 Gundēšapūr 发明的。这个理论遭到了 B. Laufer 的反驳。von Lippmann 又进一步为自己的理论辩护。对这场争论我没有意见。使我最感兴趣的是，von Lippmann 说来说去也不过是说波斯人精炼的技术在于加牛奶而已[40]。他没有一字谈到黄泥水淋法。

四 明代中国白糖的输出

把上面说的归纳起来，我们只能说，在十五六世纪，精炼白沙糖，中国居于领先的地位。因此，中国的白沙糖输出国外，是顺理成章的事。但是，这不是我要探讨的重点，因此，我只相当简略地讲一些情况。

明陈懋仁《泉南杂志》卷上说：

> 甘蔗，干小而长，居民磨以煮糖，泛海售焉。

这里说得非常清楚：泉州人把煮好的糖从海路运出去卖。“泛海”去的地方，不外三途：一是台湾，二是日本，三是印度和南洋国家。

台湾，由于地理环境适宜，本地也能种蔗，制糖。它一方面把自己生产的糖输出，同时也从大陆输入白糖。这些情况见于明末清初的载籍里。详情我将在下一章《清代的甘蔗种植和制糖术》中去叙述，这里暂且不谈。

至于日本，我在这里只想从一部书里抄点资料[41]。中日贸易往来，由来已久。但是，一直到了明末，才有糖从中国输入日本。这从另一个侧面上说明了明代中后期制糖质量之高和产量之富。在明代万历年间，日本萨摩和中国有了贸易关系。万历三十七年（1609 年）七月，中国商船十艘开到萨摩，船上装的货物中有白糖（shirosato）和黑糖（kurozato）。德川氏时代，两国仍有贸易往来。万历四十三年（1615 年）闰六月（疑为闰八月。见郑鹤声《近世中西史日对照表》。）三日，有中国漳州商船载着大量的砂糖开到纪伊的浦津。中国清代同日本的贸易关系下面再谈。

至于印度和南洋一些地区，主要是讲印度。南洋一些地区同中国有沙糖贸易关系，到第二编再讲。印度同中国在蔗糖制造技术方面互相学习的历史可谓久矣。唐太宗时代中国正史就已经有了他派人到摩揭陀去学习熬糖法的记载。从那以后，在将近一千年的漫长时期中，两国互相学习，互相促进，尽管不都见于记载，事实却是有的。到了明代，中国在炼糖方面有了新发明，这就是黄泥水淋脱色法。于是中国制的白沙糖传入印度，首先传到了孟加拉地区。这个地方同中国泉州一带海上交通便利而频繁，传入当然要首当其冲。根据种种迹象，孟加拉（榜葛剌）不但输入了白沙糖，而且也输入了制造白沙糖的技术。孟加拉语和其他几种印度语言中，“白沙糖”名叫 cīnī（中国的），就是一个最有力的证明。关于这个问题，我写过两篇论文，上面已经提到过，这里就不再征引了。但是，我自己清醒地意识到，这个问题是异常复杂的，还有很多工作要做。不过，从总的轮廓上来看，我的看法是没有问题的，是能够成立的。

至于中国白沙糖输入英国，也从明末开始。我根据《东印度公司对华贸易编年史》[42]，抄一点明末的资料。

> 1637 年（明崇祯十年）
>
> 英国派出了一个船队，共有四艘船和两艘轻帆船，到了广州。船员鲁滨逊用 28,000 八单位里亚尔，购买糖 1,000 担。（本书第一卷，第 23 页）
>
> 是年 12 月 20 日，四艘船之一的“凯瑟琳号”驶回英伦，购买了许多中国货品，其中有糖 12,086 担、冰糖 500 担。（第 27 页）
>
> 船队的领队之一蒙太尼购到的舱货中有糖 750 吨。后来发现苏门答剌和印度的比广州便宜。（第 31 页）苏门答剌和印度也产糖。
>
> 从威德尔（船队的另一个领队）投机以来的二十七年间，糖的市价由每担 3.5 涨到 4.5—6 八单位里亚尔。这次航行是失败的。（第 35 页）

在这一部巨著中，有关明末中国糖输出的资料就只有这样多。下面全是清代的资料。我已经根据此书写成了一篇《蔗糖在明末清前期对外贸易中的地位》，将刊登在《北京大学学报（社会科学版）》上，如有兴趣，可参阅。这些材料将在本书下一章中充分介绍。

注释：

1 Deerr，上引用书，p.47。

2 具体地来说，应该是 *Kauṭili ya-Arthaśāstra*《矫胝厘耶利论》。据说此书出于印度古代孔雀王朝月护大帝宰相矫胝厘耶之手。对于这个问题，印度和世界各国梵文学者有过激烈的争论。一派认为此书不可能是公元前四世纪的产品，因此是伪书。另一派则认为它不是伪书。参阅 M. Winternitz, *Geschichte der Indischen Litteratur*, Ⅲ. Bd, Leipzig 1920，第 504—535 页。我个人倾向于认为它是伪书，因为书中使用的梵文不像是公元前四世纪的。同印度绝大多数古代典籍一样，此书年代难以确定。参阅 M.

3 Winternitz，上引书，第 547 页。妙闻生活的时代较 Caraka 为晚，大概在公元后最初几个世纪中，有人说是在公元四世纪以前。

4 Rai Bahadur, *Sugar Industry in Ancient India* （《古代印度的制糖工业》），*Journal of Bihar&Orissa Research Society*, Vol. Ⅳ, Pt. Ⅳ, 1918, pp. 435—454.

5 Caraka，印度古代的科学家，与妙闻并称，时间早于后者，据说是贵霜王朝迦腻色迦（Kaniṣka）大王同时代的人，约在公元后二世纪。

6 Rai Bahadur 上引文，第 440—441 页。

7 同上，第 448 页。

8 一篇是《cīnī 问题》，一篇是《再谈 cīnī 问题》，参阅本书附录。

9 除了 Rai Bahadur 的文章外，我还参阅了 Lallanji Gopal,

Sugar-Making in Ancient India（《古代印度的制糖术》），*Journal of the Economic and Social History of the Orient*, VII, 1964, pp. 57—72。

10 *The Bower Manuscript Facsimile Leaves*, Nāgarī Transcript, Romanised Transliteration and English Translation with Notes, ed. by A. F. Rud. Hoernle, Calcutta 1893—1912.

11 Deerr 上引书，第 47—48 页。

12 Winternitz 上引书，III. Bd. p，544。

13 拉丁字母转写完全根据原书。

14 羡林按：这个写法是有问题的。因为，sitopala 系由 sita-upala 二字组成，前者义为“白”，后者义为“石”。按照梵文音变规律，a+u 变成 o。

15 作者是 Bāṇa，他是戒日王（606—648 年）的宫廷诗人。参阅 Winternitz 上引书、卷，第 362 页。这个介绍主要根据 L. Gopal，上引文，第 65 页。

16 Winternitz 上引书、卷，第 411 页，著者 Amarasiṃha 是佛教徒。Winternitz 推测，他大约生活在公元后六至八世纪。

17 Rai Bahadur，上引文，第 443—445 页。

18 关于巴比伦，我另有解释，参阅拙文《丝绸之路与中国文化》，《北京师范大学学报》，1994 年 4 月。

19 《一张有关印度制糖法传入中国的敦煌残卷》，《季羡林学术论著自选集》，北京师范学院出版社，1991 年，第 253—279 页。

20 潘吉星：《〈天工开物〉校注及研究》，巴蜀书社，1989 年，第 283 页。

21 Oskar von Hinüber, *Zur Technologie der Zuckerherstellung im alten Indien*（《古代印度的制糖技术》）, ZDMG, Band 121-Heft 1, 1971, pp.96—97.

22 上引 Oskar von Hinüber 的论文可参阅。

23 同上，第 97 页。

24 同上。

25 E. O. von Lippmann, *Geschichte des Zuckers*, p.639.

26 《季羡林学术论著自选集》，北京师范学院出版社，1991 年，第 253—279 页。见本书附录。

27 同上书，第 310—342 页，见本书第二编。

28 von Lippmann， 上 引 书， 第 108 页： 因 为 śarkarā 又 名 Sitopala 和 sitā，所以它是 von hellerer Farbe。

29 同上书，第 111 页。sitā 决不是纯白色的精炼的糖。

30 同上书、页。

31 Alex Wayman, *Abhidhānaviśvalocanam of Srīdharasena*, Monograph Series III, 2, Naritasan Shinoshoji Japan, 1994.

32 同上书，第 290 页。

33 von Hinüber，上引文，第 97 页。

34 大（《大正新修大藏经》，下同）22，147c。

35 大 22，627c。

36 大 24，570c。

37 大 23，185b。

38 大 24，495a。

39　《中国食糖史稿》，第136—139页。

40　von Hinüber，上引文，第105页，正文和注。

41　日本木宫泰彦著、胡锡年译《日中文化交流史》，商务印书馆，1980年，第622、627页。

42　《东印度公司对华贸易编年史（1635—1834年）》，美马士著，区宗华译，林树惠校，章文钦校并注，中山大学出版社，1991年。

附

甘蔗何时从印度传入波斯

在一些书中，比如Deerr的《糖史》中，明确主张：甘蔗是在六世纪传入波斯（今伊朗）的，为了证明自己的观点，他从Ibn Khadlikhan（*Obituaries of Eminent Men*, trans. Marguckin de Slane, Paris 1842—1871，Ⅲ，p.442）引用了一个民间传说：

> 有一个库思老阿（Chosroes，531—579年）走离了自己的军队，走近一座花园。他走到大门口，要一点水喝。一个年轻的女孩子拿出了一杯用雪冻凉了的甘蔗汁。他觉得这种饮料十分可口，便问是怎样制成的。她回答说："甘蔗在我们这里长得这样好，以致我们用手一挤，就能挤出汁水来。"他说："你去再给我拿点来。"女孩听了他的话，走了进去，并不知道他是谁。库思老阿自己心里想："我一定要这些人搬到别的地方去，自己霸占这一座花园。"几乎是一转眼的功夫，这个女孩子哭着走回来，说道："我们苏丹的打算变了。""你怎么知道的？"他这样说。她回答说："平常我随便要多少甘蔗汁就能拿到多少。但是，现在，不管我用多大劲去挤。连我第一次拿出来的一小点我都挤不出来。"苏丹觉得她说的都是实话，便放弃了自己的打算，让她

再回来，说她一定能胜利。女孩子遵命走了，又走了回来，兴高采烈，带回很多甘蔗汁。（Deerr：《糖史》，第 68 页）

这个传说在古代阿拉伯民间似乎颇为流行。《一千零一夜》（《天方夜谭》）也有，只是稍稍有一点区别：库思老阿不想霸占，而是想课以重税，最后他娶了这个年轻女郎（Deerr，同上，第 68–69 页，还有下面的注）。Deerr 还指出来，《一千零一夜》中有一些地方谈到甘蔗和糖，这值得我们注意。

Lippmann，*Geschichite des Zuckers*， 第 161–162 页，也引了这个故事。

我的用意不在介绍这个民间故事，而在指出一个矛盾。如果说，甘蔗六世纪才引进波斯，甘蔗是从印度出发向西扩展的。这个说法同中国古代典籍的记载是有极大的矛盾的。

这可以从两方面来说。

一　西极（国）石蜜

在中国古代载籍中，“石蜜”一词儿有许多不同的含义，这个问题我在本书第一编第三章中已有详细的论述，请参考，这里不再重复。

但是，“西极（国）石蜜”这个词儿的出现却提了一个新问题，一个有十分重要意义的新问题，我先举几个例子：

后汉张衡（78–139 年）《七辩》：

沙錫石蜜，远国贡储。

清张澍《二酉堂丛书》中《凉州异物志》按语中引刘劭《七华》：

西极石蜜。

唐陆羽《茶经》引傅巽《七诲》：

西极石蜜。

《太平御览》卷八五七“饮食部”引魏文帝与朝臣诏：

南方龙眼、荔支，宁比西国蒲桃、石蜜。

既然称之为“远国”、“西极”或“西国”，足见不是中国产品，是从外国(西国或西极)传进来的。问题的关键是：从哪一个“西方国家”传进来的？根据当时的地理环境，供选择的只有两个：一个是印度，一个是波斯。印度自古就能制糖，“西极”或“西国”指的是印度，这个可能并不能完全排除；但是，据我的看法，根据一些中国载籍，波斯的可能更大一些。我在下面举几个例子：

《本草纲目》卷三三，果部，石蜜，集解：

志约曰：石蜜出益州及西戎，煎炼沙糖为之，可作饼块，黄白色。

恭曰：石蜜用水牛乳米粉和煎成块，作饼坚重。西戎来者佳，江左亦有，殆胜于蜀。

诜曰：自蜀中波斯来者良，东吴亦有，不及两处者，皆煎蔗汁牛乳，则易细白耳。

类似的例子还能引一些，以上几个也就够了。马志约和苏恭只说“西戎”，这是一个比较模糊的词儿，范围太宽泛。不过，用于印度者，比较少见。但是，孟诜却明白无误地点出了“波斯”。当然，以上三人都晚于六世纪，不能完全证明后汉三国时期的事情。但也不是完全不能证明，因为他们所处的时代只是石蜜产生时间下限，还有上限，他们没有明说。

我还有第二方面的证明。

二　中国正史的记载

中国同波斯在很早的时期就有交通往来，因为没有提到石蜜，我在这里不引用很古的正史。我从《魏书》（北魏，386—534年）引起。卷一〇二《西域传》：

波斯国，都宿利城，在忸密西，古条支国也。去代二万四千二百二十八里。城方十里，户十余万。河经其城中南流。土地平正，出金、银、鍮石、珊瑚、琥珀、车渠、马脑，多大真珠、颇梨、琉璃、水精、瑟瑟、金刚、火齐、镔铁、铜、锡、朱砂、水银、绫锦、叠毲、氍毹、赤麖皮及薰陆、郁金、苏合、青木等香，胡椒、毕拨、石蜜、千年枣、香附子、诃梨勒、无食子、盐绿、雌黄等物（下面还有很长一段，今略）。神龟中，其国遣使上书贡物云：大国天子，天之所生。愿日出处，常为汉中天子。波斯国居和多千万敬拜。朝廷嘉纳之。自此每使朝献。

根据张星烺《中西交通史料汇编》第四册“古代中国与伊兰之交通”转录，神龟为魏孝明帝年号，自518—519年，其中波斯王在位者为Kavadh当即“居和多”。

根据张星烺考证，波斯通中国，不仅神龟时一次，元魏时还有下列多次

高宗文成帝太安元年（455年）

显祖献文皇帝天安元年（466年）

皇兴二年（468年）

高祖孝文皇帝承明元年（476年）

世宗宣武皇帝正始四年（507年）

肃宗孝明皇帝熙平二年（517年）

神龟元年（518年）

正光二年（520年）

正光三年（521年）

可见当时波斯与中国来往之频繁。

《周书》卷五〇《异域传》下：

> 波斯国，大月氏之别种，治苏利城，古条支国也。东去长安一万五千三百里。城方十余里，户十余万。王姓波斯氏。（下面一大段，今略）其五谷及禽兽等，与中夏略同。唯无稻及黍秫。土出名马及驼。富室至有数千头者。又出白象、师子、大鸟卵、珍珠、离珠、颇梨、珊瑚、琥珀、琉璃、马脑、水晶、瑟瑟、金、银、鍮石、金刚、火齐、镔铁、铜、锡、朱沙、水银、白叠、毾、氍毹、毾㲪、赤麞皮，及薰六、郁金、苏合、青木等香，胡椒、荜拨、石蜜、千年枣、香附子、诃梨勒、无食子、盐绿、雌黄等物。魏废帝二年（553 年）其王遣使来献方物。

《隋书》卷八三《西域传》也讲到波斯产石蜜，由于隋代（581—618 年）时间较晚，不再抄录了。

北魏（386—534 年）、北周（557—581 年）都与波斯有交往，时间有的就在六世纪，也就是 Deerr 认为是甘蔗从印度传入波斯的世纪，有的在六世纪之前，不管怎样，即使是在六世纪，甘蔗总不能一传进去，立即能制成石蜜，而且其信息还传到了中国。

总之，根据上面引用的后汉、三国时的材料（时间是公元 25 年至 220 年），以及正史的材料，都证明：甘蔗决不会是在六世纪传入波斯的。在距这个时间很多年以前，波斯应当已经有了石蜜了。

这就是我的结论。

1996年7月13日

一张有关印度制糖法传入中国的敦煌残卷

法国学者伯希和（Paul Pelliot）在本世纪初曾到中国敦煌一带去“探险”，带走了大量的中国珍贵文物，包括很多敦煌卷子。卷子中佛经写本占大多数，还有相当多的中国古代文献的写本和唐宋文书档案，以及少量的道教、景教、摩尼教的经典。大都是希世奇珍，对研究佛教和其他宗教以及中国唐宋时代的历史有极大的价值。因此国际上兴起了一种新学科，叫做“敦煌学”。

但是卷子中直接与中印文化交流有关的资料，却如凤毛麟角。现在发表的这一张残卷是其中之一。卷号是P.3303[1]，是写在一张写经的背面的。我先把原件影印附在下面。

这张残卷字迹基本清晰，但有错别字，也漏写了一些字，又补写在行外。看来书写者的文化水平不算太高；虽然从书法艺术上来看，水平也还不算太低。

残卷字数不过几百，似乎还没有写完。但是据我看却有极其重要的意义，它给中印文化关系史增添了一些新东西。因此，我决意把它加工发表。我自己把它抄过一遍，北大历史系的卢向前同志也抄过一遍，有一些字是他辨认出来的。

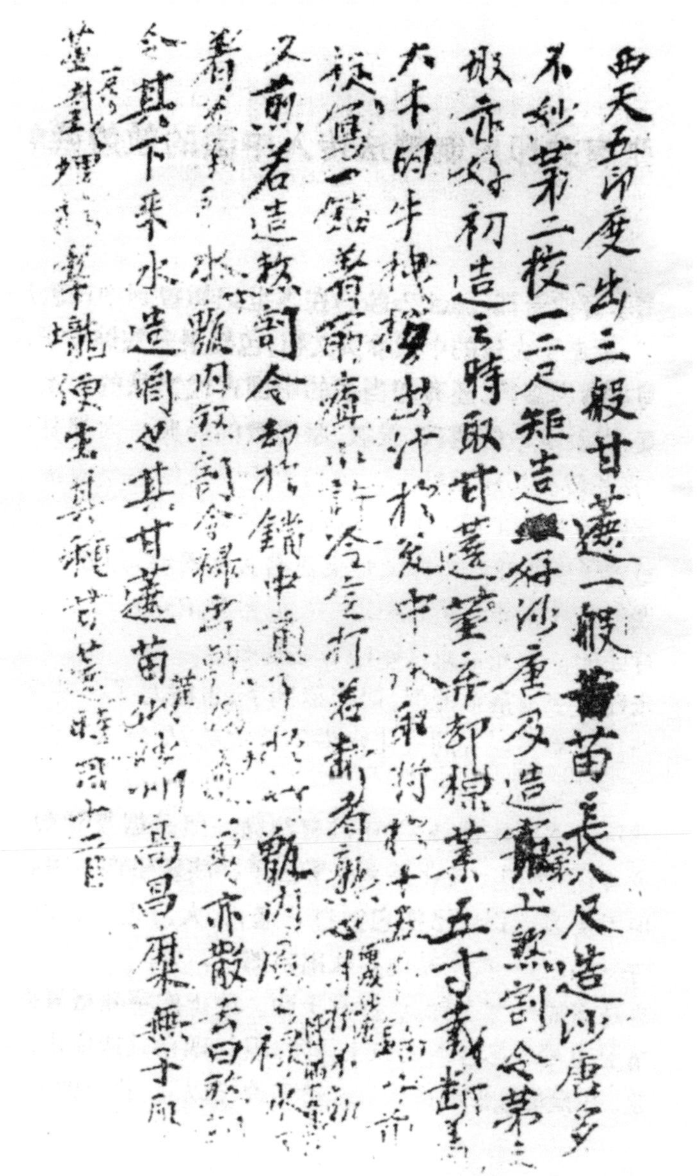
西天五印度出三般甘蔗一般苗長八尺造沙唐多
不妙第二挍一二尺矩造好沙唐及造最上煞割令第三
般亦好初造之時取甘蔗莖棄卻棵葉五寸截斷
大木臼牛拽拶出汁於瓮中承取將於十五個鐺中煎
旋寫一鐺着筋竹[illegible]許冷定打若斷者熟也便成沙唐
又煎若造煞割令卻於鐺中煎了於竹甑內[illegible]
[illegible]甑內盛之禄水下[illegible]亦散去曰[illegible]
如其下來水造酒也其甘蔗苗似沙州高昌糜無子
[illegible]

残卷 P.3303

我现在将原件加上标点，抄在下面。改正的字在括号内标出，书写的情况也写在括号内。原文竖写，我们现在只能横排，又限于每行字数，不能照原来形式抄写。抄完原文以后，我再做一些必要的诠释；在个别地方，我还必须加以改正或补充。错误在所难免，请读者指正。

下面是原文：

西天五印度出三般甘遮：一般（这里写了一个字又涂掉）苗长八尺，造沙唐（糖）多（以上第一行）不妙；苐（第）二，挍（？）一二尺矩（？），造（这里又涂掉一个字）好沙唐（糖）及造最（写完涂掉，又写在行外）上煞割（割）令；苐（第）三（以上是第二行）般亦好。初造之时，取甘遮茎，弃却椋（梢）叶，五寸截断，着（以上是第三行）大木臼，牛拽，拶出汗，於（于）瓮中承取，将於（于）十五个铛中煎。（以上第四行）旋写（泻）一铛，着筋（？筯？），瘨（？置）小（少）许。冷定，打。若断者，熟也，便成沙唐（糖，此四字补写于行外）。不折，不熟。（以上第五行）又煎。若造煞割（割）令，却於（于）铛中煎了，於（于）竹甑内盛之。禄（漉）水下，（行外补写闭〔関？闩？〕）门满十五日开却，（以上第六行）着瓮承取水，竹（行外补写）甑内煞割（割）令禄（漉）出后，手（行外补写）遂一处，亦散去，曰煞割（割）（以上第七行）令。其下来水，造酒也。甘遮苗茎（行外补写）似沙州、高昌糜，无子。取（以上第八行）茎一尺（此二字行外补写），截埋於（于）犁垅便生。其种甘遮时，用十二目（？月？）（以上第九行）。

原卷右上角有藏文字母五。

残卷短短几百字，牵涉到下列几个问题：

一、甘蔗的写法；二、甘蔗的种类；三、造沙糖法与糖的种类；四、造煞割令（石蜜）法；五、沙糖与煞割令的差别；六、甘蔗酿酒；七、甘蔗栽种法，八、结束语。

现在分别诠释如下：

一　甘蔗的写法

甘蔗这种植物，原生地似乎不在中国。“甘蔗”这两个字似乎是音译，因此在中国古代的典籍中写法就五花八门。我先从汉代典籍中引几个例子：

司马相如《子虚赋》	诸蔗
刘向《杖铭》	都蔗
东方朔《神异经》（伪托）	旴蔗

我现在再根据唐慧琳《一切经音义》[2]举出几个简单的例子：

第 341 页下	甘蔗	注：下之夜反。
第 343 页中	甘蔗	注：之夜反。《文字释训》云：甘蔗，美草名也。汁可煎为砂糖。《说文》：藷也。从草从遮，

省声也。

第402页上　甘蔗　注：上音甘，下之夜反。或作遮蚶草，煎汁为糖，即砂糖、蜜糇等是也。

第408页下　干蔗　注：经文或作芊柘，亦同。下之夜反。《通俗文》荆州干蔗，或言甘蔗，一物也。经文从辵，作遮，非也。

第430页下　甘蔗　注：遮舍反。王逸注《楚辞》云：蔗，藷也。《蜀都赋》所谓甘蔗是也。《说文》云：从草庶声。

第461页上　苷蔗　注：上音甘，下之夜反。《本草》云：能下气治中，利大肠，止渴，去烦热，解酒毒。《说文》：蔗，藷也。从艸庶声。苷，或作甘也。

第489页上　甘蔗　注：之夜反。诸书有云芊蔗，或云籍柘，或作柘，皆同一物也。

第654页中　于（疑当作干）柘　注：支夜反。或有作甘蔗，或作竽（疑当作竿）蔗。此既西国语，随作无定体也。

第669页中　甘蔗　注：下之夜反。

第701页上　竿蔗　注：音干，下又作柘，同诸夜反。今蜀人谓之竿蔗，甘蔗通语耳。

第734页上　蔗芋　注：上之夜反，考声，甛草名也。《本草》云：蔗味甘，利大肠，止渴，去烦热，解酒毒。下于句反。

《本草》：芋，味辛，一名土芝，不可多食。

第735页上　蔗蔗　注：上蘗佳反。字书：蔗，草也。《本草》有萎蔗，草也……下之夜反。王逸注《楚辞》：蔗，美草名也。汁甘如蜜也。或作遮。

第803页下　甘蔗　注：下遮夜反。

第1237页C　《梵语杂名》把梵文 ikṣu 音译为壹乞刍二合，意译为甘遮。

我在上面引得这样详细，目的是指出“甘蔗”这个词儿写法之多。倘不是音译，就不容易解释。值得注意的是第654页中的两句话：“此既西国语，随作无定体也。”这就充分说明，“甘蔗”是外国传来的词儿。至于究竟是哪个国家，我现在还无法回答。《一切经音义》说：“作遮，非也。”但唐代梵汉字典也作“遮”，足征不是“非也”。无论如何，残卷中的“遮”字，不是俗写，也不是笔误。此外，过去还有人怀疑，《楚辞》中的“柘浆”，指的不是甘蔗。现在看来，这种怀疑也是缺乏根据的。

二　甘蔗的种类

残卷中说：“西天五印度出三般甘遮”。但是，三并不是一个固定的数目。梵文 ikṣu 是一个类名，并不单指哪一种甘蔗。不同种类的甘蔗各有自己的特定名称。据说是迦腻色迦大王的御医、约生于公元一、二世纪的竭罗伽（Caraka），在他的著作中讲到两种甘蔗：一是 Pauṇḍraka，产生于孟加拉 Puṇḍra 地区；一是 vāṃśaka。公元六至八世纪之间的阿摩罗僧诃（Amarasiṃha）在他的《字典》中讲到 Puṇḍra、kāntāra 等等，没有讲具体的数目。较竭罗伽稍晚的妙闻（Suśruta）列举了十二种：Pauṇḍraka，bhīruka，vaṃśaka，śataporaka， tāpasekṣu，kāṣṭekṣu，sūcipatraka，naipala，dīrghapatra，nīlapora，kośakṛt 等[3]。在这名称中，有的以产生地命名，有的是形状命名。无论如何，上面引用的这些说法都告诉我们，印度甘蔗品种很多，但不一定是三种。

甘蔗传到中国以后，经过长期栽培，品种也多了起来。我在下面举几个例子。

陶弘景《名医别录》：

> 蔗出江东为胜，庐陵亦有好者。广东一种数年生者。

宋洪迈《糖霜谱》：

> 蔗有四色：曰杜蔗；曰西蔗；曰艻蔗，《本草》所谓荻蔗也；曰红蔗，《本草》崑崘蔗也。红蔗只堪生啖。艻蔗可作沙糖。西蔗可作霜，色浅，土人不甚贵。杜蔗，紫嫩，味极厚，专用作霜。

宋陶榖《清异录》卷二：

> 青灰蔗　甘蔗盛于吴中，亦有精粗，如崑崘蔗、夹苗蔗、青灰蔗，皆可炼糖。桄榔蔗，乃次品。糖坊中人，盗取未煎蔗液，盈盈啜之。功德浆，即此物也。

明宋应星《天工开物》：

凡甘蔗有二种，产繁闽广间。他方合并，得其十一而已。似竹而大者，为果蔗，截断生啖，取汁适口，不可以造糖。似荻而小者，为糖蔗，口啖即棘伤唇舌，人不敢食，白霜、红砂，皆从此出。

明何乔远《闽书南产志》：

白色名荻蔗，出福州以上。

乾隆《遂宁县志》卷四“土产”：

《通志》：蔗有三种：赤昆仑蔗；白竹蔗，亦曰蜡蔗，小而燥者；荻蔗，抽叶如芦，可充果食，可作沙糖，色户最佳，号名品，因有糖霜之号。

《嘉庆重修一统志》卷四二八泉州府：

蔗　《府志》：菅蔗，旧志所谓荻蔗。诸县沙园植之，磨以煮糖。甘蔗，不中煮糖，但充果食而已。

现在我们把残卷的记载同中国古书的记载比较一下。残卷的第一种：“苗长，造沙糖多不妙”，大概相当于中国的红蔗、果蔗、甘蔗，顾名思义，颜色是红的。只能生吃，不能造糖。第二种和第三种大概相当于中国的艻蔗、荻蔗、西蔗、营蔗，可以造糖，西蔗并且可以造糖霜。颜色可能是白或青的。

三　造砂糖法与糖的种类

残卷对造砂糖法讲得很详细：把甘蔗茎拿来，丢掉梢和叶，截成五寸长，放在大木臼中，用牛拽（磨石压榨），挼出汁液，注入瓮中。然后用十五个铛来煎炼，再泻于一个铛中，放上竹筷子（？），再加上点灰（？）。冷却后，就敲打，若能打断，就算熟了，这就是砂糖。否则再炼。这是我对残卷中这一段话的解释。为什么这样解释？下面再谈。

印度从古代起就能制糖。在巴利文《本生经》（Jātaka，其最古部分可能产生于公元前三世纪以前）中，比如在第二四〇个故事中，已经讲到用机器榨甘蔗汁。这种机器巴利文叫 mahājanta，梵文叫 mahāyantra，巴利文还叫 kolluka[4]。竭罗伽也讲到制糖术。他说，制造 kṣudra guḍa（低级糖），要蒸煮甘蔗汁，去掉水分，使原来的量减少到一半、三分之一、四分之一。guḍa（糖或砂糖）是精炼过的，所含杂质极少[5]。

在不同的糖的种类中，guḍa 只是其中的一种。印度糖的种类好像是按照炼制的程度而区分的。在这方面，guḍa 是比较粗的一种，换句话说，就是还没有十分精炼过。以下按精炼的程度来排列顺序是：matsyaṇḍikā，khaṇḍa，śarkarā，后者精于前者，śarkarā 最精、最纯。这是竭罗伽列举的糖的种类。妙闻在竭罗伽列举的四种之前又加上了一种：phāṇita，也就是说，他列举了五种。《政事论》（*Arthaśāstra*）在叫做 kṣāra 的项目下列举的名称同妙闻一样。耆那教的经典 *Nāyādhammakahā* 中列举的名称是：khaṇḍa，guḷa，sakharā (śarkarā)，matsyaṇḍikā[6]。顺序完全不一样，因为只此一家，所以不足为凭。

guḍa 的原义是"球"，意思是把甘蔗汁煮炼，去掉水分，硬到可以团成球，故名 guḍa。这一个字是印欧语系比较古的字，含义是"团成球"。在最古的《梨俱吠陀》中还没有制糖的记载。大概是在印度雅利安人到了印度东部孟加拉一带地区，看到本地人熬甘蔗为糖，团成球状，借用一个现成的 guḍa 来称呼他们见到的糖，guḍa 就逐渐变成了"糖"或"沙糖"的意思。在梵文中 Gauḍa 是孟加拉的一个地方。印度古代语法学大家波你尼认为，Gauḍa 这个字就来源于 guḍa，因为此地盛产甘蔗、能造砂糖，因以为名。

在中国唐代的几部梵汉字典中，有关糖的种类的名称只有两个：一个是精炼程度最差的 guḍa 或 guḷa，一个是程度最高的 śarkarā。各字典记载的情况如下：

唐义净《梵语千字文》：

guḍa　糖
ikṣu　蔗[7]

唐义净《梵语千字文别本》：

guṇa 糖[8]。

ikṣu 伊乞刍二合　蔗[9]

这里值得注意的是 guṇa 这个写法。别的书都作 guḷa 或 guḍa，独独这里是 guṇa。guṇa 这个字在梵文里有很多意思，但还没发现有“糖”的意思。究竟如何解释？我现在还没有肯定的意见。

唐全真集《唐梵文字》：

guḍa　糖[10]

ikṣu　蔗[11]

唐礼言集《梵语杂名》：

甘遮　壹乞刍二合　ikṣu[12]

缩砂蜜　素乞史二合谜罗　sukṣimira[13]

沙磄　遇怒　guḍa[14]

唐僧怛多蘖多波罗瞿那弥舍沙集《唐梵两语双对集》：

缩砂蜜　素乞史二合谜啰

石蜜　舍嘌迦啰

沙糖　遇怒[15]

“石蜜”这个词儿只在这里出现，只有汉文译音，而没有梵文原文。但是“舍嚟迦啰”这个译音，明白无误地告诉我们，原文就是 śarkarā，也就是我们残卷中的“煞割令”。前一个译法是传统的译法，是出于有学问的和尚笔下的；后一个译法则显然是出于学问不大或者根本没有学问的老百姓之口，这一点非常值得我们注意。

还有一点值得我们注意的是，印度糖的种类很多，有四种五种或者更多的种类。但是残卷只提到两种，而唐代的梵汉字典也仅仅只有两种，难道这只是一个偶合吗？

我在这里还想顺便讲一个情况。今天欧美国家的“糖”字，比如英文的 sugar，法文的 sucre，德文的 Zucker，俄文的 caxap 等等，都来自梵文的 śarkarā。英文的 candy 来自梵文的 khaṇḍa。我们汉文，虽然也有过“舍嚟迦啰”和“煞割令”的译音，但终于还是丢弃了音译而保留了“石蜜”这个词儿。

前面已经谈到了印度的造糖法[16]，中国的造糖法怎样呢？从中国古代文献上来看，中国造糖已经有了很长的历史。尽管两国的情况是不同的，但规律却是一样的：都是由简单向复杂发展。我在下面从中国古书中引几个例子：

宋王灼《糖霜谱》第四、第五描写得最详细。

第四说：

> 糖霜户器用曰蔗削，如破竹刀而稍轻。曰蔗镰，以削蔗，阔四寸，长尺许，势微弯。曰蔗凳，如小杌子，一角凿孔立木义（叉？）。束蔗三五，挺阁义（叉？）上，斜跨凳剉之。曰蔗碾，驾牛以碾所剉之蔗。大硬石

> 为之，高六七尺，重千余斤。下以硬石作槽底，循环丈余。曰榨斗，又名竹袋，以压蔗，高四尺，编当年慈竹为之。曰枣杵，以筑蔗入榨斗。曰榨盘，以安斗。类今酒槽底。曰榨床，以安盘，床上架巨木，下转轴引索压之。曰漆瓮，表裹漆，以收糖水，防津漏。凡治蔗，用十月至一月。先削去皮，次剉如钱。上户削剉至一二十人，两人削供一人剉。次入碾，碾阙则舂。碾讫号曰泊。次烝泊，烝透出甑入榨。取尽糖水，投釜煎。仍上烝生泊。约糖水七分熟权入瓮。则所烝泊亦堪榨。如是煎烝相接，事竟歇三日（过期则酿）。再取所寄收糖水煎，又候（九分）熟，稠如餳（十分太稠则沙脚，沙音嗄）插竹编瓮中，始正入瓮，簸箕覆之。此造糖霜法也。已榨之后，别入生水重榨，作醋极酸。

第五不再抄引。

明宋应星《天工开物》先讲蔗种和蔗品，然后讲到造糖：

> 凡造糖车，制用横板二片，长五尺，厚五寸，阔二尺，两头凿眼安柱，上笋出少许。下笋出板二三尺，埋筑土内，使安稳不摇。上板中凿二眼，并列巨轴两根（木用至坚重者），轴木大七尺围方妙，两轴一长三尺，一长四尺五寸。其长者出笋安犁担，担用屈木，长一丈五尺，以便驾牛团转走。轴上凿齿，分配雌雄，其合缝处须直而圆，圆而缝合，夹蔗于中，一轧而过，与棉花赶车同义。蔗过浆流，再拾其滓向轴上鸭嘴，扱入再轧，又三轧之，其汁

尽矣，其滓为薪。其下板承轴凿眼只深一寸五分，使轴脚不穿透，以便板上受汁也。其轴脚嵌安铁锭于中，以便捩转。凡汁浆流板有槽枧，汁入于缸内．每汁一石，下石灰五合于中。凡取汁煎糖，并列三锅，如品字，先将稠汁聚入一锅，然后逐加稀汁两锅之内，若火力少束薪，其糖即成顽糖，起沫不中用。

明王世懋《闽部疏》：

凡饴蔗捣之入釜，径炼为赤糖。赤糖再炼燥而成霜，为白糖。再煅而凝之，则曰冰糖。

清方以智《物理小识》卷六：

煮甘蔗汁，以石灰少许投调，成赤砂糖。以赤砂糖下锅，炼成白土，劈鸡卵搅之，使渣滓上浮，成白砂糖。

中国在炼糖方面的文献，还多得很，现在不再引用了。就是这样，我的引文也似乎多了一点。但是，为了把残卷诠释清楚，不这样是不行的。

中印两方面关于造糖法的记载，我们都熟悉了一些。现在再来同残卷比较一下。残卷中讲到，把甘蔗茎截断，放在木臼中，用牛拉石滚或者拉机器榨汁，注入瓮中，然后再煮。这一些中国文献中都有，而且非常详尽。可是就遇到一个困难的问题：

残卷中“着筋（？筯？），置小（少）许”，究竟是什么意思呢？我在上面的诠释是“放上竹筷子（？），再加上点灰（？）”。残卷漏掉了一个“灰”字。炼糖时，瓮中插上竹筷子，中国文献讲得很清楚。《糖霜谱》说“插竹编瓮中”，讲的就是这种情况。至于炼糖加石灰，《天工开物》说“下石灰五合于中”，《物理小识》说“以石灰少许投调”，说得也很明白[17]。煮糖加石灰，印度许多文献中也有记载，比如巴利佛典《律藏》（*Vin.* I 210，1–12）就讲到，把面粉（piṭṭham）和灰（chārikam）加入 guḷa 中，“灰”这个字显然给西方的学者造成了不少的困难，他们不了解，制糖为什么要加灰。因此对 chārikam 这个字的翻译就五花八门[18]。我们了解了中印的造糖技术，我们就会认为，造糖加灰是必要的事。回头再看残卷那两句话，可能认为，我补上一个“灰”字，是顺理成章的。

四　造煞割令（石蜜）法

残卷中对熬煞割令的程序说得很不清楚。从印度其他典籍中可以看出，砂糖与石蜜之间的区别只在于精炼的程度。把甘蔗汁熬成砂糖以后，再加以熬炼，即成石蜜。但是残卷讲的却似乎不是这样。“却于铛中煎了”，什么意思呢？是煎甘蔗汁呢？还是加水煎砂糖？根据中国记载，这两种办法都可以制造石蜜。下两句“于竹甑内盛之。禄（漉）水下”，在这里行外补的八个字意思大概是，在竹甑内闷上半个月。下面的“着瓮承取水”一句是清楚的。下面几句的含义就不明确。煞割令究竟是软是硬，也没有交代清楚。《政事论》中讲到，śarkarā 是半稀的生糖，被放置在编成的草荐上，kaṭaśarkarā 或 matsyaṇḍikā 和 khaṇḍa，才是硬的、发光的、颗粒状的石蜜[19]。残卷中的煞割令究竟指的是什么呢？

中国古代有所谓“西极石蜜”这种东西，指的是印度、伊朗传进来的乳糖。残卷中的煞割令，指的应该就是印度的石蜜，换句话说，也就是“西极石蜜”。但是在制造过程中没有提到使用牛乳，殊不可解。

五　砂糖与煞割令的差别

砂糖与煞割令的差别是非常清楚的，这里用不着再多说。但是有几个有关的问题，必须在这里交代一下。

首先，我在上面已经讲过，印度糖的种类很多，到了中国就简化为两种：砂糖和石蜜（煞割令）。除了中国文献和唐代梵汉字典之外，我们这个残卷也能证明这一点。中国一些与佛教有关的书籍同样能说明这个情况。比如《唐大和上东征传》讲到鉴真乘舟东渡时携带的东西中，与糖有关的只有石蜜和蔗糖，此外还有甘蔗八十束[20]。这些都说明，中国在甘蔗汁熬成的糖类中只有砂糖与石蜜。

其次，śarkarā 是石蜜，这一点已经很清楚了。但是，还有一个梵文 phāṇita（巴利文同），在中国佛典翻译中有时也译为石蜜。这个字我们上面已经谈到。妙闻把它列为糖的第一种，列在首位，说明它熬炼的程度很差。《阿摩罗俱舍》认为

phāṇita 等于 matsyaṇḍikā。竭罗伽还有 *Nāyādhammakahā* 则只有 matsyaṇḍikā 而没有 phāṇita。《政事论》把 phāṇita 与 matsyaṇḍikā 并列，显然认为，它们是两种东西。情况就是这样分歧。在汉译佛典中，一般是把 śarkarā 译为石蜜。但把 phāṇita 译为石蜜的也有。我在下面举几个例子：

《弥沙塞部和醯五分律》卷二二：

> 世人以酥、油、蜜、石蜜为药[21]。

与这四种东西相当的巴利文是 sappi，tala，madhu，phāṇita。

《五分比丘尼戒本》：

> 若比丘尼无病，自为乞酥食，是比丘尼应诸比丘尼边悔过[22]。

酥是第一，下面依次是油、蜜、石蜜、乳、酪、鱼、肉。前四种与《五分律》完全相同。

《摩诃僧祇律》卷三〇，我把汉文译文向有关的梵文原文并列在下面，以资对照：

> 若长得酥、油、蜜、石蜜、生酥及脂，依此三圣种当随顺学。[23]
>
> atireka-lābhaḥ sarpis-tailaṃ madhu-phāṇitaṃ

vasānavanitaṃ ime trayo niśrayā āryavaṃśā[24]

这样的例子还多得很，我现在不再列举了。例子举了，只是提出了问题。至于怎样去解决这个问题，怎样去解释这个现象，我目前还没有满意的办法。无论如何，phāṇita 这个字有了石蜜的含义，是在含义方面进一步发展的结果。

我在这里附带说一下，phāṇita 这个字在汉译佛典中有时候还译为“糖”，比如在《根本说一切有部毗奈耶药事》第一卷，汉译文是：“七日药者：酥、油、糖、蜜、石蜜。”[25]梵文相当的原文是 sāptāhikaṃ sarpis tathā tailaṃ phāṇitaṃ madhu śarkarā[26]，糖与 phāṇitaṃ 相当。从这个例子中可以看出，phāṇita 的含义是非常不固定的。其原因也有待于进一步的探讨与研究。

六　甘蔗酿酒

残卷说：“其下来水，造酒也。”关于用甘蔗酿酒的技术，印度大概很早就发展起来了。《摩奴法典》XI，92、94 规定：严禁婆罗门饮用糖酿造的酒 gauḍī[27]。公元四世纪后半叶写成的《包威尔残卷》（*Bower Manuscripts*）也讲到用甘蔗酿酒[28]。

中国方面好像还没有甘蔗酿酒的记载。残卷中讲的似乎是印度的情况。但是中国史籍中讲到南洋一带用甘蔗酿酒的地方却是相当多的。我在下面举几个例子：

《隋书》卷八二，赤土：

以甘蔗作酒

元汪大渊《岛夷志略》，苏禄[29]：

酿蔗浆为酒

同书，尖山，吕宋：

酿蔗浆水米为酒

同书，苏禄：

酿蔗浆为酒

同书，宫郎步：

酿蔗浆为酒

同书，万年港：

酿蔗浆为酒

同书，层摇罗：

酿蔗浆为酒

七　甘蔗栽种法

关于种甘蔗的方法，残卷中也有几句话："取蔗茎一尺（此二字补写），截埋于犁垄便生。其种甘蔗时，用十二月（？）。"最后一个字不清楚，其他意思是明白的。《政事论》中有一些关于栽种甘蔗的记载。这一部印度古书，总的倾向是不赞成种甘蔗，因为据说种甘蔗不划算：花钱多，手工操作多，成长时要靠泛滥，靠雨水，最好种在洪水常泛滥的地方，可以先在花园中种甘蔗苗。种的方法是，在截断的地方涂上蜜、奶、山羊油和肥料混合成的汁水[30]。《政事论》讲的这些自然地理条件，敦煌、沙州、高昌一带一点都不具备。这一带人为什么对甘蔗发生兴趣，殊不可解。

八　结束语

甘蔗，估计原生地不是中国。但是，中国早就知道了甘蔗，而且甘蔗制糖的技术也早就有所发展。到了唐初，据《新唐书》卷二二一上《西域列传·摩揭陀》的记载：

> 贞观二十一年，始遣使者自通于天子，献波罗树，树类白杨。太宗遣使取熬糖法，即诏扬州上诸蔗，拃沈如其剂，色味愈西域远甚。

学习过程和学到后所采取的措施，都是合情合理的。因为在中国，南方是产甘蔗的地区，扬州就是这样的地区之一。所以太宗才派人到这里来要甘蔗，熬出来的糖比印度的还好看好吃。

总起来给人的印象是，这是一次官方的学习。虽然干实际工作的都是人民，但发动这次学习的是官方。

还有另外一个说法。《续高僧传》卷四《玄奘传》：

> 使既西返，又敕王玄策等二十余人，随往大夏，并赠绫帛千有余段。王及僧等数各有差。并就菩提寺僧召石蜜匠。乃遣匠二人、僧八人，俱到东夏。寻敕往越州，就甘蔗造之，皆得成就。[31]

石蜜匠当然是老百姓，但发动者派遣者也是官方。到了中国以后，奉敕到越州去利用那里的甘蔗造糖，也是合情合理的。

两个记载虽然有所不同，但总之都是官方的。我们过去所知道的仅仅就是这条官方的道路。这当然是很不全面的。

我们眼前的这张只有几百字的残卷告诉我们的却是另外一条道路，一条老百姓的道路。造糖看起来不能算是一件了不起的大事，但是它也关系到国计民生，在中印文化关系史上在科技交流方面自有其重大意义。今天我们得知，中国的老百姓也参预了这件事（官方的交流也离不开老百姓，官方只是发动提倡而已），难道这还不算一件有意义的事情吗？我在本文开始时已经讲到，这个残卷有极其重要的意义，我的理由也不外就是这些。我相信，我的意见会得到大家的同意的。

不过这里也还有没有能解决的问题。我在上面已经指出，敦煌、沙州、高昌一带自然地理条件不宜于甘蔗。这个残卷保留在敦煌，举例子又是“甘蔗苗茎似沙州，高昌糜，无子（不结粮食）”。书写人是这一带的人，这一点毫无疑义。在这沙漠、半沙漠的地带，人们为什么竟然对甘蔗和造糖有这样大的兴趣呢？这一点还有待于进一步的探讨。

1981 年 10 月 11 日写毕

后 记

此文写完以后，有一个问题还没有解决：“第二挍（？）一二尺矩（？）”，究竟是什么意思？耿耿于怀，忆念不置。

今天偶读梁永昌同志《〈世说新语〉字词杂记》[32]。他从《世说新语》中出现的“觉”字，联想到“较”字。他说：

> 按《广韵》“觉”有“古岳切”、“古孝切”二音，又“较”字亦有“古岳切”、“古孝切”二音，“觉”、“较”字音完全对应，而《广韵》在“古孝切”这个音下释“较”字为“不等”。所谓“不等”就是相差，差别。

我脑中豁然开朗：敦煌残卷中的“挍”字难道不就是“较”字吗？我在文章中已经讲到，残卷中有错别字，“挍”亦其一例。这样一解释，残卷文字完全可通，毫无疑滞。所谓“挍一二尺矩”者，就是这第二种甘蔗，比“苗长八尺”的第一种甘蔗相差（短）

一二尺。

1981 年 12 月 5 日

注释：

1　《敦煌遗书总目索引》，商务印书馆，1962 年。

2　《大正新修大藏经》第五四卷。

3　李普曼（E. O. v. Lippmann）的《糖史》（*Geschichte des Zuckers*），柏林 1929 年，第 107 页 ff. ，高帕尔（L. Gopal）的《古印度的造糖法》（*Sugar-Making in Ancient India*），见 *Journal of the Economic and Social History of the Orient*, VII 1964 年，第 59 页。

4　高帕尔，前引书，第 61 页。

5　同上书、卷。

6　高帕尔，前引书。参阅李普曼，前引书，第 77 页 ff. 。

7　《大正新修大藏经》第五四卷，第 1192 页上。

8　同上书、卷，第 1203 页下。

9　同上书、卷，第 1204 页上。

10　同上书、卷，第 1218 页下。

11　同上书、卷，第 1219 页上。

12　同上书、卷，第 1239 页下。

13　同上书、卷，第 1238 页上。

14　同上书、卷，第 1238 页中。

15　同上书、卷，第 1243 页中。

16 关于这个问题，除了上面引用的李普曼和高帕尔的两本书外，还可以参阅狄尔（N. Deerr）的《糖史》（*The History of Sugar*），伦敦 1949 年；普拉卡士（Om Prakash）的《印度古代的饮食》（*Food and Drinks in Ancient India*），德里 1961 年。

17 参阅李治寰：《从制糖史谈石蜜和冰糖》，《历史研究》，1981 年第 2 期，第 48 页。

18 参阅辛愚白（Oskar V. Hinüber）的《古代印度的造糖技术》（*Zur Technologie der Zuckerherstllung im alten Indien*），*Zeitschrift der Deutschen Morgenländischen Gesellschaft*，Band 121—Heft 1，1971，第 95 页。

19 李普曼，前引书，第 96 页。

20 《大正新修大藏经》第五一卷，第 989 页中。

21 同上书，第二二卷，第 147 页中。

22 同上书、卷，第 212 页中。

23 同上书、卷，第 173 页上。

24 *Bhikṣuṇi-Vinaya*，ed. by Gustav Roth，Patna 1970，p. 40。

25 《大正新修大藏经》第二四卷，第 24 页中。

26 *Gilgit Manuscripts*，vol. Ⅲ，part 1，ed. by Nalinaksha Dutt，Srinagar-Kashmir，p. iii.

27 李普曼，前引书，第 85 页。

28 同上书，第 105 页。

29 《大明一统志》有同样记载。

30 李普曼，前引书，第 96 页。

31 《大正新修大藏经》第五〇卷，第 545 页下。

32 《华东师范大学学报》（哲学社会科学版），1981 年第 3 期，第 47—48 页。

附

对《一张有关印度制糖法传入中国的敦煌残卷》的一点补充

在《历史研究》1982 年第 1 期上，我写了一篇论文，解释一张敦煌残卷。对残卷中的一句话“苐（第）二，挍（？）一二尺矩（？）”，我最初有点不懂。论文写成后，看到梁永昌同志的文章，写了一段《后记》，算是补充。现在论文，连同补充都已刊出。中国社会科学院外国文学研究所黄宝生同志告诉我，蒋礼鸿同志著的《敦煌变文字义通释》中有一段讲到“教交校较效觉”等字（第 167–169 页）。读了以后，胸中又豁然开朗了一番，觉得有必要再对补充作点补充。

我在补充中，根据梁永昌同志的文章指出了，残卷中的“挍”字就是《世说新语》中的“觉”字。我还说，残卷中间有错别字，挍亦其一例。现在看来，我的想法是对的；但说“挍”是错别字，却不正确。既然敦煌变文中教、交、校、较、效、觉等字音义皆同，都可以通借，为什么“挍”字就不行呢？“挍”字不是错别字，这一点是完全可以肯定的。蒋礼鸿同志指出，“教、交”等字都有两个意思：一是差、减；一是病愈。我看，“挍”字完全相同。蒋礼鸿同志还在唐代杜甫等诗人的诗中，以及唐代和唐代前后的著作中引了很多例子，请参阅原书，这里不再引用。关于通借与错别字的界限与关系，这是一个十分复杂的问题，请参阅原书第 443–445 页的《三版赘记》。

以上就是我对补充的补充。

我不但补充了我自己写的东西，还想补充一下我引用过的那一篇文章和那一本书。对梁永昌同志文章的补充是：除了“较”同“觉”以外，还要加上“挍、教、交、效、校”这几个字。对蒋礼鸿同志的书的补充是：在他举出的“教、交”等字以外，再加上一个“挍”字。在他列举的书籍中加上一部《世说新语》。这样一来，这几个通借字的使用范围，无论是从地理上来说，还是从时间上来讲，都扩大了不少。对研究中国字义演变的历史会有很大的帮助。

我还想借这个机会谈一谈“校”字和“挍”两个字的关系。在中国古书上，二字音义全同。它们究竟是一个字呢，还是两个字？下面我从《大正新修大藏经》中举出几个例子：

东晋佛陀跋陀罗共法显译《摩诃僧祇律》卷三：

> 谁敢检校（22. 252b。一本作捡挍）

同书，卷四：

> 是名捡挍（22，261b）
> 若捡校若不捡挍

姚秦佛陀耶舍共竺佛念译《四分律》卷二二：

> 即敕左右检校求之（22，719b）

同书，卷三四：

检挍名簿（22，807c）

同书，卷五四：

一一检校（22，917b）

同书，卷五八：

检挍法律（22，999a）

后秦弗若罗多共罗什译《十诵律》卷五〇：

又二非法捡挍（23，370b）

唐义净译《根本说一切有部毗奈耶》卷七：

所有家务令其检挍（23，659a）
我为检校，修营福业（23，663a）

同书，卷八：

是十七人共来捡校（23，665c）

同书，卷一六：

捡挍家室（23，709b）

同书，卷二三：

我等应差能捡挍者（23，751c）

同书，卷四四：

鞍辔装挍，悉皆以金（23，870b）

不可挍量（22，871a）

义净译《根本说一切有部苾刍尼毗奈耶》卷一一：

我妻颇能捡校家事（23，964b）

例子就举这样多。在这里，值得注意的是：一、在同一部经中，“挍”同“校”混用；二、在不同版本中，有的用“挍”，有的用“校”；三、“挍”有时能代替“较”。至于产生这种现象的原因，因为同我要讲的问题无关，不再细究。我只引钱大昕几句话“《说文》手部无‘挍’字，汉碑木旁多作手旁，此隶体之变，非别有‘挍’字”，来结束这个补充。

1982年4月3日

cīnī 问题

——中印文化交流的一个例证

我在《中印文化关系史论文集·前言》中写过一段话：

> 我们是不是可以做如下的推测：中国唐代从印度学习了制糖术以后，加以提高，制成了白糖。同时埃及也在这一方面有所创新，有所前进，并且在元朝派人到中国来教授净糖的方法。实际上中国此时早已经熟悉了这种方法，熬出的白糖，按照白图泰的说法，甚至比埃及还要好。这件事从语言方面也可以得到证明。现代印地语中，白糖、白砂糖叫做 cīnī，cīnī 的基本含义是“中国的”。可见印度认为白糖是中国来的。

因为我当时对于这个问题还没有深入研究，只是根据个人的理解提出了上面这个看法。

我认为，解决这个问题的关键在于 cīnī 这一个字。为什么白糖是“中国的”？ cīnī 这个字产生于何时何地？是否白糖真是从中国去的？近几年来，我脑袋里一直萦回着这样几个问题。但是没能得到满意的答案。1985 年我到印度新德里去参加“印度文学在世界”国际讨论会，在我主持的一次大会上，我向印度学者提出了 cīnī 的问题，可惜没有一个人能答复我。

最近承蒙丹麦哥本哈根大学教授 Chr. Lindtner 博士的美意，

寄给我一篇 W. L. Smith 写的 *Chinese Sugar? On the Origin of Hindi cīnī(sugar)*[1]，这正是我在研究的问题，大有“踏破铁鞋无觅处，得来全不费工夫”之感。但是读完之后，一方面感到高兴，一方面又感到遗憾，或者失望。现在把我自己的想法写出来，以求教于 W. L. Smith 先生和国内外的同行们。

先介绍一下 Smith 先生的论点。他引用了不少的词典，这些词典对 cīnī 这个字的词源解释有一些分歧。其中 Hindī śabdsāgar 说 cīnī 可能源于梵文 sītā，是完全站不住脚的。其余的词典，尽管解释不同，但基本上都认为它与中国有关，cīnī 的意思是“中国的”。Smith 还指出了一个很有意义的现象：全世界很多语言表示“糖”的字都来自梵文 śarkarā。在西印度近代语言中也多半用一个来源的字来表“糖”，比如马拉提语的 sākar/sākhar，古扎拉提语的 sākar 等等。但是，在印地语等新印度雅利安语言中却用一个非印度来源的字 cīnī 来表示“糖”。这里面就大有文章了。

Smith 先生接着说：“另外还有一个谜：制糖术是印度的发明创造，在公元前 800 年左右已经有了。而中国则从来没有向印度输出过任何量的糖。正相反，印度一直是糖的主要输出国。因此，糖在任何意义上都决不可能像一些词典学家解释的那样是中国的产品。根据某一些权威的看法，甘蔗的原生地是中国和印度；另一些权威不同意。看来后者的意见很可能是正确的。因为，直到唐代中国人都甘心食用麦芽糖当作甜料，是从发了芽的粮食，特别是大麦制成的，或者食用各种水藻的加过工的汁水，比如 Limnanthemum nymphoides，同甘蔗很相似。”

（p.227）下面 Smith 讲到，玄奘在戒日王统治后期到印度去，在犍陀罗看到石蜜。其后不久，中国人自己制糖，又从摩揭陀输入糖，李义表在印度学会了制糖术，如此等等。关于中国糖决不会输入印度，Smith 的话说得何等坚决肯定。可惜事实不是这个样子，下面再谈。

Smith 又说："把 cīnī 同中国联系起来的假设似乎基于这个事实：既然 cīnī 的意思是'中国的'，糖在某种意义上也必须来自那里。可是这不一定非是这个样子不行。"（p.228）他又指出，梵文中有足够的字来表示"糖"，创造 cīnī 这个字一定有其必要性。确定这个字的产生时期，非常困难。杜勒西达斯（Tulsidas 1532—1623 年）或 Mohammad Jāyasī 的著作中没有 cīnī 这个字。苏尔达斯（Sūrdās 约 1503—1563 年）的著作中有。在孟加拉，cīnī 这个字十六世纪已确立。它最早见于 Maithili 诗人 Jyotirīśvara 的 *Varṇaratnākara* 中，这一部书成于第十四世纪末的第一个二十五年中。因此可推断，这个字开始出现于十三世纪末，如果不是更早的话。

Smith 的文章接着又讲到，印度制糖术传入中国以前已经传至西方。公元 700 年左右，在幼发拉底河流域，景教徒发明精炼白糖的技术，制出来的糖比较干净，比较白。以后几个世纪炼糖中心移至埃及。当时埃及的染色、制玻璃、织丝、金属冶炼的技术高度发达。炼出来的糖色白，成颗粒状，与今日无异。埃及的冰糖（rock sugar 或 sugar candy）质量极高，甚至输入印度，在印地语和乌尔都语中这种糖叫 miṣrī，这个字源于 miṣr，意思是古代开罗或埃及。这种新的制糖技术从埃及传至东方。根据马可波罗的记载，蒙古人征服中国的 Unguen 以前，这个城市的居民不知道什么精糖（zucchero bello）；可是一旦这个城市被占领，忽必烈汗把“巴比伦人”送到那里，教中国人炼糖的技艺。所谓巴比伦人 Uomini di Bambillonia，不是久已被忘掉的古代巴比伦或伊拉克人，而是来自 Bābaljūn，指的是开罗最古的城区，当时意大利称之为 Bambillonia d'Egitto。换句话说，他们是埃及的制糖高手。

这种制糖技术似乎也传到了当时被信伊斯兰教的土耳其人所统治的北印度。苏丹们在德里建立了巨大的糖市场，并同埃及争夺中东市场。两个世纪以后，葡萄牙人来到印度，他们发现印度糖质量高，产量大。Duarte Barbosa 在 1518 年写道，在西印度和孟加拉有很好的白糖。

Smith 又进一步对比了 cīnī 等字与从梵文字 śarkarā 和 guḍa 派生出来的字，他发现前者指精糖，后者指粗褐色的糖。他说：“为了把颜色比较白的熬炼得很精的糖同传统的糖区分开来，才引进了 cīnī 这个字，白糖是使用埃及人开创的新技艺制成的。”（p.230）作了许多论证，绕了一个大弯子之后，Smith 又强调说：“这种‘新’糖本身与中国毫无关系，但是，既然我们不能另外找出这个字的来源，我们只能假定，它实际上就等于‘中国的’、‘与中国有关的’，如此等等。那么，问题就是要确定，为什么这种白色的糖竟同中国联系起来了。”（p.231）这话说得既坚决又肯定，但也同样地玄虚。什么叫“它实际上就等于‘中国的’”呢？且看他怎样解释。他说，cīnī 是印度阔人、贵人食用的，价钱非常昂贵。乡村的土制糖，是老百姓吃的，价钱非常便宜。“为什么印度人，更确切地说是印度阔人，食用 cīnī 的阔人把它与中国联系起来呢？”（p.231）在这里，Smith 的幻想充分得到了发挥。他从印度阔人所熟悉的中国东西讲起，他认为就是中国瓷器。在乌尔都语、尼泊尔语、古扎拉提语中，cīnī 兼有“瓷器”与“白糖”的意思。印度阔人把瓷器的白颜色转移到糖上边来，这个词很可能原是 cīnī śakkar，后来丢掉了 śakkar，只剩下 cīnī。这个字的来源可能是印度穆斯林阔人所使用的语言。因为印度教徒食物禁忌多如牛毛，他们对于 cīnī 这种东西怀有戒心。印度北方穆斯林统治者的官方语言是波斯文。cīnī 这个字很可能来自波斯文。印度西部方言中 cīnī 这个字不流行，也可以透露其中消息。在西部，印度教徒占垄断地位。

我个人觉得，Smith 先生这种推理方法有点近似猜谜。为了坚决否认中国有白糖传入印度，他费了极大的力气，绕了极大的弯子，提出了自己的论断。但是这种论断可靠不可靠呢？下面我用事实来回答这个问题。Smith 先生之所以前后矛盾，闪烁其词，捉襟见肘，削足适履，就是因为没有把事实弄清楚。只要事实一弄清楚，这个貌似繁难的问题就可以迎刃而解了。

Smith 说，中国在唐以前只有麦芽糖，这不是事实。《楚辞》已经有“柘（蔗）浆”。从公元二、三世纪后汉后期起，“西极（国）石蜜”已经传入中国。大约到了六朝时期，中国开始利用蔗浆造糖[2]，在过去蔗浆是只供饮用的。七世纪时，唐太宗派人到印度摩揭陀去学习熬糖法，结果制出来的糖“色味愈西域远甚”。看来中国人从印度学来了制糖术以后，加以发扬，于是就青出于蓝而胜于蓝。《新唐书》所谓“色味”，“味”比较容易理解，“色”我理解是颜色白了一点。总之是在技术方面前进了一步。这种技术当然又继续发展下去。到了宋代，出了讲制糖的书，比如洪迈的《糖霜谱》等，技术又有了新的进步。到了元代，在十三世纪后半马可波罗（1254—1324 年）来到中国。此事 Smith 也已谈到。沙海昂注，冯承钧译《马可波罗行记》[3]，第 600、603 页，讲得比较简略。陈开俊、戴树英、刘贞琼、林键合译《马可波罗游记》[4]，第 190—191 页，讲得比较详细。我现在根据 William Marsden 的英译本[5]把有关福建制糖的那一段译在下面。Marsden 虽被冯承钧贬为“翻译匠”，可我觉得他这一段译文很全面，值得一译：

> 此地（福建的 Unguen）因大量产糖而引起重视。人们把糖从此地运往汗八里城．供宫廷食用。在归入大汗版图以前，此地居民不懂精炼白糖的手艺，他们只用不完备的办法来煮糖，结果是把糖熬好冷却后，它就变成一堆黑褐色的浆糊。但是，此城成为大汗的附庸后，碰巧朝廷上有几个从巴比伦来的人，精通炼糖术，他们被送到此地来，教本地人用某一些木材的灰来精炼白糖的手艺。（Book II，chapter LXXV）

这里面有几个问题要弄清楚。第一，巴比伦是什么地方？Marsden 加了一个注，说是巴格达。上面引用的 Smith 的说法，说是埃及。后者的可能性更大一些。第二，为什么使用木材的灰？

木头灰里面含有碱性，能使黑褐色的糖变成白色。这里需要对白色加几句解释。所谓白，是一个相对的概念，用一个模糊数学的术语来表达，白是一个模糊的概念。意思不过是颜色比较白一点，白中带黄，根本不能同今天的白糖相比。现在的白糖是机器生产的结果，过去是完全办不到的。第三，Unguen 指的是什么地方？冯承钧，前引书，第 603 页，注 7：“武干一地，似即尤溪。”陈开俊等译《马可波罗游记》，第 190 页，注 3：“似今之尤溪。”

生在十四世纪，比马可波罗晚生五十年的摩洛哥旅行家伊本·白图泰（1304—1377 年），于元顺帝至正六年（1346 年）以印度苏丹使者的身份来到中国，比马可波罗晚几十年。在这不算太长的时间里，中国制糖术显然已经有了进步。在《伊本·白图泰游记》[6] 中有这样一段话：“中国出产大量蔗糖，其质量较之埃及蔗糖实有过之而无不及。”（第 545 页）可见中国学生已经超过埃及老师了。

到了十六、十七世纪的明代的后半叶，上距马可波罗和伊本·白图泰的时代，已经有二三百年多了。中国的熬糖术又有了新的相当大的提高。此时有不少讲制糖术的书，比如宋应星的《天工开物》、陈懋仁的《泉南杂志》、刘献廷的《广阳杂记》、何乔远的《闽书南产志》、顾炎武的《天下郡国利病书》、王世懋的《闽部疏》，还有《遵生八笺》等等。这些书有一个和从前不同的特点，这就是几乎都强调白糖的生产。“白糖”一词儿过去不是没有；但是估计所谓“白”只不过是比黑褐色稍微鲜亮一点而已。到了明代后半叶，熬糖的技术更提高了，熬出来的糖的颜色更白了，于是就形成了当时“白糖”的概念。上面已经谈到，马可波罗在中国看到了用木材灰熬炼的白糖。明末的白糖可能比元代更白一点，决不可能同机器生产的白糖相提并论。

明末的白糖是怎样熬炼的呢？刘献廷《广阳杂记》说：

> 嘉靖（1522—1566年）以前，世无白糖，闽人所熬皆黑糖也。嘉靖中，一糖局偶值屋瓦堕泥于漏斗中，视之，糖之在上者，色白如霜雪，味甘美异于平日，中则黄糖，下则黑糖也。异之，遂取泥压糖上，百试不爽。白糖自此始见于世。

同一个故事或类似的故事，还见于其他书中，不具引。利用泥来熬糖，恐怕同利用木材灰一样，其中的碱性发挥了作用。科学史上一些新的发明创造，有时候出于偶然性，白糖的出现出于偶然，不是不可能的；但也不一定就是事实，有人故神其说，同样也是可能的。明末清初中国许多书中都有关于制造白糖的记载，我将在我准备写的《糖史》中专章论述，这里不再一一征引。至于说到嘉靖以前没有白糖，根据其他史料，这恐怕不是事实。

上面说的是从元到明中国能生产白糖[7]。

生产的白糖是仅供国内食用呢，还是也输出国外？根据记载，也输出国外，而且输出的范围相当广。日本学者木宫泰彦在他所著的《日中文化交流史》中，在《萨摩和明朝的交通贸易》一章中说，明万历三十七年（1609年）七月，有中国商船十艘到了萨摩。船上装载的东西中有白糖和黑糖[8]。这说明白糖输出到了日本。韩振华教授讲到，在郑成功时代，中国白糖输出到巴达维亚[9]。中国白糖不但输出到亚洲一些国家，而且还输出到欧洲。日本学者松浦章在《海事交通研究》杂志（1983年第22集）上发表了《清代前期中、英间海运贸易研究》一文，谈到康熙时期中国白糖输入英国[10]。康熙距明末不久，所以在此一并论及。

上面说的是中国白糖输出国外。

输出国外，是不是也输出到印度去了呢？是的，中国白糖也输出到了印度。德国学者 Lippmann[11] 在讲述了马可波罗在福建尤溪看到了白糖以后，又讲到蒙古统治者重视贸易，发放签证，保护商道；对外国的和异教的手工艺人特别宽容、敬重，不惜重金，加以笼络。“这件事情在精炼白糖方面也得到了最充分的证实，因为中国人从那以后，特别是在炼糖的某一方面，也就是在制造冰糖方面，成为大师，晚一些时候甚至把这种糖输出到印度，不过名字却叫做 misri，这一个字的原始含义（埃及糖）已经被遗忘了。”英国马礼逊说：“印度国每年亦有数船到是港（新埠），载布匹，易白糖等货。”[12] 这里谈的可能是中国白糖经过新加坡转口运至印度。无论如何，中国白糖输出到印度已经是无可辩驳的事实了。

我在这里想顺便讲一件事情。《天工开物·甘嗜第六》有一句话：“名曰洋糖。”夹注说：“西洋糖绝白美，故名。”中国人造的白糖竟名之为“洋糖”，可见当时西洋白糖已经输入中国，而且给人们留下了深刻的印象。这情况在清朝末年屡见不鲜，在中国“洋”字号的东西充斥市场，什么“洋面”、“洋布”、“洋油”、“洋火”等等。但这是在十九世纪后半叶和二十世纪初叶。宋应星《天工开物》序写于明崇祯十年丁丑，公元1637年，是在十七世纪前半。这情况恐怕是很多人难以想象的。在这里先提一句，以后还要继续探讨。

我在上面分三个层次论证了中国能生产白糖，中国白糖输出国外，也输出到了印度。我讲的全都是事实。把这些事实同Smith先生的说法一对照，立刻就可以看出，他的说法是完全站不住脚的。根据事实，我们只能说，cīnī的含义就是“中国的”，转弯抹角的解释是徒劳的。印度自古以来就能制造蔗糖。不知什么原因，在一段相当长的时间内，反而从中国输入白糖，而且给了它“中国的”这样一个名称，说明它的来源。不管怎样解释，这个事实是解释不掉的。

Smith先生的文章里不能否定cīnī的意思是“中国的”，但是却坚决否认中国白糖运至印度。他斩钉截铁地说，中国没有任何白糖运至印度。可同时他却又引用Lippmann的那一段说中国白糖运到印度的话，而不加任何解释，没有表示同意，也没有表示不同意，使他自己的论点矛盾可笑，殊不可解。

我觉得，还有几点需要进一步加以说明。第一个是中国白糖输入印度的地点问题。从种种迹象来看，进口地点是东印度。在这里，语言给了我很多启发。在西印度近代语言中，表示“糖”的字来自梵文字sarkara，我在上面已经说过。这些字的意思是黑褐色的粗糖，是农村制造为穷人食用的，价钱比较便宜。cīnī或和它类似的字流行于中印度和东印度，包括尼泊尔语在内。意思是精细的白糖，是供印度贵人和富人食用的，价钱非常昂贵，最初都是“洋货”。东西和精粗的界限异常分明。所以结论只能是，中国白糖由海路首先运至东印度，可能在孟加拉的某一个港口登岸，然后运入印度内地。西印度路途遥远，所以难以运到，在语言上也就没有留下痕迹。

第二个是中国白糖输入印度的时间问题，这里问题比较复杂一点。我在上面着重讲的是明末清初中国白糖输入印度的情况。明末清初约略相当于十六、十七世纪。可是 Smith 在文章中说，cīnī 这个字在印度、孟加拉十六世纪已经确立。他又推断，这个字开始出现于十三世纪末。这就有了矛盾。在孟加拉最早出现的 cīnī 这个字不可能表示十六、十七世纪才从中国输入的白糖。这怎样来解释呢？我在上面讲到马可波罗在尤溪看到中国制的白糖，时间是 1275 年。中国人从埃及人那里学习了制糖术，造出了白糖。这样的白糖从近在咫尺的泉州港装船出口是完全可能的。泉州从宋代起就是中外贸易的著名港口，同印度有频繁的交通关系，至今还保留着不少的印度遗迹。白糖为什么不能从这里运到印度去呢？从时间上来看，这同 Smith 所说的十三世纪末是完全吻合的。因此，我们可以说，孟加拉文中的 cīnī 最初是指十三世纪后半从中国泉州运来的白糖的。

cīnī 这个字在印度出现的时间，是我多年来考虑的一个问题。Smith 先生的文章至少帮助我初步解决了这个问题，谨向他致谢。

注释：

1 *Indologica Taurinensia, Official Organ of the International Association of Sanskrit Studies*, Volume XII, 1984, Edizioni

Jollygrafica, Torino (Italy) .

2 参阅季羡林:《蔗糖的制造始于何时?》,《社会科学战线》,1982 年第 3 期,第 144—147 页。

3 商务印书馆,1937 年,上、中、下三册。

4 福建科学技术出版社 ,1982 年。参阅张星烺译本。

5 *The Travels of Macco Polo*, translated from the Italian with Notes by William Marsden, London 1918.

6 马金鹏译,宁夏人民出版社,1985 年。

7 参阅于介:《白糖是何时发明的?》,《重庆师范学院学报》(哲学社会科学版),1980 年第 4 期,第 82—84 页。

8 《日本文化交流史》,〔日〕木宫泰彦著,胡锡年译,商务印书馆,1980 年,第 622 页。

9 韩振华:《1650—1662 年郑成功时代的海外贸易和海外贸易商的性质》,《南洋问题文丛》,1981 年,第 73 页。

10 转引自《中国史研究动态》,1984 年第 2 期,第 30—32 页。明陈懋仁《泉南杂志》,卷上:“甘蔗干小而长,居民磨以煮糖,泛海售商。”在这里“泛海”,可能指的是用船运往国外。

11 E. O. v. Lippmann, *Geschichte des Zuckers seit den altesten Zeitenbis zum Beginn der Rubenzucker-Fabrikation*, Berlin 1929, p.264.

12 英国马礼逊著《外国史略》,《小方壶斋舆地丛钞》再补编一五。

再谈 cīnī 问题

1987 年，我写过一篇文章，叫做《cīnī 问题——中印文化交流的一个例证》，刊登在《社会科学战线》1987 年第 4 期上。文章的主要内容是针对 W. L. Smith 一篇文章中的论点的。cīnī 在印度的一些语言中有“白沙糖”的意思，而这个字的本义是“中国的”。这就说明，印度的白沙糖，至少是在某一个地区和某一个时代，是从中国输入的，产品和炼制术可能都包括在里面。然而，Smith 先生却坚决否认这一点，说中国从来没有把白沙糖输入印度。他说出了许多理由，却又自相矛盾，破绽百出。他的论点是根本不能成立的。

针对 Smith 先生的论点，我的论点是：中国的白沙糖确曾输入印度。输入的地点是印度东部的孟加拉，输入的道路是海路。至于输入的时间，则问题比较复杂。我经过一番考证，得到了这样的认识：中国的明末清初，也就是公元十六、十七世纪，中国的炼糖术在从十三世纪起学习埃及或伊拉克巴格达的制糖技术的基础上，又有了新的发展，中国的白沙糖大量出口。至迟也就是在这个时候，中国的白沙糖也从泉州登船，运抵印度的孟加拉。这是从中国到印度来的最方便的港口。时间还可能更早一些。这就是 cīnī 这个涵义为“白沙糖”的字产生的历史背景。

论证是完美无缺的，结论也是能站住脚的，然而并非万事大吉，它还是有缺憾的，而且是致命的缺憾：它没有证据。实物的证据不大可能拿到了，连文献的证明当时也没有。我为此事一直耿耿于怀。

最近写《明代的甘蔗种植和沙糖制造》，翻检《明史》，无意中在卷三二一《外国传》榜葛剌（即孟加拉）这一节中发现了下列诸语：

> 官司上下亦有行移医卜阴阳百工技艺，悉如中国，盖皆前世所流入也。

我眼前豁然开朗，大喜过望：这不正是我要搜求的证据吗？地点是孟加拉，同我的猜想完全符合。这里的“百工技艺，悉如中国”，紧接着就说“皆前世所流入”，是从前从中国传进来的。“百工技艺”，内容很多。但从各方面的证据来看，其中必然包括炼糖术，是没法否认的。有此一证，我在前文中提出的论点，便立于牢不可破的基础之上。

到明初为止，中印文化交流可能已经有了两千多年的历史；也就是说，在佛教传入中国之前，中印文化已经有了交流。到了明成祖时代，由于政治和经济的发展，孟加拉成了交流的中心。这从当时的许多著作中都可以看到，比如马欢的《瀛涯胜览》、费信的《星槎胜览》、巩珍的《西洋番国志》等等。从明代的“正史”《明史》（清人所修）也可以看到。从《明会典》中也可以看到同样的情况。这些书谈到孟加拉（榜葛剌），往往提到这里产糖霜，有的还谈到贡糖霜，比如《明会典》卷九七。

从表面上来看，白沙糖（cīnī）只不过是一个微末不足道的小东西，值不得这样大做文章。然而，夷考其实，却不是这样子。研究中印文化交流史的人，都感到一个困难：既然讲交流，为什么总是讲印度文化如何影响中国呢？印度学者有的甚至称之为one-way traffic（单向交流）。中国文化真正没有影响印度吗？否，决不是这样。由于印度人民不太注意历史，疏于记载，因此，中国文化影响印度的例证不多。我研究中印文化交流史，力矫此弊，过去找到过一些例证，已经写成文章，比如《佛教的倒流》等就是。我这样做，决不是出于狭隘的民族主义，想同印度争一日之长，而完全是出于对科学研究的忠诚。科学研究唯一正确的态度是实事求是，我们追求的是客观真理。

cīnī 问题就属于这个范围。所以继前一篇之后，在得到新材料的基础上又写了这一篇。

1993 年 11 月 7 日

《糖史》编选后记

葛维钧

《糖史》是季羡林先生一生中规模最大，用力最勤，凝聚心血最多，也最能反映他的学术水平的重要著作。该书的写作，从第一篇论文发表，到全部论著出版，前后断续达十七年。季先生数十年专注于世界尤其是中印古代文化研究，对于不同文化间的互动和影响始终保持着敏锐的感觉。凭着这样的感觉，他发现在糖这种看来似乎微不足道的东西背后，竟会“隐藏着一部十分复杂的，十分具体生动的文化交流的历史”。发愿研究食糖从无到有，到成为日常必备，以及糖的制作技术在不同地域，不同民族间传播和发展的历史，正是为了使人们充分地认识到“文化交流是促进人类社会前进的主要动力之一”，从而鉴往追来，增强同呼吸，共命运，互依互助的意识，共同解决人类面临的重大问题。为写作《糖史》，他翻检过的图书，总计不下几十万页，除一切近人的有关论著外，还有古代的正史、杂史、辞书、类书、科技书、农书、炼糖专著、本草和医书、包括僧传及音义在内的佛典、敦煌卷子、诗文集、方志、笔记、报纸、中外游记、地理著作、私人日记、各种杂著、外国药典、古代语文（梵文、巴利文、吐火罗文）以及英、德等西文文献。书中提到的甘蔗种类和异名之多，远过于《古今图书集成》，其征引的繁博，由此可见。

本卷从《糖史》中选择了若干重要章节，加以刊印。读者可以从这些章节中了解到很多有关糖的历史知识，包括甘蔗种植、糖的制造、制糖术的进步和技术传播、糖品的分类和应用等。《糖史》分“国内”和“国际”两编。为方便读者阅读，现将本卷的主要内容简略介绍如下。

国内编

在中国，最早出现的糖并不是蔗糖，因此，要讲中国糖的历史，便不能不从“蔗前史”开始。饴、餳、餳、饏是中国糖族的最早成员。“国内编”第一章首先提出这四个成员，对它们的含义加以界定，以为古代制糖史的研究提供基础。经过分析比较，季先生指出先秦时代人工制造的甜品基本可分两类，可以用标音的方式表示为 yi 和 tang。它们多用米和小麦、大麦等制成，性湿、软的称饴或餳，性稠、硬的称餳，或写作饏。至于今天普遍使用的糖字，则相对晚出。

关于从周代到南北朝时期糖品生产历史的讨论，是通过考察前述四字所代表的实物演变和制作技术的发展来展开的。文献表明，先秦时代出现的，只有一个“饴”字。后来“饴”、“餳”混用，见于汉至南北朝的多种典籍。饴的价值至少在晋时还是很高的，制作原料是米和麦。“甘蔗餳”的制作，不会晚于三国。甘蔗作为植物，记载一直不少，但是“蔗”字直到汉代方才出现，先秦所用是“柘”。需要注意的是，“甘蔗”一词另有多种写法，往往音同、音近而字不同，如“肝䗪”、“竿蔗”、“诸蔗”、“诸蔗”、“诸柘”、“竹蔗”、“都蔗”等，足见它是音译而非意译，而其中的“甘”字也与味觉无关。这种植物最初是从外国引种的，作为名贵品种，长期不见于寻常百姓家。到南北朝时，甘蔗的种植开始普遍起来，但就地域来说，也还仅限于南方。

“白糖问题”是脱离断代，单独辟出的专章。由于明代糖的生产有了飞跃性的发展，使得季先生不得不单设一章，专谈白糖的制作问题。在这里，他广泛征引了古代印度典籍《利论》、《妙闻本集》和十六世纪医书 *Bhavaprakasa* 等有关糖品种类的记载，以及后世学者 Rai Bahadur 有关其等次优劣的研究结果，指出糖的等级，是以纯度高低来划分的，而炼糖的过程，乃是不断除去杂质的过程。印度古代糖类中品色最优者在孟加拉的异称中多有 cīnī 字样，而该字的意思又是“中国的”，由此经过一系列论证后，季先生提出：中国曾将白砂糖出口到印度孟加拉地区，同时也传去了制糖技术，推测时间，当在公元十三世纪后半叶。(详见本书的《cīnī 问题》)中国制糖技术的明显提高，有赖于黄泥水淋脱色法的发明。这一方法的发明似乎颇为偶然，其事在明清典籍中多见记载，大概意思是某糖户宅墙倒塌，泥土坠于糖漏之中，糖色由此转白，味亦甘美，后他反复用泥压糖，效果如前，百试不爽，此法遂逐渐流传开来。季先生认为，在近代化学脱色法出现以前，这一发明在精炼白糖上已属登峰造极。中国明代白糖及其制造技术的输出，正是在此法广泛普及的基础上实现的。

国际编

谈蔗糖的历史，无疑也要谈甘蔗的历史，而首先涉及的，便是它的原生地问题。在这个问题上，几乎每一个研究者都有自己的理论，有根据植物学的，也有根据古代典籍的，结果自然是歧说纷纭，莫衷一是。季先生详细介绍了国内外的所有说法。在各种假定中，南太平洋、印度等都在其列。有些语言学上的证据很是耐人寻味，如孟加拉古称Gauda，而派生出该字的guḍa意义为“糖”；印度远古有一个著名的王族，其名Iksvaku源自iksu一字，意为“甘蔗”。此外，印度种植甘蔗的历史十分悠久，其孟加拉地区也有着适合各种植物生长的地理条件。凡此种种，都使视印度为甘蔗原生地的观点获得了较多的应合。国内学者也有主张中国为原产地的，季先生对此并未认同。他坚持“甘蔗”一词为外来语的音译，并指出唐慧琳《一切经音义》中的一段话非常值得注意。在解释甘蔗多有异称的缘由时，它说：“此既西国语，随作无定体也。”季先生坚信甘蔗的原生地不会是多元的，只不过目前距原生地问题的最终解决还很遥远。

古代印度的植蔗制糖以及蔗和糖的实际应用，始终是“国际编”重点关注的问题。印度相关的古代文字资料在中国保存得异常丰富当是原因之一。在这些资料里，汉译佛经是最重要的一种，而其中尤其值得注意的，是律藏。佛经的利用无疑也包括巴利文和梵文原典。经检阅，在最古的《法句经》和《上座僧伽他》等经典中有蜜而无糖。由此似可断定，在佛教初兴时人们尚不知以蔗制糖。后来，在较晚的《方广大庄严经》中，石蜜一词开始出现。《本生经》中甘蔗、砂糖、石蜜等词频见，而糖更有糖粒、糖浆等多种类别，可见它在本生故事诞生时代印度人的生活中，已经占有重要地位。律藏的内容更加丰富。在《摩诃僧祇律》、《五分律》、《十诵律》、《根本说一切有部毗奈耶药事》等经典里，有着很多关于蔗和糖的记载，如它们的药用（甘蔗的体、汁、糖、灰等服法各异，石蜜、黑石蜜、砂糖等药效不同）、食用（包括制浆、酿酒）、甘蔗种植（地分田间、园内，方法又有根种、节种、子种等多种），以及糖的制造（加入填料，如乳、油、米粉、面粉等）等等。佛教经典的资料，在很大程度上深化了我们对于印度糖类应用和制糖技术发展情况的认识。

印度是在制糖技术上与中国交流最为密切的国家。“唐太宗与摩揭陀”一章专谈中国向印度学习制糖技术的问题。从印度古代经典的记载看，其蔗糖制造的历史远长于中国，且技术发达。印度典籍有关糖的分类多达五种，而中国仅有两种，在一定意义上说明了中国制糖方式比较简单，相对落后，确有学习的必要。在客观上，中印文化交流赖以实现的孔道，无论西域、南海，都很畅通。此外还有尼泊尔路和川滇缅印路可以利用。季先生用一份初唐九十年内的中印交通年表证明，当时两国人员的往来确实极其频繁，涉及方面也很广泛，政治、经济、宗教、语言、文学、艺术、科技等，无所不有。学习制糖法的使者就是在这种背景下被唐太宗派往印度摩揭陀的。此事在正史中的记载始见于《新唐书·西域列传》，后各类史书、类书、本草、笔记等迭相传述，除《续高僧传·玄奘传》记载稍异外，已经得到普遍的承认。但是，更为具体的问题，比如唐人到印度所学的究竟是何种制糖技术，因受资料限制，目前还无法断定。

在中国制糖史上与唐太宗遣使摩揭陀同样值得注意的，是唐大历年间邹和尚在遂宁教民造糖的传说。据称，邹和尚传授制糖法后，中国的糖产便有了“遂宁专美”的说法。这个故事，无论是神话，还是历史事实，都说明遂宁的制糖技术是从外国传来的，而且是通过“西僧”，传自西方。季先生根据唐代本草和其他著作的记载，通过考证，认为这一“西方”，当指波斯。他的论据来自以下五个方面。一是按照中国资料，波斯开始制造石蜜和砂糖的时间不晚于五世纪末。另一是有关年表说明波斯人来华频繁，而从本草等典籍看，波斯方物传入中国的种类也非常多。第三是从正史、方志、诗文、佛书等资料看，当时中波之间陆海交通方便，尤其是川滇缅印波道路通畅。第四是唐代流寓蜀地的波斯人很多，僧俗皆有，且往往华化很深。第五是孟诜《食疗本草》有“石蜜，自蜀中、波斯来者良”这样的具体记载。“邹和尚与波斯”这一章最后的推论是：四川的制糖技术至少有部分来自波斯，而其最可能的传入途径，则是川滇缅印波道。

《糖史》的附录共有三篇论文，这里一并收入。第一篇《一张有关印度制糖法传入中国的敦煌残卷》最长，也最重要。这篇文章的主要论点是：甘蔗一词，写法很多，概为外来语的音译。无论在印度还是在中国，甘蔗都有多种，然而大分起来，亦不过仅供生食和足资造糖两类。成糖以后，则依品色不同而有高下之分。这种区分在古代中国比在印度简单，仅有砂糖、石蜜而已。石蜜一词来自梵文 śarkarā，敦煌残卷中的“煞割令”正是它的音译，指的是一种高品质糖。不过，汉译佛典也曾不止一次将梵文 phāṇita 译作石蜜，何以如此，尚不清楚。至于制造“煞割令”的具体方法，原件在“小（少）许”一语前有所脱漏。季先生根据印、中古代文献中多处对于造糖所需填料的具体描述，补以“灰”字，原文由此而得以语义贯通，意旨明了。文末的“后记”和更后的“补充”虽然在形式上游离于论文主体，但在内容上却仍可视为其有机部分。“后记”解决的是“挍”字的合理解释问题。“补充”纠正了前者的一句误判，同时就自己对于“挍”字的解释进一步提出了大量例证加以支持，卒使论文更加完善。论文所研究的残卷是二十世纪初伯希和从敦煌带走的，数十年辗转于众多中外学者之手，却始终无法读通。难以排除的主要障碍在于不知“煞割令”是何所指。季先生经过苦思后揭破了它的意义。症结化除之后，残卷的全部内容遂告通解无碍。

另外两篇论文谈 cīnī 问题。在印度，cīnī 这个字有“中国的”的意思，同时也用来称白砂糖。季先生在研究有关的文献资料后指出，这是中国曾经向印度出口白糖的证明，其时间当在十三世纪后半叶。国外学者有关中国糖不曾输入印度的观点应该纠正。

《糖史》篇幅巨大，长达八十余万字。本卷所选，多是该书最具特色的章节。我们希望通过这个选本，使读者不仅有机会就季先生的学识一窥堂庑，还可以对他的学术思想和治学方法加深了解。相信他在做学问上不畏艰难的勤苦作风和锲而不舍的钻研精神，对于读者，也是鼓舞。